U0049625

長相思

卷二

人依舊，終離別

桐華

著

長相思

卷二 人依舊，終離別

目錄

第十章

心若如明月

既然那絲牽念沒有辦法斬斷，那就給那絲牽念十五年吧，
至於十五年後，那絲牽念是消失、還是織成了網，
沒有人知道。

阿念來華音殿找顓頊時，顓頊不在。

她看到了正用歸墟水眼裡的水在泡手的小六，衝上來就掀翻了盆子。

小六往後一靠，兩條腿搭在案上，毫不在意地看著阿念，笑得吊兒郎當。

阿念盯著他，從頭看到腳，再從腳看到頭，想看出這個死無賴有什麼好。昨夜，她去找父王告狀，把小六的惡形惡狀仔細述說了一番，父王卻說小六沒有想過傷害她，讓她不要再找小六的麻煩。她委屈不過，把小六亂摸她的事情抽抽噎噎地告訴了父王，本以為父王會大怒，沒想到父王不僅沒有生氣，反而好像有一絲古怪的笑意，並安慰她，「等過一段日子，父王會宣布一件事情，妳就不會介意了。」

阿念從宮殿裡出來時，滿腦子都是父王說的話——等過一段日子就不會介意了。一個女人怎麼才會不介意一個男人摸了她？那自然是……那個男人變成了她的夫君。

阿念覺得自己要瘋了！她告訴自己不可能、絕不可能！可是——那是父王，是壓根不在乎門第血統出身，大力提拔貧寒子弟和低賤妖族，一意孤行的俊帝。父王自登基以來沒有立過王后，聽說當年幾乎和整個高辛朝堂對抗，沒有從尊貴的高辛四部中選擇王妃，反而把在小山村裡做苦役的母親娶回宮，那麼現如今，也很有可能讓她嫁給一個微賤出身的平民。

阿念左思右想了一夜，急匆匆地來找顓頊，想讓哥哥幫她拿個主意，結果沒找到顓頊，卻看到了小六。

小六什麼時候住進了華音殿？為什麼她都不知道？為什麼顓頊會允許小六和他住同一個殿？難道顓頊也知道父王想……是了、是了！顓頊哥哥向來很敬佩父王，很聽父王的話，如果父王想……顓頊哥哥肯定也會支持了。

阿念盯著小六，臉上的表情變化莫測，一會兒咬牙切齒、一會兒泫然欲泣。小六歪頭打量著她，納悶不解，這姑娘今天怎麼了？

小六對阿念揮揮手，「喂，妳沒事吧？」

阿念雙手捏成拳頭，吼著說：「我很有事！」

小六盯著她的拳頭說：「妳別動手，今日妳要動手，我就還手了。」

阿念暴躁地在庭院內來回走，邊走邊思量對策：現在就打死小六？可看看四周，侍從們就在附近，還有個古怪的男人隱匿在窗後。以父王和顓頊哥哥的精明，在這宮裡，她是不可能有下毒手的機會了。

阿念一屁股坐在小六的面前，惡狠狠地說：「我告訴你，我絕不會嫁給你！你如果娶了我，我會天天和你打架！讓你天天沒好日子過！遲早把你打死！」

小六滿頭霧水，「我也沒想過娶妳！」

阿念大喜，「真的？」

「當然！」

「我可是王姬！」

「就因為妳是王姬，我才不要妳！」

阿念有點繞不清楚小六的這句話，但只要小六說絕不娶她就行，便說：「那你努力表現得差一點，讓父王看不上你，最好討厭你。只要你好好表現，我就原諒你，以後再不找你麻煩。」

小六笑道：「好，我保證不會讓妳父王把妳嫁給我。」

「你發誓？」

小六毫不猶豫地舉起手，信誓旦旦地說：「我發誓，絕不讓俊帝陛下把王姬嫁給我，否則天譴五雷轟！」

阿念徹底放心了，她看看四周，見沒有人接近他們，壓低聲音對小六說：「過十幾日，就是小祝融舉行的秋賽，這個比賽每十年一次，透過比賽讓大荒內的年輕人有機會交流，也有選拔人才的意思。到時，大荒內的氏族都會到，父王這麼器重你，肯定會派你去看看，讓你多認識一些人。到時，我也去，我配合你，一定能讓父王對你失望。」

小六倒有些意外，阿念不愧是王族子弟，看似天真糊塗，可從小的耳濡目染讓她對大荒內的局勢很敏銳，清楚地知道各大氏族派去參加秋賽的子弟必定是家族的中堅力量，甚至會成為下一任的族長，如果把這些人得罪了，那麼不管多麼有才華，將來都會舉步維艱，俊帝自然不會對這樣的人委以重任。阿念沒有選擇和俊帝直接對抗，反而採用了表面順從卻釜底抽薪的策略。

小六打量著阿念點點頭，「妳很聰慧，只是欠缺一些磨難。有了磨難才有磨練，有了磨練才能成器。」可阿念一不需要爭權奪勢，二不需要為生活掙扎，要成器做什麼呢？小六忍不住自嘲地笑。

阿念警惕地瞪著小六，「你不要喜歡我！」

小六立即說：「我不會喜歡妳！」

阿念哼了一聲，「就這麼說定了。萬一父王不派你去，我也會幫你爭取，反正不要忘記你的誓言！」

十七一直站在窗下的陰影處，迴避著阿念，看阿念離開後，走過來，問小六：「妳真要去小祝融的秋賽？」

小六點了點頭，「顓頊肯定會去，我想陪他去轉一圈，畢竟等父王昭告我的身分後，很多事情會變得完全不一樣，趁著還自在，多玩玩吧！」

「妳和顓頊的感情很深？」

小夭道：「我沒有思考過感情深不深，反正小時候吵架、打架，高興了叫他一聲哥哥，不高興了就直接叫顓頊，一起玩、一起笑、一個鍋裡吃飯、一個被窩裡睡覺，看到他受傷，我會恨不得傷在自己身上，聽到他被人瞧不起，我會難受得忘記了自己的難受。哥哥這些年很不容易，他父母早逝，後來是我娘撫養他。我娘戰死後，他就孤身一人，小小年紀被他的王叔們逼到高辛，軒轅是他的故土，卻沒有屬於他的力量。他在高辛看上去挺好，一切起居待遇猶如王子，但畢竟是流落異鄉，婢女也可以瞧不起他，認為他仰仗著俊帝的鼻息而活。我們分別太久，他究竟經歷了什麼我完全不知道，現在我只是想多陪陪他。」

「妳願意留在他們身邊嗎？」

「我願意和他們相聚，但我閒散慣了，並不想當什麼高辛的大王姬，但我父王、我外祖父，甚至顓頊的性子……連阿念那麼天真糊塗的人都明白，和他們這種人直接對抗是自討苦吃。」小六嘆口氣，「我不出現還好，可我已經出現了，他們絕不會再允許我去當玟小六。我之前一直逃，不僅僅是因為有心結，不想面對他們，還因為我知道，這宮門一旦進來，再出去就難如登天。」

十七凝視著小六，說道：「人不能選擇自己的出身，縱然不願，也只能接受。」

小六對十七苦笑，「你，很複雜；我，很複雜。十五年後，究竟會怎麼樣呢？」

十七微微而笑，笑容明淨溫暖，「心若如明月，諸般變化都如浮雲遮月，再紛擾晦暗，最終都會浮雲散、明月出。」

小六笑指著自己的心，半真半假地說：「奈何妾心如墨染，若君心有明月，望君能常使明月向妾心。」

顓頊走了進來，「在說什麼？聽說阿念來過，她有刁難妳嗎？」

小六笑得很詭異，「沒有為難我，我們談得很好。」

顓頊抱歉地說：「師父已經寫信給爺爺、玉山王母，妳也知道妳的身分很特殊，要等師父和爺爺商量好，還最好徵得王母的同意，才好昭告天下。所以師父和我商量後，決定還是先隱瞞妳的身分。」

小六哀叫：「王母那老妖婆！還有臭鳥烈陽、傻子阿獙！烈陽會殺了我的！」

顓頊訓斥，「不許亂說！連爺爺都對王母客氣有禮！還有，阿獙已經修煉出人形，現在叫獙君，見了人家禮貌一些。」

小六想起在玉山時的事，烈陽是一隻像鳳凰的琅鳥妖，人形就像十來歲的童子，不愛化作人形，脾氣非常不好，每次她修煉偷懶時，他就會狠狠地啄她，追得她滿桃林亂逃。阿獙是一隻獙獙[1]妖，還不能幻化出人形，但十分聰明，性格很溫順，每次烈陽啄她時，阿獙都會救她。這麼多年不見，阿獙竟然已有人形，烈陽不知道長高沒有。

那時年紀太小，不懂事，總覺得王母和烈陽好壞，可後來她憑藉自己的力量，一次次躲避過死亡，活下來時，才明白他們的苦心。流浪時，不是沒有想過回去，也許他們不會嫌棄她是變臉小怪物，可等有了勇氣決定回去時，卻被關進籠子。被折磨辱罵三十年後，一身靈力盡失，她知道自己再也回不去了，只能繼續流浪。

---

1 獙獙，讀作ㄅㄧˋ。《山海經．東山經》：「（姑逢之山）有獸焉，其狀如狐而有翼，其音如鴻雁，其名曰獙獙。」獙獙屬於狐族，身上雖然生有肉翼，但非常輕薄，並不能飛翔。

小六問：「烈陽和獙君他們會來嗎？」

顓頊說：「如果王母告訴他們，他們肯定會立即趕來。」

小六嘆息，「隔著漫長的歲月，重逢讓人期待又害怕。」

顓頊彈了她腦門一下，「幾時酸不溜丟了？師父說晚上和我們一起用晚膳，妳的事……我都告訴他了。」

小六垂目不語。

晚上，俊帝來華音殿和小六、顓頊、十七一起用飯。

這一次，小六終於拿出正形，規規矩矩地開始吃飯。可是，當年她就不是個守規矩的，兩百多年過去，曾經學過的那點規矩禮儀早丟得一乾二淨，姿勢十分彆扭。

十七在一旁照看著，不時小聲提醒她，顓頊卻袖手旁觀，笑咪咪地等著看小六出醜。

小六不滿地說：「你和小時候一樣，仍然是個壞哥哥。」

顓頊眼中閃過黯然，面上笑容卻不變，「不欺負妳欺負誰啊？」

俊帝笑看了一會，說道：「行了，妳平時怎麼吃，現在就怎麼吃。」

小六甜甜一笑，「還是父王好。」腰立即垮了，袖子也直接挽了上去。

吃完飯，俊帝對小六說：「今夜月色很好，陪我去走走。」

「嗯。」小六隨著俊帝出了華音殿，向著漪清園走去。

漪清園內有三多：多水、多奇花異草、多珍禽異獸。據說，漪清園曾是上代俊帝最喜歡徘徊流連的地方。小六記得小時候娘也常常帶她來這裡玩，有時候一待大半天，娘看書，她一邊戲水、一邊和鳥獸打架。承恩宮太大了，很多地方連小六都沒有去過，就兩個地方最熟：一個是娘居住的梓馨殿，一個就是漪清園。

自從回到承恩宮，小六經常會走到漪清園外，卻一次都沒有進去過。承恩宮早已換了女主人，小六害怕看到一切都變了，會讓她覺得那些遙遠的記憶好像是假的。

小六隨著俊帝在園子裡慢慢地走著，她的鼻子發酸，眼眶漸漸有些濕潤，一切都和記憶中一模一樣，好像昨天她就在這裡玩過。

走過題著對聯的亭子，小六突然跑進去，蹲在柱子旁查看，在柱子裡側，刻著兩隻畫得歪歪扭扭的絲鷺，小六激動地指著，「爹爹，你看，我的畫還在！」

「還有這個，這個也在！」柱子上有三道劃痕，這是當年小六貼著柱子站好，爹爹比著她的身高，用手指劃下的。小六還揚言，她會長啊長，一直長得比爹高，比爹舉著手還高，直到爹再也搆不著、劃不了。

亭子已經翻修了幾次，這些卻被精心保留下來。

俊帝蹲到柱子旁，微笑地看著柱子上的圖畫，「這可是妳的得意之作，妳不是特意嚷著要爹永遠保留嗎？還說等學會女紅，要給爹繡條絲鷺帕子。」

小六猛地伸手抱住俊帝。即使已經相認，可她依舊沒有回家的感覺，直到現在，她終於覺得她回家了。

小六的眼淚滾滾而落，俊帝輕拍著她的背，沒有勸慰，只是想讓她哭個夠，讓她把漂泊多年受的苦、受的委屈都哭出來。

小六哭啊哭，好像真要把三百年都憋著的眼淚全流出來，哭到最後，自己都不好意思了，抽抽噎噎地說：「平時，我並不愛哭的。」

俊帝說：「不用不好意思，是我該羞愧，女兒的眼淚是父親的失職。」

小六的眼淚又要流下來了，她用手帕捂著臉，過了半晌，抬起頭，「我不掉眼淚了。」

小六拽著俊帝站起，她靠著柱子站好，「爹爹，再給我測一次身高。」

俊帝比著她的頭頂，用手指劃了一道刻痕，打趣道：「妳長啊長，長了這麼久，還是沒長過爹，爹還是搆得著。」

小六笑著吐吐舌頭，退開幾步，打量著柱子上的刻痕，忽而黯然，「都不知道這是不是我真實的身高，感覺一切都是假的。」即使和顓頊講述時，小六也保持著雲淡風輕的不在乎，就好像她已經完全習慣於變化的外形，習慣於沒有臉，但此刻，她終於流露出了惶恐。

俊帝的手在她的額頭撫摸，漸漸地，小六的額頭中間露出一個桃花形狀的胎記，俊帝說：「妳外形的變幻並不是得了什麼古怪的病，而是妳體內有一件稀世神器，叫駐顏花，它能令人留住任何想要的容顏。」

小六困惑地看著俊帝，「神器？不是怪病？是神器讓我的容貌能隨意變幻？為什麼我體內會封印著神器？」她的眼睛猛然一亮，「那取出神器，我就能露出真實的容貌，不會再變來變去了！」

「是的。」

小六喜悅地說：「爹，你幫我取出來吧！我真的憎惡再變化了。我寧可自己是個醜八怪，也不想做個沒有臉的假美人。」

俊帝的手指點在桃花形狀的胎記上，桃花胎記浮現出緋紅的光芒。這是用兩個人的血封印的，也必須要由兩個人解開，「目前，我沒有辦法幫妳取出。但爹和妳保證，一定會幫妳恢復真容。」

小六雖然迫不及待地想恢復真容，可也知道能讓俊帝為難的事情必有原因，便反過來安慰俊帝，「沒有關係，反正都這麼多年了，再等等也沒什麼。」

俊帝凝視了一會小六額間的桃花胎記，眼中有隱隱的哀傷。他展手撫過，把胎記隱去。

小六心中的大石落地，又和爹爹消泯了隔閡，整個人變得截然不同。

她嘰嘰喳喳，問著俊帝各式各樣的事情，到後來她甚至大著膽子說：「爹，我能不能不當高辛王姬啊？我不是說不當你女兒，我只是不想做王姬。」

「不行！」

「為什麼不行？」小六已經開始會氣鼓鼓地瞪俊帝了。

「因為妳是我女兒，我是高辛俊帝。」

小六立即變了嘴臉，可憐兮兮地拉住俊帝的胳膊，搖來晃去，「可是做王姬好辛苦，吃飯要講究禮儀，出門要講究禮儀，最後連婚事都要成為政治犧牲品，我真的不想做王姬啊！」

俊帝說：「人必知禮而後恥，有禮儀，並不是壞事。至於婚事，妳覺得我能把妳犧牲給誰？」

小六張口結舌，「我也不知道你會把我犧牲給誰，反正、反正……」

俊帝看著小六，嚴肅地說：「我是俊帝，妳是我女兒，所以妳必須是高辛王姬，這是國之禮，明白嗎？」

小六低下了頭，嘟囔，「不明白能行嗎？」

俊帝的手撫著小六的頭，語氣透出悲傷，「我不是一般的父親，我有太多的事情要做，有一國百姓要操心，我不可能像別的父親一樣，時時看顧著自己的女兒，守在女兒的身邊保護她。我能給女兒的保護，就是我的威儀，只有妳是高辛王姬，才能享有一國威儀，任何人在傷害妳前，都必須考慮清楚能否承受帝王之怒。小夭，這是我這個不稱職的父親所唯一能給予妳的。不要拒絕，好嗎？」

小六覺得自己的眼淚又要掉下來了，趕緊深吸口氣，「爹，我願意是王姬。」

俊帝微笑著說：「當王姬也不全只有壞事，妳至少可以仗勢欺人、蠻橫囂張，看中什麼就搶什麼。」

小六眨巴眼睛，「爹，你確定你在教導女兒？」

俊帝愉悅地笑了起來，眼角有細細的皺紋散開，卻無損他的魅力，「我那麼辛苦地做國君圖什麼呢？自己什麼都不能做，一是沒時間，二是一旦隨便了，就有御史來罵你昏君。我要真是個無能的昏君，妳反倒做不了什麼，正因為我什麼都不能做，妳恰好什麼都可以做。誰叫我是個能君，權勢威儀都夠大，凡事罩得住呢？」

小六只覺得匪夷所思，可又忍不住想大笑，有爹的感覺真是太好了！有個強橫的爹的感覺更是好得沒話說！

那一晚，小六和俊帝坐在亭子的石階上，一直說話。

小六覺得好像有很多、很多話要告訴爹，她第一次獵殺老虎，她偷妖蛇蛋，她配製毒藥，她去逛娼妓館，她開醫館……山村裡收留她的胖大娘教會她做飯，她被美麗的舞伎追求，撿她回去當醫師的老木，她撿回去的麻子、串子……簡直有太多的事情、太多的人，她想說出來，讓爹知道。

她想讓爹明白，過去的兩百多年，不僅僅是痛苦，還有很多很好玩、很快樂的事情，她碰到的人也不都是壞人，還碰到了很多好人。因為這些五顏六色的經歷，她甚至完全無法想像老老實實做王姬的生活，她覺得這本就是她應該過的生活，所以，爹不必難過，更不必自責。

小六記不得後來講了什麼，只記得自己在邊笑邊說，說到後來，她累了，像小時候一樣，趴在爹的膝頭睡著了。

早上，小六像隻小貓般，踮著腳尖，慢悠悠地走出屋子，在庭院裡打了幾個轉，懶洋洋地倚靠著花樹，瞇眼看著陽光，幸福地笑。

顓頊和十七坐在廊下下棋，看到她和花樹人面嬌花兩相映的樣子，十七的心漏跳了幾下。顓頊打趣小六，「妳偷吃了魚嗎？」

小六手拉著花枝，「我昨兒晚上和爹說了好多話。」

「就妳話最多，卻說得好像妳每天都沒說話一樣。」

小六撲過去，作勢要掐顓頊的脖子，「我告訴你，別以為我現在沒了靈力就好欺負，惹火我，我讓你口不能言、手不能動。」

顓頊忙道：「好好好，我在下棋，妳別弄亂我的棋子。」

小六低頭看棋盤，發現這個棋盤不是一般的棋盤，而是神族們用的圍棋棋盤，據說方寸棋盤就有四野征戰之意，便說：「我也要玩。」

顓頊哄她，「我好不容易說動十七和我下棋，和他下完這盤就帶妳玩。」

小六噘嘴，蹭到十七身邊，「我要下。」

十七果然把手邊的棋盒子放到小六手邊，小六示威地看了顓頊一眼，捏起一枚棋子，左看看、右看看，落在一個地方，側頭問十七：「這裡好嗎？」

「很好！」卻是顓頊和十七異口同聲，只不過一個滿是嘲諷，一個溫暖平和。

顓頊站了起來，把小六推到他坐的地方，「反正妳是成心不讓我和十七下棋，那妳和他玩吧！」

小六拍手，「這才像個哥哥嘛！」

小六接著顓頊的棋往下走，照樣是悔棋、臭棋不斷。十七卻是好耐心，不管小六做什麼，他都好脾氣地說好。可他也不是敷衍著小六亂下，而是真的在和小六對弈，該吃掉小六棋子的地方也不留情。只不過吃完了，他會告訴小六如果前幾步她下在哪裡，他就不能吃掉她的棋子。

在顓頊看來，這就好像小孩在滿地打滾、胡攪蠻纏，大人既沒有打他一頓阻止他，也沒縱容他滿足他的要求，而是慢慢地講道理，一遍聽不進去，就講第二遍；兩遍聽不進去，就講第三遍；三遍聽不進去，就講第四遍……

小半個時辰後，顓頊在棋盤上建造的大好江山就被小六給折騰得千瘡百孔。小六不肯再落子，雙手在棋盤上胡亂幾抹，把棋子全打亂了，然後宣布：「我贏了！」

顓頊搖頭嘆息，十七看著小六微笑，眼眸中透著纏綿不捨。

小六的心突突幾跳，安靜下來，沉默地看著十七。

十七說：「我要走了。」

小六把玩著棋子不語，十七說：「我一直不放心，但現在看到了，俊帝陛下和顓頊王子待妳很好，妳在這裡很開心，我必須回去處理自己的事了。」

小六說：「我明白。你什麼時候走？」

「待會我去和陛下辭行，我不想讓人知道塗山璟認識妳，所以打算晚上離開，去別處略住兩天，再回青丘。」

小六說：「那你去和我爹辭行吧！」

顓頊起身，「我陪你一塊去。」

小六坐在庭院裡等著，約莫半個時辰後，十七一個人回來了。

小六問：「我爹說什麼了嗎？」

「問了幾句家裡的事情，沒說什麼特別的話。」

小六道：「現在到天黑還有一段時間，你想做什麼？」

「妳想做什麼？」

「什麼都不做，就這麼晒著太陽，聞著花香，吃著零食。」

自從小六說過喜歡吃鴨脖子、雞爪子、鵝掌，華音殿內就隨時都備著。十七拿來裝零食的大盒子，和小六並肩坐在廊下，對著滿庭繁花。

小六挑了個鴨脖子啃起來，「我爹說我的變幻是因為體內藏著一件神器，等他幫我把神器取出來，我就不會再變幻了。你說如果我是個醜八怪，怎麼辦？」

「妳不是。」

「如果我是呢？」

「很好。」

「我是醜八怪，你竟然覺得很好？」

「形之美，人人可見，心之美，非眼能看到，我願意獨享。」

小六一下子有些臉熱心跳，十七現在是不開口則已，一開口總能讓她敗退，「我心墨黑墨黑的，哪裡美了？」

「世間事，甲之砒霜，乙之熊掌，全憑個人感覺，覺得美就美了。」

小六哈哈大笑，「就如王八對綠豆。」

十七凝視著她微笑，小六笑著笑著，輕嘆了口氣，「你一切小心。」

「我知道。」

「雖然你大哥所做的一切都是由你母親引起，可他不該報復到你身上。你縱使憐憫他，想化解他的仇恨，但不要讓他再傷害到你。」

「不要擔心。」

「我擔心？我才不擔心呢，我只是覺得你比較笨，所以善意地提醒一下。」

十七笑著，說道：「顓頊不要的那條九尾狐尾巴，我帶走了。等煉製好靈器，我再拿給妳。」

小夭點點頭。如果說九尾狐是狐族的王，那麼塗山氏的族長就是狐王的王，這世間不可能再有比塗山璟更清楚如何利用九尾狐妖力的人了。

小六一邊吃零食，一邊和十七聊天，想起什麼就說幾句什麼，想不起時，兩人就默默地坐著。日影漸漸地西斜，天漸漸地黑了。

小六吃不動了，洗乾淨手，十七拿起帕子，小六伸手，十七卻沒有遞給小六，而是用帕子包住小六的手，慢慢地幫小六擦。早已經擦乾，他仍然沒有收回手，隔著帕子，雙手握住小六的手。

小六的心有些慌，低著頭。

十七低聲說：「十五年，不要讓別的男人住進妳心裡。」

小六抬起頭，笑問：「那十五年後呢？十五年後我能讓別的男人進來嗎？」

十七的臉色有點變，雙手緊緊地握著小六的手。

小六輕輕地搖了搖手，柔聲說：「你安心去吧，十五年，我等你。」既然那絲牽念沒有辦法斬斷，那就給那絲牽念十五年吧，至於十五年後，那絲牽念是消失、還是織成了網，沒有人知道。

用完晚飯後，顓頊就親自護送十七離開了五神山。

顓頊回來時，小六躺在庭院中的沉香榻上看星星。

顓頊坐到榻旁，「在想什麼？」

「看星星。」

「不難過嗎？我以為妳很喜歡他的陪伴。」

「我是很喜歡他的陪伴，可是我更知道這世上誰都不能陪誰一輩子。你、我都是經歷過太多離別的人，那種撕心裂肺的痛受過太多次了，心，不想再承受那種痛，自然而然就變得很懂得自我保護，說好聽了叫理智，說難聽了就叫冷酷。顓頊，你有沒有這種感覺？擁有時，不管再歡喜，都好像一邊歡喜，一邊有另一個自己在空中俯瞰著自己，提醒著自己失去。因為這份清醒理智，縱使歡喜也帶著隱隱的傷感，而真失去時，因為早有準備，縱使難過也是平靜地接受。」

顓頊滑坐到榻下的龍鬚席上，頭仰靠在榻頭，和小六頭挨著頭一起看星星。

半晌後，他說：「我一直覺得世上只剩我一個，現在妳回來了，我不再覺得孤單。」

相比小六，顓頊才是真正的孤兒。很小時，父親就戰死，母親自盡在父親的墓前，沒過幾年平靜日子，奶奶病死，一直照顧他的姑姑也戰死。失去親人庇護的他，為了能活著，不得不離開故土，孤身一人來了高辛。

小六說：「對不起。」她是個很自私心狠的人，明知道顓頊在等她，明知道顓頊需要她，可是她因為心結，卻一逃再逃。

顓頊拍了拍小夭的手，什麼都沒有說。顓頊曾想像小夭應該是阿念那樣，生長在陽光與彩虹中，沒有見過陰暗和風雨，如四月的梔子花一般嬌美純潔。如果小夭是那樣，他會盡力保護她，為她遮去陰暗和風雨，可現在的小夭完全不是他以為的那樣，但他沒有失望，反而覺得這就是他想要的小夭，甚至比所有想像更好。縱然隔著漫長的光陰，他們之間依舊能完全地明白對方的心思，不管是美麗的，還是醜陋的，一個不怕表露，一個完全理解。

「我有件事情想告訴你。」有的話，小夭藏在心裡，怎麼都無法說出口，怕一旦出口就是錯、就是痛；可不說，卻又像心頭養了隻毒蟲，日日啃噬著她。只有對顓頊，她才能毫無負擔地傾訴。

「妳說啊！」顓頊不在意地說。

小夭低聲說：「那個九尾狐妖說我不是父王的女兒，說娘是蕩婦，和蚩尤私通，說我是那個嗜血惡魔蚩尤的野種。」九尾狐妖常常辱罵娘親，剛開始她發怒生氣，堅決不相信，和九尾狐妖頂嘴對罵。可三十年來，九尾狐妖說了一遍又一遍，她糊塗了。

顓頊猛地坐了起來，瞪著小夭，他這才真正明白小夭為什麼不肯回來。

小夭神情木然，眼中卻滿是淒然恐懼，「九尾狐妖說蚩尤和娘是姦夫淫婦，我就是他們的孽種，說娘狡詐狠毒，欺瞞了父王和天下人，如果父王知道真相，肯定會除掉我這個孽種……」

「閉嘴！」顓頊用力握住了小夭的手，「妳連九尾狐妖的話都相信？蚩尤可是被姑姑殺死的，而且師父是多聰明的人，難道會不知道妳是不是他的女兒？妳捫心自問師父對妳如何？」

小夭看著顓頊，眼中帶著迫切地求證：「我是父王的女兒？」

顓頊斬釘截鐵地說：「妳肯定是師父的女兒！」

父王和哥哥都是絕頂聰明的人，有兩個絕頂聰明人的判斷，小夭終於釋然地笑了，「嗯，是我太傻了，我肯定是父王的女兒！」

顓頊嘆了口氣，撫著小夭的頭說：「以後誰若再對妳說亂七八糟的鬼話，妳告訴我，我來幫妳處理。」

小夭點頭，「你知道嗎？漪清園裡的亭子翻修過多次了，可我畫的畫還在。」

顓頊說：「師父很好。當時，四個王叔聯手想除掉我，我想起爹爹在世時講過不少大伯和俊帝的事情，姑姑也曾和我提過，雖然她和俊帝不再是夫妻，但日後若有為難時，可寫信和俊帝請教。無奈下，我就給俊帝寫了信，他立即給我回信，說五神山隨時歡迎我去。

我來時很忐忑，可師父待我就像是他的親兒子，從如何修煉到如何處理國事，他全都教我。我做得好時，他會以我為傲；我做錯時，他會毫不留情地責罵。有一次我被刺客傷到，他鼓勵我訓練只屬於自己的私人侍衛，妳知道嗎？那些侍衛連他的話也不能聽，有一次他測試他們，故意下了和我相悖的命令，後來但凡聽他話的人，他讓我全殺了，他說這些侍衛是我相託生命的人，必須只對我忠心。」

小夭嘆道：「父王這麼好，你說為什麼我娘會自休於父王？我曾以為是父王做了什麼對不起娘的事情，可是你也看到了阿念的娘，阿念的大名叫高辛憶，小字阿念，又憶又念，可見父王對過往的回憶念念不忘，心中只有娘一人。可是為什麼娘不要父王了呢？很多時候，我真的很恨她！」

顓頊想起了自己的娘，嘆氣，「不知道！我們都沒辦法理解她們！有時候，我也恨我娘，她自盡時，抱著我哭，對我說請我原諒她，她生了我，卻又拋棄我，妳說我怎麼原諒她？」

小夭說：「以後我若有了孩子，不管發生任何事情，我都不會離開他！」

顓頊說：「以後我娶女人，先問她，我死了，妳活還是死？如果說要和我同生共死的，都不要！」

小夭和顓頊看著彼此，相對大笑。

顓頊的下巴搭在榻上，臉依在小夭手邊，「等我準備好了，我們一起回軒轅山。我想知道朝雲殿的鳳凰花是否還燦如朝霞，奶奶種的碧玉桑是否還碧綠如玉。」

小夭撫著他的鬢角，「上朝雲殿的路是血腥之路。」

顓頊不以為然地笑道：「權力之路本就是踏著鮮血和屍骨，我不僅想要回朝雲殿，還想要整個軒轅山。」他在人前永遠都溫文爾雅、風度翩翩，是彈琴下棋、釀酒打鐵的溫潤公子，讓所有人如沐春風。可在小夭面前，他自然而然地流露出雄心和冷酷。

小夭笑，「你去搶吧！」就如鳳凰註定要翱翔九天，顓頊天生就屬於權力，她從小就知道。

顓頊說：「現在朝堂內的臣子幾乎全是王叔的人，我曾試探地叫人上書，奏請接顓頊王子回軒軒轅，幾乎全朝堂反對，奏請自然也就不了了之。如果我回去，必須要一個藉口，讓所有人無法反對，那我大概要利用一下妳了。」

小夭笑嘻嘻地說：「請隨便利用！」

顓頊的額頭貼在小夭掌心，低聲說：「妳回來了，真好！感覺不再是孤身作戰。」

「喂，我沒說過要幫你，和你並肩作戰吧？」

顓頊抬頭，一臉得意地盯著她，「妳會不幫嗎？誰叫我是妳哥呢！就算妳本來打算不幫，我真遇到危險時，妳還不是要乖乖地來幫我！」

小夭給了他一拳，「你無恥！人家哥哥都說要保護妹妹，你倒好，竟然眼巴巴地要我保護你。」

顓頊嘆氣，「沒辦法，自小打架就打不過妳。」

「還好意思說？」

「小夭。」顓頊的笑意漸漸淡去，幾分嚴肅地說：「我知道妳散漫慣了，但我更知道妳不可能對我坐視不理。我一旦回到軒轅，所做必會波及到妳，要對付我的人必定也會算計到妳，那我又何必惺惺作態地說我的事不想把妳捲進來呢？與其一邊嚷著不讓妳捲進來，一邊讓妳被人盯上，還不如早早說清楚，妳好歹有個防備。」

小夭拍了拍顓頊的手，表示她都明白。

小夭說：「顓頊，你還記得嗎？外婆臨終前抓著我們的手，嘆息說我們都是苦命孩子，讓我們以後一定要相互扶持，彼此照顧。」

「記得。」早刻在心上，怎麼可能忘記？顓頊清楚地記得奶奶反覆叮囑。因為父母的慘逝，他已懂事，鄭重地和奶奶承諾一定會照顧保護妹妹，小夭卻還不解世事，只是迫於氣氛嚴肅，學著他說我會照顧保護哥哥。

「我當時覺得外婆病糊塗了，你是苦命，可我哪裡苦命了？現如今想來，外婆好像已經預測到我們的命運。」

顓頊輕聲道：「當年朝雲殿曾歡聲笑語一堂，現在只剩我們倆了！」

小夭沉默了，望向天空的星星。顓頊也抬頭看著天上，「謝謝奶奶、大伯、大伯娘、二伯伯、爹爹、娘親、姑姑、朱萸姨，讓我和妹妹重聚。」

第十一章 湖上聞琴簫

白茫茫的大霧完全變成了琴音和簫聲的天地，
漸漸地，琴音好像終於被簫聲折服，隨著簫聲而奏。
阿念心裡越來越不舒服，突然伸手拽住洞簫，簫聲戛然而止……

小祝融是神農王族後裔，出身高貴，父親是名震天下的大英雄祝融。神農國滅後，小祝融歸順黃帝，娶了赤水族長唯一的女兒赤水小葉為妻。之後，小祝融受黃帝重用，成為黃帝的第一重臣，掌管原屬於神農國的廣大中原地區。

剛開始，因為小祝融的血統和身分，眾人不敢公開質疑，但暗地裡，不少人還是對小祝融頗有微詞，畢竟他的父母為神農戰死，他卻歸順軒轅成為黃帝的重臣，讓人提起來，免不了有些微微的鄙夷。

可是，一百多年來，小祝融讓原本盜匪橫生、民不聊生的中原改變了模樣，雖還不敢說盛世繁榮，但吏治清明、流民回歸家園、百姓安居樂業，已是一派欣欣向榮。

據說，小祝融從不迴避自己是神農遺民的身分，不遺餘力地為中原百姓爭取利益，在黃帝面前也從不隱瞞自己的心思，說他掌管中原，就是想讓中原繁華富庶，讓飽受戰爭之苦的中原百姓過上好日子。為此，小祝融沒有少承受誹謗和壓力。漸漸地，中原的氏族們不但不再質疑小祝融，反而對他非常敬重，認為祝融的死是一種心懷故土的王族氣節，小祝融的生何嘗不是另一種心懷故土的王族風範？

赤水秋賽是小祝融接掌中原後，舉行的比賽。剛開始，只是小祝融為了刺激中原氏族的小範圍比賽，讓中原子弟不要局限在一方自閉自大，讓各氏族子弟們明白天外有天、人外有人，從而虛心好學、勤奮努力。可因為效果十分好，很多氏族都想有這個機會讓氏族內的子弟得到鍛鍊，大荒內參與比賽的氏族便越來越多。到後來，世家大族們也紛紛加入，赤水秋賽變成了全大荒的盛事。

這個比賽的特殊之處，就是不以國論，而是家族間的比試和交流，所以它跨越了國界。黃帝和俊帝每次都會派遣大臣送來豐厚的獎品，更是吸引了許多有才華的年輕人參加。

這一次，俊帝派了蓐收帶隊去送獎品。

顓頊隨隊而行，小六自然毫無疑問地同去，阿念也求得了俊帝的同意，和顓頊、小六一起去。

小六本以為顓頊已經去過多次赤水秋賽，可顓頊告訴小六，這是他第一次去。

小六想了想，也就明白了。大荒內大大小小的家族都匯聚於秋賽，來參與賽事的子弟肯定是家族內的優秀子弟，對很多世家大族的子弟而言，比試固然重要，可更重要的也許是結識朋友，為將來掌權做準備。之前，顓頊不去秋賽，不是不願，而是不想引起軒轅國內各方勢力的注意，對他產生戒心和殺心，現在他去，是即使被人發現了也無所謂，因為他已經準備要回軒轅。

高辛多水，國內遍布河流湖泊，和往年一樣，蓐收選擇了乘船走水路。

顓頊本來還擔心小六和阿念同在一船，會起衝突，可沒想到兩人居然相處得很好，不時還能看到她們躲在角落裡竊竊私語，顓頊不解地問小六：「妳怎麼降伏了阿念？」

小六笑得十分神秘，「秘密。」

一路之上，碰到了很多要趕去參加比賽的家族，像高辛四部這種大家族，常是幾十人的大船，小家族則是只坐三五人的小舟，甚至有只派出一個子弟參加比賽的家族。

顓頊和蓐收打聲招呼，下了大船，乘小船隨在大船後，單獨而行。小六和阿念自然跟著顓頊一起走，阿念又帶了海棠。

很多人以為他們四個是小家族派出去參加比賽的子弟，船靠岸歇息時，常有人主動來攀談，顓頊也熱情相待，一路之上結識了好幾個朋友。

快到赤水時，河道裡的船越來越多，幸好有小祝融派出的人在岸上引導，雖然走得慢一些，但並不亂。

進入赤水，河道逐漸變寬，兩岸都是良田，此時正是稻子收割時，一眼看去，金黃燦爛，猶如一片黃金的湖泊，有不少百姓在田裡彎身勞作，還有牛車來回運送著收割好的稻穀，一派忙碌熱鬧的秋收景象。

河風吹過，有稻香陣陣，小六只覺心曠神怡，連阿念都站在船頭，四處張望，笑道：「那些岸上的人看著都很開心。」

顓頊打量著兩岸景致，眼神有些黯然，唇角卻帶著一絲微笑。

小六不禁問道：「為何心情如此複雜？」

顓頊低聲說：「祝融害死了父親，殺父之仇不共戴天。小祝融歸降爺爺時，我還在軒轅，爺爺讓我決定小祝融的生死，我本有機會殺了小祝融，可我放棄了。今日看到這樣的景象，心中安慰，覺得我的放棄是正確的，可又覺得愧對父母……唉！」顓頊輕嘆了口氣。

小六道：「你選擇的路註定只能有大義，不能有私情。既然選擇了，就不要多想，我想舅舅和舅娘會支持你的選擇。」

顓頊笑笑，幾分寥落地說：「我明白。」

船行著行著，風光突變。南岸依舊是鬱鬱蔥蔥的林木，北岸卻寸草不生，猶如荒漠，一直向北蔓延，好像沒有邊際。

阿念不解，問道：「赤水水源充沛，而且聽說赤水兩岸春夏兩季多雨，冬季多雪，這裡怎麼會有一大片荒漠？」

顓頊是第一次來赤水，小六雖在大荒流浪多年，可赤水靠近冀州，她一直有意識地迴避著冀州，從沒有來過赤水，所以兩人都不知道。

給他們搖船的艄公倒是常來赤水，笑道：「據老人講，很多年前，這裡並沒有荒漠，可不知從什麼時候起，這片地就變成了沙漠。傳說在沙漠中央有一大片桃花林，桃花林裡住著個醜陋的大妖怪，那個大妖怪就如火爐，炙烤得這片土地成了沙漠。因為那妖怪帶來乾旱，人們都叫牠旱魃。」

顓頊道：「神族沒有派兵去剿殺妖怪嗎？」

艄公說：「聽說也有些大膽的神族少年們想去斬妖除魔，可這沙漠很古怪，越往裡走越酷熱乾旱，很多人還沒找到桃花林，就差點被炙烤死，只能趕緊退出來。那妖怪雖然盤踞在此，卻從沒害過人，甚至是不是真有妖怪大家也不清楚，所以百姓們都不在意，漸漸地就沒人管了。」

阿念說道：「可惡！這裡明明該是千里綠蔭，卻被一個妖怪毀了。可惜北岸是軒轅境內，如果在高辛境內，我一定告訴父親，讓父親派人除掉這個妖怪。」

小六眺望著荒漠，說道：「這妖怪並不壞。」

阿念不滿地瞪小六，顓頊解釋道：「剛才妳也說了這裡靠近赤水，水源充沛，春夏兩季多雨，冬季多雪，在這麼多水的緩解下，還出現了千里荒漠，妳想想，如果這妖怪選擇了別處，會出現多麼恐怖的景象？可見牠沒有存害人的心思。」

阿念雖然覺得顓頊說的話有道理，可還是覺得，這種妖怪應該除去。但她自小習慣於聽父親和顓頊的話，遂沒再出聲。

船又行了半晌，北岸開始有了稀稀落落的植被，漸漸地，綠色變得濃密，竟是鬱鬱蔥蔥的果林，各種果子掛在枝頭，紅的紅、黃的黃，十分討喜，眾人也就把妖怪的事情丟到了腦後。

傍晚時分，船速漸漸地慢了，已經能遠遠看到碼頭，附近停泊了很多船隻。

顓頊和小六他們回到大船上，縴夫們吆喝著號子，拉著船靠了岸，在指定的位置停泊好。

有官員來迎接蓐收，雖然隊伍中既有高辛王姬、又有軒轅王子，但顓頊和阿念都未表露身分，所以也沒有人留意他們。

一行人在官員安排的驛館內歇息，蓐收自然有公事處理，無法陪同阿念和顓頊。蓐收是俊帝表兄的兒子，又是俊帝的徒弟，算是俊帝一手培養的心腹，知道阿念和顓頊的親厚，沒問阿念的打算，直接詢問顓頊的計畫。

顓頊回道：「先好好休息一晚，明天出去隨便轉轉，等後天比賽開始，我們當然是看比賽，你就不用擔心我們了。」

蓐收說：「來參加秋賽的子弟都是各家族的精英，有的人免不了有些傲氣，王子若碰到，不予理會就行，能避免的衝突儘量避免，畢竟我們只是比賽的旁觀者，不是參與者，沒有必要與人打鬥。如果對方真的無禮，交給我來處理。」

顓頊知道蓐收這話其實是說給阿念聽的，於是笑道：「好的。」

阿念小時就認識蓐收，若論血緣，兩人還是表兄妹，彼此很熟悉。她撇撇嘴，對蓐收說：「就你會辦事，我們都是傻子，行了吧？」

蓐收對顓頊苦笑一下，帶著貼身隨從離開了，去參加小祝融為他舉行的接風宴。

第二日，小六和阿念不約而同都睡了個懶覺，等起來時，太陽已經高掛，顓頊不在，也不知道去了哪裡。

小六和阿念各坐屋子一邊，慢吞吞地吃飯，吃完飯，阿念叫道：「喂，你知道該怎麼做吧？」

小六忙道：「知道，我發了誓的，妳放心吧，絕不會讓妳父王把妳嫁給我。」

阿念滿意地說：「知道就好。」

兩人又慢吞吞地喝了一會茶，顓頊才回來，阿念嘟著嘴問：「哥哥，你去哪裡了？」

顓頊笑咪咪地說：「去外面打聽一圈，看待會帶妳去哪裡玩。」

阿念甜甜地笑起來，小六暗暗翻了個白眼，顓頊這張嘴啊，甜言蜜語就像不要錢一樣，真是被他賣了，還覺得他最好。

顓頊知道小六在腹誹他，拍了小六的後腦杓一下，「走了。」

顓頊和小六帶著阿念和海棠出了驛館，因為整個大荒的氏族都來了，到處是人，原本不小的赤水城顯得很擁擠。

赤水城內有赤水的支流穿繞過整座城池，所以不少走陸路來的人都選擇乘船遊覽赤水城，顓頊四人已經坐船坐膩煩了，自然選擇徒步而行。

顓頊這兩百多年，幾乎跑遍了高辛的每一個地方，可對軒轅境內的城池反倒很不熟悉，所以看得分外仔細。阿念雖不是第一次來中原，卻是第一次能獨自遊覽，也是興致盎然，那些民間女孩子用的小玩意都能吸引她的目光。顓頊看阿念喜歡，特意幫她挑了幾個銀子打造的鐲子，阿念分了海棠兩個，海棠眉開眼笑，兩人興沖沖地戴上。

小六流浪了兩百多年，什麼沒見過呢？覺得索然無味，幸虧有各式各樣的零食，她買個零食，有時坐在攤子邊，有時站在河邊，邊吃邊等，遙遙地看著顓頊，顓頊不時看她一眼，兩人話不多，可都有一種平靜的愉悅。

嘗到好吃的，小六會多買一點，拿給顓頊和阿念。阿念嫌骯髒，不肯吃，海棠自然也不敢吃。顓頊卻大大咬幾口，吃得分外香甜。

阿念看顓頊和小六都吃得香甜，不禁嘴饞，可自己剛嫌惡地拒絕了，自然不好意思拉下面子說想吃，只頻頻看顓頊和小六。

也許因為俊帝和顓頊，小六現在看阿念很順眼，對阿念那點小女孩的彆扭心思一清二楚。她問海棠要了一塊乾淨的帕子，細心地把食物的外皮剝掉，遞給阿念，哄著她說：「嘗一口，裡面的，一點都不髒。」

阿念扭捏著不肯吃，小六又說了兩句好話，阿念擺出一副是你求我吃，可不是我饞了的樣子，勉勉強強地咬一口。街頭小吃永遠有別具一格的風味，不是任何宮廷名廚能做出的，貪嘴又是女孩子的本色，阿念很快就喜歡上街頭小吃。她開始吃了，海棠自然也能一飽口福，嘗試著小六推薦的小吃。

四個人玩玩、吃吃、逛逛，都心情很愉悅。

下午時，他們乘坐牛車，出了赤水城，來到據說中原最大的船塢。這個船塢屬於赤水氏，一般的船可以售給大荒內的各氏族，但據說赤水氏和黃帝有秘密協議，最好的船只能售給黃帝，俊帝派人去訂造，都被赤水氏拒絕了。

造船技藝在所有懂得造船的家族中都是秘密，沒有人能真正進入船塢，但還是有很多人慕名而來，並不是想偷學什麼，只不過想回到家鄉時，和鄉親們自豪地說一聲「我親眼看到了赤水氏新造的船」。

據說，在小祝融的提議下，赤水氏常會特意安排新船試航，讓眾人觀看，既宣傳赤水氏的船，也滿足了遠道而來看新鮮的遊人。

小六他們到時，因為已近黃昏，河道邊的人不多，三三兩兩的，都在觀賞夕陽下的河景。

小六和顓頊領著阿念、海棠隨意地走著，忽然聽到一陣海螺響，沒想到這個時候還有新船下河，小六他們都停住了腳步，站在岸邊觀看。

只見船塢的大門打開，一艘不大的船緩緩駛動，開入了河道。

小六看不懂船的好壞，只覺船的造型很別致，前窄後寬，像一朵還未打開的花骨朵，恐怕訂造這艘船的船主是個女孩子。

阿念卻見過不少好船，嗤一聲譏笑道：「赤水氏的船也不過爾爾。」

一個穿紫色衣衫的少女扭過頭，走過來幾步，盯著阿念，「妳覺得這船哪裡不好了？」少女膚色白皙，一雙水靈靈的杏眼，眼角微微上翹，看人時，不笑也嫵媚暗生。

阿念打量了那女子一眼，指著船侃侃而談：「這船造來顯然是討一個女子歡心的，可模樣不倫不類，究竟是朵什麼花呢？既然不能讓速度與外型兼顧，那不如索性只選擇其中一個，赤水氏造的這艘船兩者都想要，結果卻是兩者都未占住。」

紫衣少女冷冷說：「妳想要還沒有！」

阿念氣得想反駁，紫衣少女卻沒給她機會，直接從岸上飛躍而下，站在新船上，還不屑地回頭盯了阿念一眼。

阿念明白了，紫衣女子就是這船的主人，更不屑地冷哼：「破船一條，有什麼可得意的？」

時候不早了，顓頊和阿念、小六商量到哪裡去吃晚飯。

三人都不想回驛館，小六提議乘船去遊湖，咂巴著嘴巴說道：「河上居住的船民們很懂得烹製河鮮，也不用特意找什麼飯館，我們租艘乾淨的船，問船夫借用一下漁網，撈一些河鮮，直接讓船娘在船上做了。烤魚太普通，都不用提了；把河蚌剖開，放在炭火上連著殼烤，噴一點酒，灑一點芥菜子粉，鮮中帶著微辣，吃了一個還想再吃；還有河蝦，先用烈酒浸泡活蝦，蝦把酒吃到肚子裡，雖然醉了，卻還活著，把石板燒到滾燙，直接把醉蝦倒上去，河蝦劈里啪啦蹦著，烈酒的醇香味和河蝦的鮮味撲鼻而來，待蝦殼煎烤得紅中發金，拔去蝦頭輕輕咬一口，唇齒間又鮮又香、又嫩又滑……」小六說著簡直口水要流下來，阿念也覺得饞蟲直動。

顓頊心中滋味很是複雜，現在說來有趣，可這一分從艱難生活中凝聚出的有趣，卻必要嘗過十分的苦。他面上未顯，反倒敲了小六的腦門子一下，取笑說：「妳個沒出息的東西，除開吃再無大事。」

阿念撇撇嘴，滿臉不屑，卻不停地打量著岸邊停靠的船。

岸邊停著不少船，小六很有經驗，一眼掃過，根據船的布置就能看出船家是什麼性子的人。她挑了一艘打掃得乾乾淨淨的船，和船家夫婦講好價格，又讓船家去買了兩罈烈酒和一點蔬菜瓜果。

四人上了船，顓頊和阿念坐在一旁，看著小六忙碌。

海棠不好意思什麼都不做，想幫忙，小六嫌她添亂，把她趕回阿念身邊。小六問船家借了漁網，站在船尾，仔細地看著，差不多時，她把網灑了下去，待收網時，網裡捕了幾條魚、一小桶河蝦，還有幾隻螃蟹。

小六把烈酒倒入小桶，把河蝦浸泡起來，放到一旁，又挑了三條肉質鮮嫩的魚留下，讓船娘幫忙殺了，別的魚送給了船娘。小六從身上掏出一些藥草狀的東西，把殺好的魚醃製起來。

阿念還惦記著小六剛才說的話，問道：「河蚌呢？」

小六把外衣脫下，對阿念說：「我們能不能吃到河蚌就要靠妳了。」

「靠我？」

小六指指湖，「妳能幫我把那邊的水暫時分開嗎？不需要很大。」

「這有何難？」

阿念雖然嬌氣，但修為並不弱，她把手放進水裡，水開始分開，露出湖底的砂石。小六在腰上綁了個竹簍，跳進水裡，游到阿念分開水的地方。她走在湖底，彎身翻撿河蚌，不一會兒就撿了滿滿一竹簍。

阿念第一次自己撈東西吃，興致盎然，一邊探長脖子看，一邊笑著叫：「那裡，我看到那裡有一個大的。」

小六順著阿念手指的方向，真在一塊大石下，發現了一個大河蚌。她一手拿著河蚌，一手游水，回到船上。

小六把那個和小磨盤一般大的河蚌放到阿念面前，「這是妳捉的，待會這個就烤給妳吃。」

阿念滿臉笑意，迫不及待地問：「什麼時候能吃啊？」

船娘已經生好火，顳頊把小六拽到爐子邊坐下，問船娘要了乾淨的帕子，先幫小六把頭髮擦乾，「冷嗎？喝幾口酒。」

海棠趕緊端了酒給小六，小六喝兩口，身子立即暖和，她揮著手說：「動手！動手！邊烤邊吃，還會覺得熱呢！」

四人圍著爐子坐好，開始烤河蚌。阿念剛開始還不敢動手，漸漸地也產生了興趣，學著小六灑調料，也不知道是剛捕捉的河蚌的確夠鮮美，還是自己動手的原因，阿念只覺得從沒吃過這麼好吃的河蚌。

小六吃一會河蚌，身上的衣服也差不多乾了，她把三條醃製好的魚拿出來，用荷葉包好，放在一旁慢慢地烤著。

四人邊吃邊談笑，不知不覺中，月亮已升到頭頂。

湖面上，偶爾能碰到其他來遊湖的船隻，卻都沒有他們逍遙愜意，擁爐賞月、對酒而啖。烤魚的香味飄得很遠，有人甚至聞香追來，垂涎欲滴地問道：「可願出售？我們願意出高價。」

不等小六回答，阿念已經拒絕，「我們自己也才剛夠吃。」

顓頊對小六道：「不怪人家嘴饞，妳這烤魚也不知用了什麼調料，竟然連我和阿念這種吃魚早吃膩的人也饞。」

小六嘻嘻一笑，「獨家秘笈，概不外傳。」這倒真不是小六吹牛，她腦中記著無數天下人夢寐以求的藥草和藥方，可她對醫術不求甚解，反而把每種草藥是什麼味道記得一清二楚，常常把藥草當調料用，時間長了，真被她摸索出很多極好的味道，所以她烹製的食物，火候不見得好，味道卻的確是獨一無二。

湖上忽然起霧了，霧靄繚繞，船兒猶如在霧海中穿行。船娘怕和別人的船撞上，多點了幾盞燈，沿著船舷攏上。恐怕別的船也是如此，所以不時能看到點點燈光在霧氣中若隱若現，猶如星光一般在雲海中閃爍。

微風送來一陣悠揚的琴音，隨著風忽有忽無，在白茫茫的霧氣中，琴音時而清晰、時而模糊，清晰時明媚悅耳，猶如十里桃花風中舞，模糊時嗚嗚咽咽，猶如一樹梨花簌簌落。

月下聽琴本就是雅事，水上霧中聽琴，更是別有一番滋味。只可惜，聽著聽著，只覺那撫琴的人正坐著船漸漸遠去，琴音越來越低，小六和阿念都有些遺憾，小六嘆道：「聲漸不聞音漸消。」

顓頊道：「只要妳想聽，讓她撫給妳聽又有何難？」

小六不解，「難道你想高聲把人叫回來？我這個粗人都知道不行。」

阿念推了海棠一下，海棠忙打開隨身帶著的行囊，把白日裡買的一管洞簫擦乾淨，遞給顓頊。

阿念對小六說：「父親精通音律，據說尤善撫琴，他親自教導哥哥音律，哥哥雖然不能和那位青丘公子塗山璟相比，卻也不弱。」

顓頊將洞簫湊到唇畔，吹奏了起來，還是剛才的琴曲，只不過有不少變化。剛才的琴曲聽得時斷時續，聽清楚的段落顓頊就依著原曲而奏，沒有聽清楚的地方，則自己現作曲，把曲子補充完整。原來的曲子和顓頊新作的曲子雜糅在一起，竟然天衣無縫，甚至比剛才的曲子更添幾分隨意灑脫。

小六這不懂音律的人都聽得幾乎要擊節讚嘆，那撫琴的人恐怕更是又驚又讚，讓船調轉方向。琴音又傳了過來，和洞簫聲一起一和，兩人的曲子既相似，又截然不同，兩人既互相比試，又彼此追隨，白茫茫的大霧完全變成了琴音和簫聲的天地，它們時而衝上九霄翱翔，時而落入碧海遨遊，漸漸地，琴音好像終於被簫聲折服，隨著簫聲而奏，和諧共鳴、水乳交融。

阿念心裡越來越不舒服，突然伸手拽住洞簫，簫聲戛然而止，顓頊倒也沒生氣，只是溫柔地看著阿念，「怎麼了？」

突然失去簫聲，琴音幽幽而奏，徘徊低吟，好像在詢問著吹簫的人。

阿念只覺心煩意亂，硬邦邦地說：「我不想聽了。」

小六低下頭，忍著笑，專心致志地吃她的螃蟹。

琴音徘徊一會兒，遲遲不見簫聲回應，好像生氣了，用手猛劃一下琴，鏗然一聲，琴弦斷裂，琴音消失。

顓頊拿起一隻螃蟹，細心地把蟹膏剔到蟹殼子裡，滴了幾滴薑醋汁，把蟹殼子放到阿念面前，阿念一下子又笑了出來，喜孜孜地小口吃著。

顓頊又拿了一隻螃蟹，剝好蟹膏，要給小六，小六嘴裡咬著螃蟹鉗子，含含糊糊地說：「螃蟹要自己剔著吃才有味道。」

顓頊不愛吃螃蟹，於是把剝好的蟹膏放到阿念面前，阿念雖有些不樂意吃小六不要的東西，卻沒吭聲。

小六拿了一條魚給顓頊，「你嘗嘗。」

顓頊掀開荷葉，濃郁的香氣撲鼻而來，阿念和海棠也趕忙去拿魚，荷葉揭開的剎那，簡直能香飄十里。海棠看只有三條魚，不好意思吃，小六道：「你們別和我客氣，我這還有好吃的醉蝦呢！」

小六說著話，舀起一勺喝醉的蝦倒在滾燙的石板上，滋滋聲中，白色的霧氣騰起，醉蝦劈里啪啦地跳著，濃郁的酒香和鮮美的蝦香四散開來。

從遠處傳來吆喝聲，「喂，那邊的船家，把你們烤炙的東西送一些來，若味道讓我家小姐滿意，必有重賞。」

不是第一個人對他們烤炙的東西感興趣，可其他人都是客客氣氣，好商好量，這個婢女卻一副呼來喝去的口氣。

阿念不滿地說：「有錢了不起啊？不給！」

海棠也不是個省心的，居然高聲回了過去：「我家小姐說『有錢了不起啊？不給！』」

船駛了過來，竟然是下午見過的那艘花骨朵新船，站在船邊的婢女看到阿念他們的樣子，知道誤會了，沒什麼誠意地道歉說：「湖上霧大，剛才沒有看清，以為是船娘，語氣隨便了。麻煩你們把這烤魚讓我，價錢隨你們開。」

阿念想起下午的那位小姐，更加不悅，瞅了海棠一眼。海棠明白她不屑直接和婢女對話，站了起來，斂衽行禮，笑得溫柔大方，「錢，我們暫時不缺，如果你們願意拿東西來換，我們倒是願意，只是不知道你們可有？」

那婢女打量了一番海棠，倨傲地說：「這大荒內我們沒有的東西也不多，妳儘管說吧！」

海棠笑得更加親切，「太好的東西不敢要，聽說聖地湯谷的扶桑木無火自熱，我們想要一捆扶桑木，正好用來烤剩下的醉蝦吃。」

小六用手半遮住臉，無聲地笑起來。大荒內的人提起扶桑神木都是以指長、指寬來丈量，第一次聽到人用捆來說扶桑神木。不過，放眼大荒，也只有阿念敢如此說。

婢女知道被海棠戲弄，一下怒了，「妳竟然敢戲弄我？」

海棠笑道：「是妳讓我儘管說，怎麼能說我戲弄妳？下次說話時先想想，小心風大閃了舌頭！」

婢女氣得臉通紅，直接動手，砸過來幾個水球。海棠也沒客氣，揮揮手，把水球擋回去。婢女被淋了個落湯雞，哭喪著臉說：「有本事你們別跑！」一轉身跑進了船艙。

不一會兒，小六他們下午見過的那位紫衣小姐和一位水紅衣衫的美麗女子從船艙內走出來，水紅衣衫的女子卻不是陌生人，而是防風意映。

小六忙往船艙裡縮了一下，躲在暗影中。顓頊往她身邊坐下，用自己的身子擋住她，頭未回地問：「妳認識？」

小六低聲對顓頊說：「水紅衣衫的女子是防風意映。」玟小六的這張臉只有清水鎮上的人認識，到清水鎮上討生活的人都有迫不得已的原因，大都不會離開，所以小六從不擔心有人會認識自己，可她沒想到防風意映竟然會出現在這裡。

那位紫衣小姐寒著臉，斥道：「你們好沒道理，婢女來買點吃食，你們若不願意，拒絕就行了，何必又戲弄、又打罵？」

阿念站起來，「什麼叫又戲弄、又打罵？妳怎麼不問問是誰無禮在先，是誰說大話，又是誰先動的手？」

紫衣小姐認出了阿念，氣道：「什麼樣的主子就有什麼樣的奴婢，不用問我也知道誰無禮。」

阿念大怒，「自己的船不好還不許人家說？妳以為妳是誰？我還偏說，一條破船！」

紫衣小姐氣得想要動手，可好像有什麼顧忌，強壓著怒火，卻又嚥不下這口氣，一時間臉色都變了。

防風意映柔聲說道：「好妹妹，這事都怪我，我聞著香味隨口說了一句，若不是為了滿足我一時的口腹之欲，妳何至於受小人之氣？既然是我引起的，就由我來處理吧，回頭妳爹爹和兄長知道了也不會說什麼。」

防風意映轉過了臉，對著阿念和海棠時，已經滿面寒霜，說道：「你們立即道歉，否則休怪我不客氣！」

阿念被大荒聞名的九命魔頭和小六綁架了，都不見懼色，此時又怎麼可能會怕？她冷笑道：「好啊，我等著看妳如何不客氣。」

船夫和船娘見勢不對，不敢惹事，跳下水逃跑了。

防風意映揮了下手，從她的袖中射出一排短箭，也不知是她射偏，還是恰好有霧氣擋了一下視線，大部分的箭居然是朝著顓頊去的。

顓頊知道她是防風意映後，就用靈力罩著阿念和海棠，此時阿念和海棠沒事，他又怕傷著小六，只勉強躲開了所有短箭。

還沒來得及喘息，又是幾排短箭過來，不過阿念和海棠已經反應過來，兩人靈力都不弱，防風意映又不是真要射她們，兩人自保沒有問題。

不少短箭釘在船身上，防風意映不愧是防風家數一數二的高手，這種威力不大的袖箭就震裂了船身，只聽喀嚓聲不絕於耳，整條船分崩離析，四人都掉進了水裡。

小六心中暗喜，顓頊、阿念和海棠是在高辛長大的，只要入水，那可像是回了故鄉，就算不把對方的船弄翻，水遁應該沒問題。可是，她震驚地看到顓頊和阿念居然不會游水，而那個被海棠打成落湯雞的婢女叫了一群婢女，正齊心合力地痛打落水狗海棠，海棠被纏得無法去救阿念。

小六只能冒著防風意映的箭雨去救顓頊和阿念。顓頊雖然不會游水，卻不慌亂，用靈力讓自己的雙腿木化，浮在水面，阿念卻緊張慌亂得忘記自己有分水之能，已經嗆了好幾口水，眼見就要沉下去。

顓頊對小六說：「不用管我，救阿念。」

小六只能先去救阿念，「你一切小心。」

阿念一碰到小六，立即像八爪魚般地纏住小六，連男女之防都顧不上。小六靈力低微，力氣沒阿念大，被阿念帶著向湖底沉去，卻恰好避開了兩支射向她後心的箭。

小六狠狠地在阿念的後脖子上敲了下，把阿念打暈，帶著阿念快速逃離。一口氣游到岸邊，她趴在岸邊，累得直喘氣。

小六掐著阿念的人中，把阿念弄醒，「我要去救顓頊，妳自己一個人能行嗎？」

大霧瀰漫，什麼都看不清楚，好像四周都潛伏著怪物，阿念全身哆嗦，卻堅強地點了點頭。小六拍拍她的臉頰，「躲好，不管發生什麼都不許出來。」

小六轉身跳進湖裡，去找顓頊。

雖然霧氣瀰漫，難以分辨方向，可小六碰到過比這恐怖得多的天氣。她游回他們落水的地方，可是湖面上竟然空蕩蕩，什麼都沒有。

小六不死心，一圈圈地游著，尋找著顓頊。

找了好久，沒有找到顓頊，卻看到海棠浮在水面上，昏迷不醒，左腿上中了一箭。小六再忍不住，也顧不上藏身了，揚聲大叫：「哥哥、哥哥……」

小六拽著海棠，邊游邊叫，始終沒有人回應，小六只能帶著海棠回去找阿念。

阿念蜷縮著身子，躲在草叢中，白茫茫的大霧讓她變成了瞎子，夜梟淒厲的啼叫都讓她恐懼。當聽到水聲淅淅瀝瀝，她手運靈氣，緊張地盯著前方，白霧中浮現一個怪物的黑影，蹣跚地走向她。她正緊張得全身都痙攣，怪物走近了，卻原來是小六扛著海棠。阿念激動地衝出去，「小六！」

小六看到阿念眼角的淚痕，想起了自己第一次露宿山野時，也是這般驚惶不安。她拍拍阿念的肩，讚道：「妳很勇敢嘛！」

阿念不好意思，立即做出了什麼都不怕的樣子，「哥哥呢？海棠怎麼了？」

小六把海棠放下，「後背被打了一掌，腿上有箭傷，可有我在，死不了。」

小六餵海棠吃了顆藥丸，想撕開海棠的褲子，阿念卻紅了臉，「不能等到回去再醫治嗎？」

「這麼大的霧，妳知道怎麼往回走嗎？這一箭雖沒射中要害，可我對這位防風小姐實在不敢低估，不早點醫治，我怕海棠的腿會殘了。」

「可是、可是你是男的！」

小六嗤一聲撕開了海棠的褲子，「大不了就娶她唄！」

阿念想想也是，卻有點不甘，「哼！便宜了你！」

小六用力拔出箭，對阿念說：「趕緊把妳的好藥都拿出來。」

阿念先拿了個扶桑木瓶給小六，「裡面是浸泡著扶桑花的湯谷水。」

小六把水倒在傷口上，水一點點把傷口上發黑的肉蠶食掉，露出鮮紅的乾淨血肉。

阿念又拿了一個玉瓶，遞給小六，「裡面是用歸墟水眼中的水和靈草煉製的流光飛舞丸。」

小六連著捏破三顆藥丸，藥丸化作了幾百滴紫藍色的水滴，好像流螢一般繞著傷口飛舞，慢慢地融入傷口，傷口的血很快就止住了。

小六開始包紮傷口，「好了！」

阿念擔憂地問：「哥哥呢？」

小六搖搖頭，「不知道。我們只能儘快返回驛館，讓蓐收去查。」

小六背起了海棠，對阿念說：「走吧。」

阿念跟在小六身旁，深一腳淺一腳地走著。

大霧中，看不清路，湖邊的路又十分泥濘，每一腳踩下去都不知道自己會踩到什麼，精神緊繃加上時間長了，阿念覺得很累。可靈力低微的小六背著一個人依舊走得很平穩，神情也十分鎮定，好像不管多大的霧，都不能遮住她的眼。小六的平穩鎮定感染了阿念，也讓阿念很不好意思，她咬著牙，緊緊地跟著小六，即使覺得聽到了蛇遊走的聲音，她也緊咬著唇，一聲不發。

小六走到一處坡地，衝著白霧叫起來，「船家，雙倍價錢，去赤水城。」

竟然真有聲音從白霧中傳來，「好嘞，您等等。」一點燈光亮起。

小六帶著阿念朝燈光走去，果然看到有船停在岸邊。

阿念上了船，心下一鬆，雙腿發軟，一屁股坐到船上，驚訝地問小六：「你怎麼知道這裡停著艘船？」

小六一邊輕輕放下海棠，一邊說：「昨天傍晚，我們是逆著這條河去湖上的，我看到船家停在這裡生火做飯。」

阿念不相信地說：「掃一眼就記住了？你又不能預知我們會遇險。」

小六淡淡一笑，「如果時時生活在危險中，不記住就是死，記住卻會多一分生機，自然而然就形成了習慣，不去刻意記，也會留意。」

阿念盯了小六一眼，不說話了。

船夫和小六商量，「眼見著天就要亮了，太陽一出來，霧很快就會散去，不如等等再走。」

小六問：「你自小就生活在這裡嗎？」

「祖祖輩輩都生在赤水、死在赤水。」

「從這裡往下是順流，我看河流很平穩，不如我們慢慢地順流飄著，等霧氣散一些了，再加速。如果一個半時辰內趕到赤水城，我再加錢。」

船夫琢磨了一下，應道：「好嘞。」

船夫在船上多點了兩盞燈，自己立在船頭，謹慎地張望著。

船平穩地順流而下，約莫半個時辰後，霧氣開始消散，已經能看到幾丈外。船夫開始搖櫓加速，隨著大霧消散，船的速度越來越快，霧氣還未完全消散，船已經進了赤水城。

驛館前就有河，在小六的指引下，船夫直接把船停到驛館前。

阿念未等船停穩，就躍上石階，趕去拍門。小六把錢給了船夫，背起海棠，走上岸。

開門的侍從看到阿念和小六的狼狽樣子，立即派人去叫蓐收。

蓐收已經起身，正在洗漱，聽說海棠受傷了，顧不上在洗漱，立即衝出來。看阿念完好無損地站著，他才鬆了口氣，對阿念說：「只要妳在，我就知道太平不了，只有事大事小，絕不可能沒有事。」他對身後的婢女吩咐，「把海棠送回屋子，讓醫師去看看。」

阿念也顧不上和蓐收拌嘴，說道：「顓頊哥哥不見了。」

蓐收剛散開的眉頭又聚攏到一起，「妳仔仔細細把發生的事情從頭到尾說一遍。」

阿念從他們傍晚遇見那個紫衣小姐講起，一直講到晚上再次相遇、爆發衝突。小六等阿念全部講完後，才說道：「動手的女子叫防風意映。」

蓐收說：「竟然是她！」

阿念忙問：「她很有名嗎？我怎麼沒有聽說過？」

蓐收無奈地說：「青丘公子塗山璟的未婚妻。」

「竟然是她！」阿念拍案而起，「我去塗山家問問，他們是不是想高辛境內的所有生意都關門？」

蓐收道：「雖然是防風小姐動的手，可她是為了那位小姐出氣，這事縱然鬧起來，也是那位小姐和你們的矛盾，更何況你們又沒表露身分，也不能責怪人家誤傷了你們。」

小六也說：「現在不是要找誰麻煩，而是先弄清楚顓頊去了哪裡。」

蓐收對小六和阿念說：「既然知道了防風小姐，很快就能找到那位小姐，只要找到人自然會弄明白王子的去向。這事交給我來辦，你們去洗個熱水澡，好好休息。」

阿念回了屋子，小六卻繞了一圈，在門邊等著蓐收。

蓐收看到他，立即停住腳步，他雖不知道小六的身分，可離開前俊帝親口叮囑他照顧好小六，遂客氣地問：「公子還有什麼事要囑咐我嗎？」

蓐收畢竟是高辛的臣子，有些話不好說得太直接，小六只能說：「小心一些防風小姐，我總覺得她不僅僅是為好朋友出氣，我懷疑她應該認出了阿念和顓頊。」

蓐收道：「我會提高警惕，一有消息，會立即派人告訴公子。」

小六作揖，「多謝。」

小六洗完澡，卻睡不著。顓頊、防風意映、塗山璟、相柳……所有人像走馬燈一般在她腦海裡閃過，想到後來，都覺得頭痛欲裂。

小六覺得自己這樣是浪費精力，不如好好睡一覺，等蓐收打聽到消息後，才能配合行動。她吃了一顆藥丸，藉著藥性，昏沉沉地睡了過去。

一覺睡醒時，已是晌午，小六去吃飯，看到阿念正坐在窗下發呆，眼圈發黑，顯然沒有休息。

小六坐在食案前，埋頭大吃。阿念惱怒地瞪他，「我哥哥待你不薄，他現在沒有消息，你竟然還吃得下飯？」
小六無奈地問：「不吃不睡，他就能回來嗎？」
阿念罵：「冷血！」
小六知道她心裡煩躁，不理她，自己吃自己的。
一會後，阿念看著窗外，低聲問：「我是不是真的很麻煩？如果不是我，昨夜根本就不會有衝突。」
小六說：「麻煩是美麗女人的特殊權利，女人不製造麻煩，如何凸顯男人的偉大呢？至於說昨夜，即使沒有妳，照樣會起衝突。」
「真的？」
「我不會把烤魚賣給那個囂張的婢女。」
阿念覺得好過了一些。小六問：「不過，妳可是高辛人，怎麼能不會游泳呢？」
阿念扭扭捏捏地說：「我娘膽子小，她生我生得十分艱難，怕我淹死，小時候一直不肯讓我去戲水。錯過小時候，女孩子大了時，就不方便游水，再說我也不喜歡，所以就不會游泳了。」阿念還想為自己的不會游水辯解幾句時，蓐收走了進來。
阿念立即站起來，「找到哥哥了嗎？」
蓐收對阿念行禮後，說道：「顓頊王子一切安全，你們不必擔心。」
「他人在哪裡？」
「在赤水氏的府邸中。」

阿念不解，「怎麼會在赤水府？」

蓐收慢吞吞地說：「昨夜和你們起衝突的那位小姐叫神農馨悅，是小祝融的女兒，現任赤水族長的外孫女，未來赤水族長的妹妹。」

阿念的臉色十分難看，怒意無處可發洩，把案上的杯碟全掃到地上。

蓐收和小六都面不改色、心不跳。小六小聲說：「我聽著好複雜，這位神農馨悅小姐顯然是血脈純正的神農子弟，她的哥哥怎麼會是赤水氏未來的族長？」

蓐收小聲地解釋道：「小祝融娶了赤水族長唯一的女兒赤水小葉為妻，赤水族長不僅是小祝融的岳父，還是表舅父，對小祝融有大恩，小祝融視他為父。聽說小祝融曾答應赤水族長，將來若有兩個子女，必讓一子給赤水氏，後來赤水夫人生了一對龍鳳胎，哥哥自出生就被定為赤水氏未來的族長，在赤水族長身邊長大。你們昨天看到的那艘船據說是神農馨悅小姐自己設計，她哥哥建造給她的。」

小六繼續小聲地虛心請教：「既然神農小姐來頭這麼大，我們又得罪了她，顓頊王子怎麼會在赤水府住著？」

蓐收嘆氣，小聲地說：「我也不知道，我只知道王子非常安全。」

阿念拍案，嚷嚷：「你見到人了嗎？他們說安全就安全啊？」

蓐收說：「我當然不放心，要求見人。赤水府的人並沒刁難，很爽快地讓我見到王子。王子肩膀上中了一箭，還在湖底泡了一會兒，所以氣色有點差，但其他一切都很好。王子親口對我說讓我放心，等他傷好轉一些就會回來。」

阿念冷哼，不屑地說：「他們肯定是知道哥哥的身分了，怕得罪黃帝和我父王，所以獻殷勤。」

蓐收動了動嘴唇，卻又閉上。阿念拍案，「有什麼就說什麼！」

蓐收摸了摸鼻子，很小聲地說：「我看他們還不知道王子的身分，王子說自己是俊帝陛下的遠房親戚，所以他們把王子當作高辛四部之一青龍部的子弟。」俊帝的母族是尊貴的青龍部，蓐收就來自青龍部，是俊帝的表侄，俊帝陛下真正的親戚。

阿念再次惱怒地拍案，張著嘴卻不知道說什麼，愣了一瞬，猛地站起，氣沖沖地走出了屋子。

小六問蓐收：「見到防風小姐了嗎？」

「見到了，我就是從她那裡知道和你們起衝突的小姐是小祝融的女公子。防風小姐十分客氣周到，還向我道歉，說不知道是俊帝陛下派來的人，不過太客氣周到了，反倒讓人覺得……」蓐收搖搖頭，「反正回頭得提醒王子多加小心，畢竟明槍易躲、暗箭難防，防風小姐卻是大荒內數一數二的暗箭高手。」

小六說道：「以當時的情形看，防風小姐肯定是想裝糊塗殺了顓頊王子，可大概突然發生了什麼，神農小姐竟然阻止防風小姐，救了顓頊王子。」小六可不相信是神農小姐的善良，這些久居上位的公子小姐們，因從小就手握生殺大權，自然而然養成了對微賤生命的不在意。並不是說他們冷血，只是一種生活環境決定的習慣，就如有錢的人不在乎錢，沒餓過肚子的人不知珍惜糧食。

蓐收輕輕咳嗽了兩聲，說道：「其實，我已經派人設法打聽了具體過程。」

小六並不覺得意外，像赤水氏這樣的大家族，俊帝不可能不關注，也不可能沒有眼線，真正機密的事情不見得能知道，但一個衝突的始末卻應該能打聽清楚。

蓐收看小六只是靜靜地看著他，表情從容，並不主動探問，不禁心內暗讚了一聲，難怪俊帝和顓頊都對他另眼相看。蓐收說：「據當時在船上服侍的婢女說，船上的侍從們礙於小祝融的規矩，不敢在秋賽期間動手惹事，卻暗中興風作浪，幫助防風小姐。王子不識水性，吃了大虧，被防風小姐射中後，身子沉了下去。本來神農小姐已經下令開船離開，可此時從湖下浮起了一管洞簫，神農小姐看到洞簫後，據說愣了一瞬，突然就跳進水裡，把王子從湖下給撈了起來。」

小六雙手托著下巴，怔怔發起呆來。

蓐收盯著她看了一會兒，問道：「你在想什麼？」

雖然剛才阿念沒有講述湖上琴簫合奏的事情，但蓐收不見得不知道。小六給蓐收細細講述了一遍，說道：「我在想那位神農小姐是否很善於撫琴。」如果神農馨悅是那位和顓頊琴簫合奏的人，那她看到洞簫救人，就說得通了。

蓐收說：「這倒不清楚，不過貴族子弟們或多或少都會學點音律。」

小六笑了笑，展著懶腰站起來，「我再去好好睡一覺。」快要出門時，她停住腳步，好像突然想起什麼，不經意地問：「塗山家只有防風小姐來了嗎？」

「璟公子也在。」

小六不在意地哦了一聲，走出屋子。

早上那一覺是靠著草藥強行入睡，睡得並不好；下午這一覺倒真是睡得很酣沉，小六一直睡到快吃晚飯時才起來。因為睡了一天，沒什麼消耗，不覺得餓，懶得吃晚飯，她捧了一碟水果坐在廊下吃。

雖已是秋天，天氣卻還未轉冷，秋風中的涼意吹到衣衫上，讓人只覺清爽輕快。

阿念也吃不下飯，看小六吃得香甜，遂拿了一碟水果，和小六隔著一段距離，也坐在廊下吃。

小六看她眼圈發黑，顯然下午仍然沒休息好，說道：「讓婢女給妳煮點酸棗仁湯，再喝碗羊奶，好好休息一晚。」

阿念只吃，不說話。

蓐收走進來，笑說道：「今日下午的比賽很精彩，你們明日去看比賽嗎？想看哪個家族可以現在就告訴我，我來幫你們安排。」

阿念想了想說：「好啊！有高辛四部和赤水氏的比賽嗎？我想去看看。」

蓐收苦笑，「有是肯定有了。」

小六自從靈力被散掉後，對這些打打殺殺的事就了無興趣，可以不用陪顓頊去看，簡直心中暗喜，所以趕忙擺擺手，「我白天睡多了，今夜肯定睡得晚，明天只怕要晌午後才能起來，你們去看你們的，不用管我。」

蓐收道：「秋賽一共有六天，就算明天不看，也還有四天可以看，而且越到後面越精彩，你好好休息，不必著急。」

第二日，小六果真睡到晌午才起來。

驛館內靜悄悄的，想來大家都去看比賽了。小六懶得麻煩廚房開伙，跑去街邊攤子上吃。她要了一碗河鮮湯餅，湯頭燉得十分鮮美，乳白的湯汁、嫩綠的蔥花，小六吃了一碗還不夠，又加了半碗才吃飽。

小六吃完後，只覺心滿意足，看牆根下有不少老人在晒太陽，或席地而坐、或袖著雙手蹲著。她跑過去坐到地上，邊晒太陽，邊瞇眼看著河上的船隻來來往往。

有船從河上過，一個青衣男子坐在船頭，背對著小六，和另一個藍色衣衫的男子欣賞著岸邊的風景。

熟悉的背影讓小六立即認出是璟，小六知道他看不到自己，所以明目張膽地盯著他看。璟卻忽然扭過了頭，向著岸上看過來，而小六沒有動，依舊懶洋洋地坐著，懶洋洋地看著他。小六不知道璟有沒有看到自己，只看船漸漸地行遠了，一抹天青色漸漸地隱入熙攘紅塵中。

他知道她在赤水城，她也知道他在赤水城，可再也不能像在清水鎮上一樣，揮揮手，大叫一聲十七，他就會出現在身邊。

小六也不知道坐了多久，反正身邊晒太陽的人已經換了幾批。又有人走了過來，輕輕坐在小六身旁，熟悉的藥草香淡淡地飄來。小六沒有回頭，因為知道，即使看到了面孔，也是假的。她微笑地看著船兒行過，心中透著一些若有若無的喜悅。

半晌後，小六低聲問：「不怕人跟蹤你嗎？」

「我的祖先是狐，只有我追蹤別人，很少人能追蹤我。」

小六想起第一次被相柳抓走，是他找到了她；第二次被顓頊抓進地牢，也是他找到了她。他好像的確非常善於追蹤。

小六問：「你沒有去看比賽？」

「塗山氏並不善於與人打鬥，每次來這裡的主要目的是談生意和招攬人才。」

小六不再說話，十七默默地陪著小六晒太陽。小六雖一直沒有回頭，卻能嗅到他身上的藥草香，令人安寧。

直到夕陽映照在河上，十七輕聲說：「我得走了，妳什麼時候回去？」

「我也該回去了。」

「那妳先走吧。」

小六心中有一絲溫暖的漣漪，「好！」她站了起來，沿著河岸，慢慢地踱回驛館。因為知道有人一直在目送著她，本來一個人的路程卻好像一直有人相伴，沒有孤單，反而有一種溫暖。

可目送她離開的人，品嘗到的只是逐漸的遠離，十七選擇把溫暖留給她。

小六連著休息了五天，直到比賽最後一日，實在推辭不過，才被蓐收和阿念強拉著去看最後一場比賽。

經過一次次比賽，有幸爭奪最後勝利的是一男一女。

男子叫禺疆，來自高辛四部之一的羲和部；女子叫獻，來自四世家之首的赤水氏。禺疆長著一張娃娃臉，眉清目秀，總好像在笑，讓人一見就覺得親切。獻是一張清冷的瓜子臉，嘴唇緊抿，眼帶煞氣，讓人都不敢直視她。兩人都修行水靈，禺疆是水，獻卻是水系中的冰。

眾人都十分期待這場水與冰的大戰，大部分的人覺得禺疆可親，希望他勝利，可又覺得獻出手狠辣，更有可能贏的是獻。

小六害怕碰到防風意映，卻實在痛恨變幻容貌，正好阿念在這種鬧哄哄的場合自恃身分，戴了帷帽，小六也戴了一個。

進入比試的場地後，小六發現觀看比賽的人不少都戴著帷帽，遂放下心來。

比賽快開始時，小六看到顓頊和一個戴著帷帽的女子走了進來。小六覺得頭痛，裝沒看見，阿念卻站起，用力揮著手，叫道：「哥哥！」

顓頊和女子從人群中擠了過來，阿念這才反應過來這個女子有可能是誰，她滿是敵意地問：「哥哥，她是誰？」

顓頊微笑著給彼此介紹：「這位是我妹妹，阿念。馨悅，妳也叫她阿念就好了。這位是神農馨悅，阿念，妳叫她馨悅。還有這位是……」顓頊找小六，卻不知何時小六已經離開了。

因為顓頊不在，蓐收可不敢把阿念和小六託付給別人，所以特意定了看臺，帶阿念和小六來看最後的決賽。

看到顓頊帶著馨悅走過來時，蓐收立即偷偷地溜走，小六也悄悄地站起，隨在蓐收身後跑了。

兩人成功地溜出來後，對彼此抱抱拳，都表示佩服佩服！

這是最後的決賽，來看比賽的人非常多，所有位置都一個蘿蔔一個坑，小六沒心沒肺地提議：「顓頊霸占了我們的位置，那個神農小姐一定有位置空著，我們去坐她的位置。」

蓐收否決，「讓阿念看到我坐在赤水氏的位置上，她非殺了我不可。」

小六甩手就走，「老子不看了，回去睡覺。」

蓐收拽住他，「回去陛下問我，你如何照顧小六的，你難道讓我回答你在驛館睡了六天嗎？」

蓐收心內盤算，神農、軒轅、西陵、塗山、金天……覺得坐誰的位置都不好，無可奈何下便帶著小六擠到分給青龍部的位置上。青龍部的一群年輕人看到他，都嘻嘻哈哈地笑起來，大家擠了擠，硬是給蓐收和小六讓出一塊小小的地方。

蓐收拉小六坐，嘻笑著說：「赤水獻肯定會以冰結陣，到時反正冷得慌，大家一起擠著，正好取暖。」

小六扮了一兩百年的男子，總是大剌剌的，緊挨著蓐收坐下，反而覺得現在這熱鬧樣才有了看比賽的感覺。

場上的比賽開始，一個少年偷偷給蓐收塞了一瓶酒。蓐收喝了一口，遞給小六，小六喝了一大口，喃喃自語：「就缺鴨脖子了。」

蓐收強忍著笑說：「這是很嚴肅的比賽，事關各個家族的榮譽，可不是看街頭雜耍，請大家都嚴肅觀看。」

一群人都壓著聲音笑，「讓羲和部的老頭看到我們喝酒，回去了肯定要給陛下告狀。」

場上打得激烈，水與冰對戰，果然如蓐收所說，獻結冰為陣，整個看臺都在飄雪，就好像一下子進入了嚴冬。

時間一長，小六靈力低微，自然抵不住，開始瑟瑟發抖。蓐收握住小六的手，把靈力緩緩送進小六體內，她這才覺得不冷了。

小六說：「謝謝。」

蓐收此時心神已經全放在精彩的比賽上，只笑了笑。

他看了一會兒，忽然想起小六靈力低微，只怕看不出其中玄妙，於是身子側傾，頭湊在小六頭畔，一邊看，一邊和小六解釋，「獻現在控制了大局，禺疆的水劍受到影響，進攻變得緩慢，看著兩人半晌才動一下，沒什麼看頭，可其實很凶險……禺疆也開始布陣了，他並沒選擇直接和獻對抗……看似是冰雪覆蓋，實際上下面一直有潺潺水流……」

小六邊聽邊點頭，漸漸地明白為什麼大家都喜歡看比賽，的確可以從高手的每一次應對變化中學到很多東西。

小六忽然覺得有人一直在看她，憑著直覺看過去，是貴賓坐席，但因為有低垂的簾幕，看不到人。小六悄聲問蓐收：「那邊是誰的位置？」

蓐收掃了一眼，「塗山氏。」

小六沉默了一會兒，突然笑起來，喃喃自語：「你又沒讓我承諾十五年不和男人交往、不和男人說話。」

蓐收問：「你說什麼？」

小六銜他笑，「沒說什麼，你繼續講解。」

蓐收依舊和小六腦袋挨著腦袋，邊看邊竊竊私語。

禺疆和獻既要比拚實力，又要比拚智謀，兩位絕頂高手成就了一場異常精彩的比鬥，最後是獻靈力枯竭，暈過去，禺疆也要人攙扶著才能站穩。

禺疆靠著靈力的精純深厚，勉強勝過獻。

全場爆發出雷鳴般的喝彩聲，青龍部的一群年輕人雖然平時常和羲和部打架鬧事，可現在都邊跳邊大叫「禺疆、禺疆」，為禺疆真心歡喜。

蓐收畢竟身分和他們不同，依舊坐著，但眼中也是洋溢著笑意。

小六看到了禺疆的勝利來之不易，再加上被周圍的人感染，她也揮舞著手臂，叫了幾聲。小六心境再蒼涼，畢竟還是個年輕人，看著滿場歡聲雷動，心中忽然掠過一個念頭，如果她的靈力沒有被散去，也許她也能享受一次全大荒為她歡呼。

小六立即搖搖頭，把這個念頭甩掉了，默默告訴自己，我現在已經很好！

蓐收笑著對小六說：「今天回去可以不用看阿念的臉色了。」

小六也笑，「我們自己回去吧，不等他們了。」

兩人站起，隨著人潮慢慢地走。因為很多人依舊在興奮地大呼小叫、上躥下跳，蓐收的一隻手半搭在小六的肩膀上，既是保護，也是怕兩人被人潮沖散。

從貴賓坐席過來的人有不少認識蓐收，和他笑打招呼，還有人打趣地說：「今年高辛四部子弟的表現都很好，你帶來的獎品只怕要原封不動地拉回去了。」

蓐收笑著和眾人寒暄客氣。

四世家的人走來，眾人都往兩側靠，帶著敬意主動給他們讓了路。

在秋賽這個以氏族為重的場合，四世家所代表的不僅僅是氏族的力量，還代表著從盤古大帝到現在不斷綿延傳承著的血脈，那是每個人流淌在身體內、支撐著生命的東西。國可以創建，也可以消失，可唯有血脈，生生不息，永不消失，所以很多時候，氏族的榮耀更勝於國的榮耀。

赤水氏、西陵氏、塗山氏、鬼方氏依次走過。璟和防風意映並肩走來，經過蓐收身旁時，防風意映慢了腳步，微笑著和蓐收寒暄。璟仔細看了一眼蓐收，視線落在他搭小六肩膀的手，他抿著唇角，沒有說話，只是和蓐收點了下頭。

小六怕防風意映認出她，拽拽蓐收，把他拖進了擁擠的人潮中。兩人擠出人潮時，都鬆了一口氣。蓐收放開了小六，笑問：「如何？不算白來一趟吧？」

小六笑著拍拍蓐收的肩膀，一副哥倆好的樣子，「你放心吧，陛下問起時，我一定會為你美言幾句。」

蓐收已經知道小六的性子，笑罵道：「你還真把自己當回事！」

顓頊帶著阿念走過來，先瞪了一眼小六，再看著蓐收，「你們倆跑得倒是快，躲到哪裡去了？」

蓐收光笑，不說話。

小六看阿念眉眼帶笑，顯然心情很好。

阿念悄悄地對小六說：「你幹嘛跑了呢？你都不知道那個馨悅的臉色多精彩，看著真是解氣。」

小六問：「妳沒和她吵起來吧？」

「沒有，她是哥哥的客人，我不想讓哥哥難做，再說她又不知道我是誰，我在心裡偷著樂。」

小六想起以前在清水鎮時，阿念那麼憎惡她，可顓頊讓阿念別來找她的麻煩，阿念也就真沒來主動找過她的麻煩。不管高辛國內別人如何看顓頊，阿念卻從未瞧低顓頊，對顓頊很敬重。小六一時想得出神，呆呆地看著阿念，阿念學著顓頊的樣子敲了小六的額頭一下，「喂，想什麼呢？」

小六笑笑，「想妳呢！」

「我警告你，不許喜歡我！」阿念的臉色變了，她用力拍自己的腦袋，懊惱地說：「哎呀，我忘記最重要的事情了！」本來打算利用赤水秋賽讓小六做些錯事，打消父王想把她嫁給小六的念頭，可被神農馨悅一鬧，哥哥受傷，住到馨悅家裡，她心情煩悶下，竟把小六的事給忘記了。

小六嚴肅地說：「我發過誓，妳放心吧，妳父王絕不會讓妳嫁給我。」

這段時日，阿念對小六有了幾分瞭解，知道小六看似嬉皮笑臉，卻不是個靠不住的人，見小六如此鄭重地承諾，阿念又放下心來。

回到驛館後，小六去找顓頊，「你的傷如何了？」

顓頊輕拍了下受傷的肩膀，「不疼了，但還不能自如活動。」

小六拉起他的胳膊，檢查了一番，說道：「赤水氏的醫師不錯，繼續好好養著。」

小六要走，顓頊把她拽住，「讓妳虛驚一場，生我氣了嗎？」

小六回身坐下，「你知道我不會。」小六用手指輕輕地戳了他的肩膀一下，「如果不是生命受到威脅，這世上沒有人喜歡用傷害自己身體的方式去演戲。」

顓頊道：「上一次在清水鎮中箭後，我派人詳細查過防風意映。她身邊有兩個婢女，是防風家培養的死衛，她們也在船上。如果我們大打出手，防風意映故意捨掉一個婢女讓我們殺死，那麼神農馨悅必定會被激怒，下令所有護衛下殺手，那可真就麻煩了。所以我將計就計，裝作只一個防風意映就讓我們無力招架。我看出防風意映只是想殺我，並不打算傷害阿念，讓妳帶阿念離開，妳們倆就都安全了，剩下我一人，反倒好逃。本來我想假裝受傷後沉入湖底，防風意映肯定不能表現出想繼續追殺，那麼她反而會催神農馨悅離開，命婢女偷偷下湖來確認我是否死了，我便很容易脫身，可誰都沒想到神農馨悅會突然跳下湖救我。」

小六笑，「你要謝謝我，如果不是我想聽她彈琴，你也不會吹奏洞簫，引得她對你生了好感。」

顓頊沒好氣地說：「謝謝妳？如果不是我吹奏洞簫，引了她的船向我們行來，壓根就不會碰上她們，惹來這一場禍事。」

小六反詰：「哼！如果不碰上她們，你如何能有機會和赤水家走近？這叫因禍得福！」

顓頊無奈，「好、好，我謝謝妳。」

小六忽而嘆了口氣，幽幽說道：「我只是覺得命運很神奇，無數的偶然合在一起，卻導向了一個必然。神農氏和赤水氏是你必然要拉攏的家族，只沒想到會這麼偶然。」

「妳啊，看著什麼都看透了，原來終究還是個會做夢的女孩子！」顓頊彈了小六的額頭一下，「沒有真正的偶然，都是必然。神農氏和赤水氏是否會站在我這一邊，靠的可不是什麼偶然，而是我能帶給他們什麼，有沒有這些偶然，壓根無所謂。這些偶然只不過是一層紗衣，把冰冷的必然包裹了一下。」

「唉！哥哥你真是太清醒、太冷漠了……」小六噘了噘嘴，自嘲地笑起來，「真好，原來我還會做夢。」

顓頊溫柔地摸了摸她的頭。

第十二章

花落人依舊

王母遙遙點了一下，桃花徐徐綻放，
一個赤身裸體的少女如嬰兒般團縮著身子，昏睡在花蕊中間。
烏黑的髮絲披垂在身上，襯得肌膚比桃花蕊更嬌嫩。

今日會有一個盛大的聚會，小祝融將為所有優勝者頒發獎勵。

清早，蓐收就穿戴整齊，帶著侍從離開了。

小六賴著不肯起來，硬是被顓頊和阿念弄了起來。洗漱完、吃過飯，顓頊帶著小六和阿念去湊熱鬧。

顓頊對小六說：「其實赤水秋賽最好玩的就是最後一天。剛來時，眾人都掛慮著比賽，沒有人有心情遊樂，現在所有的比賽都結束了，明日就要踏上回家的旅程，正好縱酒狂歡。」

來到赤水岸邊，小六發現顓頊說得果然不錯。

赤水岸邊的草仍綠著，好像一條長長的綠色地毯，白色和黃色的小雛菊點綴在地毯上，沿著河岸而行，就好像在看一幅眾生百態圖。

一隻隻肥美的羊正在篝火上炙烤，一罈罈烈酒被打開。這才剛過晌午，已經有人喝醉了，他們敞開衣袍，迎風而嘯，有人比賽著往赤水裡跳，有人撫琴高歌，有人抱頭痛哭，有人在摔角打架，有人躲在樹蔭中擲骰子賭博，遠處還有一大群人圍成圈，男男女女混雜在一起，踏歌而舞。

踏歌剛開始是慶祝豐收祭祀天地的活動，人們為慶祝收穫的喜悅，圍聚在一起，高聲歡歌，用手打著拍子，腳踏節奏而舞。漸漸地，踏歌形式越來越廣泛，月圓時，人們會月下踏歌，送別時，人們會踏歌送別。

小六和顓頊帶著阿念擠進人群，沒想到竟然看到了神農馨悅。馨悅顯然是女子中領頭的，她梳著俐落的辮子，穿著窄袖的衣衫，和幾個女伴挽著彼此的手，邊唱邊跳。和她們一起踏歌的幾個男子常常踏錯節拍，惹來陣陣善意的哄笑。

馨悅看到了顓頊，唇邊溢出笑意，眼中卻含著挑釁，直勾勾地盯著顓頊。也不知道誰推了一把，顓頊被推進踏歌的隊伍中。顓頊不同於那些養尊處優的貴族子弟，他在民間生活過多年，踏歌曾是夏日夜晚最好的娛樂，每個有月亮的夜晚，一群小夥子約好，圍住村裡美麗的姑娘踏歌，很多夥伴的女人就是這麼踏歌踏來的。顓頊笑了笑，自然而然地隨著歌聲的節奏，搖晃著身子，扭腰、擺胯、踢腿、揚手。他的歌聲悅耳、他的身姿剛健、他的步履優美，一舉一動都散發著最濃烈的雄性美。

也不知道是被人群所擠，還是兩人都有意，顓頊和馨悅漸漸地面對面踏歌，被眾人簇擁在中央，成了領舞者。

小六正看得津津有味，阿念一扭身，朝人群外擠去，小六趕緊追著阿念往外走。阿念衝到河邊，氣鼓鼓地說：「不要臉！真不要臉！」

小六站到她身旁，「神農氏雖曾是中原的王族，可現在已經是軒轅子民的一部分。軒轅民風奔放熱烈，馨悅在軒轅城生活過幾十年，男女一起踏歌很正常。」

阿念猛地轉身，想說什麼，顓頊跑了過來，阿念看到他，臉色好看了許多，語氣卻依舊帶著惱怒，「我看哥哥玩得很開心，怎麼不玩了？」

顓頊不在意地笑笑，正色說：「再好玩，也沒妹妹的安全重要。」

阿念抿著唇角笑了起來，顓頊對阿念和小六叮囑，「這裡人多，妳們不許亂跑。」

小六點頭，她和阿念的組合的確太不安全了，阿念是個十足的惹禍精，小六完全沒信心能護住她和自己。

三人去買了幾塊烤鹿肉，正在吃，馨悅拉著一個男子走來。那男子和馨悅長得很像，可相似的五官卻因為細微處的不同，形成了截然不同的氣質。馨悅活潑嫵媚，少年卻沉穩幹練。顓頊笑著和他們打招呼，並對阿念和小六介紹道：「這位是赤水豐隆，馨悅的孿生哥哥。」

阿念知道赤水豐隆的地位非同小可，微笑著站起，盈盈行了一禮。赤水豐隆看她舉動間展現的教養絕非一般人家，也不敢怠慢，微笑著回禮。

小六嘴裡塞滿了鹿肉，手上還油膩膩地抓著一塊，她只能虛虛抱拳作禮。阿念和馨悅同時不悅地盯了她一眼，一個怪她沒給哥哥顓頊長面子，一個怪她不尊敬哥哥豐隆。

豐隆對顓頊說：「不知你們可認識塗山璟？」

顓頊含糊地說：「青丘公子璟的大名當然聽說過。」

豐隆說：「爺爺為了培養我的經營之道，曾把我送到青丘，讓我和瑲一起生活學習。我們相處得很是投契，可以說瑲是我的師父，也是我的至交好友。」

小六這才想起前幾日晒太陽時，她看到和瑲乘船而過的人好像就是豐隆。

馨悅說：「意映是我的好友，她訂婚前，我還和她一起去黑水遊玩過。瑲哥哥和意映姊姊是我和哥哥的好友，這些年發生了一些事情，他們能相聚很不容易，所以我和哥哥想為他們慶祝一下。」

豐隆道：「不僅僅是為他們慶祝，也是表達我們的心意。能再見到瑲，我真的很開心。」豐隆溫和地看了一眼馨悅，馨悅又說道：「今晚爹爹舉行大宴歡送眾人，我和哥哥會在船上為瑲哥哥和意映舉行一個小宴。」

豐隆道：「本來邀請的都是些以前就熟識的朋友，妹妹提議請你們，我很歡迎你們來，我想我的朋友也都會願意認識你們。」

小六仔細打量了一番豐隆，這個邀約表明他願意引薦顓頊進入他的朋友圈子。光靠馨悅的一個提議恐怕還不夠，而是他自己認可了顓頊，看來顓頊那幾日沒白在赤水府養傷。

顓頊自然也明白，笑道：「謝謝你的邀請，我不勝榮幸。」

馨悅和豐隆告辭，「還有許多事要準備，我們就先行一步，晚上見。」

顓頊和阿念施禮送客，豐隆又看了一眼阿念，才帶著妹妹離開。

阿念坐下，恨恨地對小六說：「看看你的樣子，和幾輩子沒吃過鹿肉一樣。」

小六對顓頊說：「你們去吧，我要回去睡覺。」

顓頊切了塊鹿肉，慢悠悠地說：「我倒希望妳去親眼看一看。」

小六笑著把他切好的鹿肉奪走，塞進嘴裡，「我一直很清醒，不會發生你擔心的事。」

阿念看看顓頊，再看看小六，「你們到底在說什麼？為什麼我聽不懂？」

顓頊對阿念說：「我們在說男人都花言巧語，妳可千萬別被欺騙了。」

阿念眼珠子轉了轉，問顓頊：「你也是嗎？」

顓頊笑：「我也是！」

阿念的眉頭皺起，緊咬著唇，不過很快就又笑起來，「剛才你說的是真話。」

顓頊笑著把小六拽起來，「我們去那邊看看。」

太陽西下時，顓頊帶阿念去赴宴。顓頊本想找蓐收派人護送小六回去，小六卻不耐煩地對顓頊說：「你看我是花盆裡養的花嗎？還需要人搬來搬去？沒有阿念的話，我哪裡都去得。你們去玩你們的，我會去找自己的樂子。」

顓頊只得狠狠地敲打了小六幾下，「不要太晚回去。」

越到晚上，人們玩得越瘋狂，小六擠在人群中，飲酒作樂，可不知為何，總覺得自己好像戴著面具，外在的自己在投入地玩樂，大聲地叫、大聲地笑，內裡的自己卻只是冷漠地看著。周圍並沒有認識的人，她在演戲給誰看？

小六笑，原來欺騙自己並不是那麼容易。

赤水河上突然騰起幾朵煙花，照亮了夜空。原來是一艘船上正在放煙花，人們湧到岸邊觀看。小六被人潮推著，竟然被擠到了最前面。

赤、橙、黃、綠、青、藍、紫……各種顏色、各種樣子的煙花綻放在船的上方，映照得立在船頭的兩人分外清楚。男子穿著天青色的衣衫，靜靜而站，清雋飄逸，有若山澗中的青柏修竹；女子身材修長，一襲水紅的繡花曳地長裙勾勒得她纖腰只堪一握。她好像喝醉了，半仰頭驚訝地看著煙花，踉蹌走了幾步，身子搖搖欲墜，差點跌倒。男子伸手扶住她，她軟軟地倚在男子身上，猶如美麗纏綿的菟絲花。

船漸漸地駛遠了，帶著那些五彩繽紛的煙花一起離開，人群亦漸漸地散去。

小六仍舊立在岸邊，面對著黑幽幽的河面。很奇怪，意映並不是小六見過最美麗的女子，可煙花綻放下，她的踉蹌、跌倒、扭身被扶起、軟軟地倚靠，都帶著一種女性特有的纖細優雅，那種美麗深深地擊中了小六，讓做了一兩百年男人的小六又是羨慕、又是自慚。

直到深夜，小六才回到驛館。

走進屋子時，顓頊披著件外袍，坐在燈下，一邊看書一邊等她。

顓頊拍拍身旁，讓小六坐，「妳去找了什麼樂子？」

小六微笑著說：「我突然想找一條美麗的裙子穿。」

顓頊說：「我們的祖母可是天下萬民尊奉的蠶神，世間最巧奪天工的綢緞和衣物都出自她弟子的手，我會讓她們給妳做無數美麗的裙子。」

小六輕聲說：「可是我怕我太久沒穿裙子，會不習慣。」

顓頊盯著她，「妳在擔憂什麼？」

「我怕讓你們失望，因為你們的失望，我又對你們失望。」

「你們是誰？如果是指我和師父，我們永不會對妳失望。如果還包括別的男人，小夭……」顓頊的手放在小六的肩膀上，「不要給自己希望，自然不會失望。」

小六噗哧笑了出來，「還以為你會有什麼高招。」

顓頊拍了拍她，「不要胡思亂想了，好好休息，等我們回高辛，師父會給妳一個驚喜。」

小夭點了下頭。

顓頊走出去，輕輕地關上了門。

第二日，他們坐船返回高辛，令人意外的是，馨悅和豐隆居然來為顓頊送行。顯然，經過昨晚，豐隆和他的朋友們對顓頊很認可。

阿念又高興又煩惱，小六倒是很純粹地高興，不管怎麼說，顓頊來赤水秋賽的目的已經達到。

船馬上就要開時，一個僕人匆匆跑來，對顓頊行禮，把一個大籐籃子奉上，「這是我家公子的餞行禮，祝公子一路順風，將來若有機會去青丘，務必通知塗山家。」

顓頊接過禮物，「請幫我轉達謝意。」

豐隆笑道：「真沒想到你和璟居然能投緣，可喜可賀！」

顓頊再次謝謝豐隆的款待，豐隆也再次表示有機會再聚。

船緩緩駛出碼頭，漸漸地速度越來越快，已經老遠了，馨悅卻依舊站在岸邊。

阿念皺皺鼻子，得意地哼了一聲，對顓頊說：「那位青丘公子璟看著有點冷淡，對哥哥卻真不錯。昨天晚上譚家和姜家的那三個臭小子對哥哥出言不遜，還故意刁難哥哥，想讓哥哥出醜，幸虧豐隆和璟幫哥哥。」阿念很清楚，那種場合如果第一面表現得不好，將來即使能成功融入，也要多花費幾倍的努力。

顓頊看已經望不見碼頭，回頭找小六，才發現小六已經找了個避風又能晒到太陽的好地方舒服地躺著。

顓頊拉著阿念走到她身邊坐下，阿念把小六蓋在臉上的草帽奪走，既羨慕又不屑地說：「你這人真是不管在哪裡都能那麼地愜意逍遙。」

顓頊打開璟送來的大籐籃子，幾個小竹簍，分門別類地裝的全是吃食，還有四瓶酒，阿念笑道：「這禮簡直就是給小六這饞貓送的啊！」

顓頊笑著搖搖頭，踢了小六一下，「起來吃東西了。」

小六懶洋洋地爬起來，「給我個鴨脖子。」

顓頊把裝鴨脖子的小竹簍子放到小六手邊，小六拿起個鴨脖子啃著，竟然是她在清水鎮時最愛吃的味道，簡直和老木做的一模一樣。

小六拿起一瓶酒，嘗了一口，也是以前喜歡喝的青梅酒。小六嘆了口氣，卻不知道是為自己，還是為璟。

回去的路程感覺很快，晚上呼呼大睡，白天吃吃零食、擲擲骰子、晒晒太陽、吹吹風，感覺沒有多久，他們就回到了五神山。

蓐收自帶人去向俊帝覆命，阿念去看母親，顓頊和小六回華音殿。

中原已經很涼爽，高辛卻暖和得還有點偏熱，顓頊和小六洗漱後，換了單薄的夏衣，坐在庭院中乘涼。

小六躺在涼榻上，和顓頊說著話，昏昏沉沉地睡了過去。

隱隱約約地聽到人說話，她睜開眼睛，看見除了父王和顓頊，竟然還有兩個人，小六忙著一骨碌坐了起來。

那兩個陌生人，一位是年輕男子，穿著黑衣，面容俊美，長眉入鬢，一雙美麗的狐狸眼，本該顯得輕佻，可他看上去很是穩重。一位是白衣少年，身量還未長足，五官精緻，碧綠的眼眸，透著凶煞氣。

小六心跳如擂鼓，卻不敢張口，緊張地看向俊帝。

俊帝還沒開口，白衣少年突然化作一隻通體潔白的琅鳥飛撲向小六，狠狠地啄了下去。小六抱頭鼠竄，卻怎麼躲都躲不開，撲進了俊帝懷裡，「父王，救我。」

俊帝擋住了琅鳥，「烈陽，算了。」

烈陽停下，飛落到黑衣男子的肩頭，黑衣男子看著小六，眼中隱隱有淚光。

小六倚著俊帝，看向他，「你是阿獙？」

男子點了點頭，化回原形，是一隻黑色的獙獙。小六知道妖怪一旦修成人形，都會很忌諱在人前露出原形，可阿獙為了不讓她覺得陌生，毫不猶豫地變回原形。

小六蹲下，用力抱住了阿獙的脖子，「對不起，我讓你們擔心了。」

阿獙說：「是我們沒有照顧好妳，妳平安回來就好。」獙獙在狐族以叫聲悅耳動聽聞名，阿獙的聲音低沉悅耳，十分好聽。

小六想起他已是男身，有些不好意思，放開了阿獙。

阿獙和烈陽的心中都湧起了難以言喻的傷感，小夭雖然是阿珩2生命的延續，可她畢竟不是她的母親。

阿獙對小六說：「俊帝陛下和王母說了妳的狀況，妳體內的神器叫駐顏花，是玉山和桃林幾十萬年自然蘊化而成的神器，能令人容顏永駐，也能幫人變幻形貌。」

小六忙問道：「那王母能幫我取出駐顏花嗎？」

阿獙搖頭，「王母取不出，但王母能幫妳顯出真容。」

小六屏息靜氣，一瞬後，她轉身，伏在俊帝的肩頭，眼淚無聲地湧出。一會兒後，她悄悄擦去眼淚，轉回身看著阿獙，「我們要去玉山見王母嗎？」

「是的。」

小六對俊帝說：「我想立即去。」

俊帝頷首同意，「讓顓頊陪妳一塊去，等妳回來時，我就昭告天下高辛的大王姬平安歸來。」

小六點了下頭。

阿獙對小六說：「我來帶妳，烈陽帶顓頊。」

小六對阿獙說：「那麻煩你了。」小六坐到阿獙背上。

烈陽的身軀變大，顓頊先向他恭敬地行了一禮，「有勞了。」才躍到烈陽的背上。

阿獙和烈陽騰空而起，向著玉山的方向飛去。

到玉山時，小六十分緊張，可當她落下，看到和她離開時一模一樣的一切，不禁笑起來，所有的緊張都煙消雲散。大荒的民謠說：一山遺世獨立，二國虛無縹緲……玉山的確遺世獨立，時光在玉山好像靜止。桃林千里，連綿不絕，朝映流金晨光，晚浴流彩霞光，絢爛無比的景致，卻年年日日都一模一樣，連每日的溫度都幾千年、幾萬年不會變。

2 軒轅王姬、俊帝、阿獙、烈陽的故事詳見桐華所著《曾許諾》。

從掩映在桃花林中的長廊走過，因為王母不喜喧譁，侍女本就不多，而看到她的侍女表情沒有絲毫異樣，欠身行禮，安靜地讓開，一路行來，除了他們的腳步聲，再不聞其他聲音。

小六忍不住想製造聲音，她對顓頊說：「哥哥，看到了嗎？如果再讓我選擇一次，我依舊會逃。我寧願顛沛流離，也不願這種死亡一般的安逸。」

顓頊低聲道：「別亂說話。」

王母站在瑤池畔，身後是千里桃林，身前是萬頃碧波。

她轉身，看向顓頊和小六，蒼老的容顏、死寂的眼神，讓整座玉山都枯槁。

顓頊和小六走到她身前，小六心中一酸，跪下，顓頊也隨著她跪倒。

王母冷冷說：「起來吧。」

小六和顓頊磕了個頭後才站起來。

王母拉起小六的胳膊，握著她的脈門，檢查她的身體。一瞬後，她放開小六，淡淡說道：「只要妳留在玉山，我也許有辦法能幫妳重新修煉回高深的靈力。我的壽命只剩一兩百年了，如果妳願意，可以做下一任的王母，執掌玉山。」

也許執掌玉山是大荒中很多人夢寐以求的東西，可小六太清楚玉山禁錮住的是什麼了，她毫不猶豫地說：「我寧願像現在這樣，知道明天的生活，卻不知道明年的生活，不會太刺激，也不會太無聊。」

王母只是點了下頭，表示聽到，她的表情沒有任何變化，就好像世間不管發生什麼都不會讓她動容。王母指間長出一根桃枝，她用桃枝輕輕點了小六的額頭一下，小六的額頭中間浮現出一朵桃花形狀的緋紅胎記。

小六問：「駐顏花是玉山的神器，為什麼您不能幫我取出它呢？」

王母淡漠地說：「這世間我做不到的事情很多。」

小六問：「究竟是誰把玉山的神器封進了我的體內？難道不是您嗎？」

王母冷漠地說：「誰封印的並不重要，妳只需知道現在我能幫妳。妳雖然體質特異，可如今靈力低微，將來勢必容顏衰老得比別的神族女子快，駐顏花留在妳體內對妳不會有壞處。」

小六問：「我什麼時候能恢復真容？」

王母說：「脫掉衣服，跳進瑤池。」

小六看了一眼顓頊，顓頊向王母行禮告退，背朝瑤池，走向桃林。阿獙和烈陽雖然是獸身鳥體，也背朝著瑤池，躲進了桃林。

小六解開衣衫，褪去所有的衣物，赤裸著跳進瑤池，就好像迎接著新生。

王母口唸法訣、手結法印，瑤池內碧波翻湧，千里桃林都在簌簌而顫，一片片桃葉、一朵朵桃花飛舞在半空，織結在一起，像一條碩大無比的被子，覆蓋向瑤池，遮蓋住了萬頃碧波。

漸漸地，被子在收攏，桃花桃葉好像被水波擠壓著往一塊凝聚。慢慢地，本來鋪天蓋地的桃花和桃葉變得越來越小，直到最後變成了一朵含苞待放的桃花。

翻湧的碧波漸漸地平息，瑤池上浮著一朵和蓮台差不多大的桃花，幾片翠綠的桃葉托著它，襯得它嬌豔欲滴。王母遙遙點了一下，桃花徐徐綻放，一個赤身裸體的少女如嬰兒般團縮著身子，昏睡在花蕊中間。烏黑的髮絲披垂在身上，襯得肌膚比桃花蕊更嬌嫩。

王母叫道：「小夭，醒來了。」

小夭緩緩睜開眼睛，慢慢地坐直身子。她低頭看向自己，這就是我嗎？她摸自己的臉，這就是我嗎？小夭遲疑著探頭，想就著水波看看自己，可漣漪輕蕩，只看見水下的五色魚游來游去，看不清自己。

王母揮了揮手，一套綠色的衣衫飛落在桃花上，「我記得妳小時候喜歡白色和綠色。」

小夭內心激蕩，說不出話，只是點了下頭。

一百多年未穿過女裝，小夭只覺自己笨拙無比，好半晌才穿好衣衫。她繫好蝴蝶絲絛，站在桃花上，不太確信地看著王母，王母微微點了下頭。

小夭想開口叫顓頊出來，可緊張得發不出聲音，忽又想起自己的頭髮沒有挽束，忙匆匆用手指順了順，找不到髮簪，她也早忘記如何梳理女子髮髻，只能讓頭髮自然地披垂在身後。

王母說：「你們出來吧。」

小夭深吸了口氣，既緊張又期待，手腳在輕顫。

顓頊慢慢地從桃林內走出來，本來他壓根不在意，反正不管小夭長什麼模樣，都是他的小夭，可也許在桃林裡等待的時間久了，他也變得很緊張，低垂著眼眸，不敢去看，一邊走路，一邊腦子裡胡思亂想著不知道小夭會長得像姑姑還是像師父，直到快到岸邊了，他才抬眸看去——

翠巒疊嶂，煙波浩淼，一朵碩大的桃花盛開在萬頃碧波上，桃花中站著一個嫋嫋婷婷的綠衣少女，猶如一株碧桃，栽種在青山綠水間，盡得天地之精華，滿頭青絲像瀑布般垂落，額中有一朵小小的緋紅桃花，雙眸如驚懼的小鹿般，閃爍躲避，不敢直視人的雙眼，清新的好像桃花瓣上的晨露凝結而成。

這就是我的小夭！顓頊只覺心中春雨淅淅瀝瀝地飄著，一句話都說不出來。

小夭看顓頊不說話，心中黯然，很快又釋然了，再難看也是真實的我！她對顓頊伸出手，「哥哥，幫我！」

顓頊如夢初醒，忙暗用靈力，桃花飄向岸邊，小夭迎著他而來，三千青絲飛揚，眉眼盈盈而笑。顓頊也伸出了手，小夭拽著他的手，借力躍上了岸。

小夭對王母行禮，「謝謝王母，賜還我真容。」

王母淡淡說：「現在封在妳體內的駐顏花只有駐顏之效，再無變幻之力。也許將來再有機緣，它才能恢復。」

小夭笑道：「我這輩子已經變幻夠了，不想再變幻。」

王母說道：「我受妳母親之託照看妳，雖未盡到責任，妳也長大成人，妳可以離開玉山了。阿獙和烈陽若願意隨妳離開，也可以一起離開；若不願，可以留在玉山。」

王母說完，就轉身離去，消瘦的身影很快就消失在桃林中。

小夭走到阿獙和烈陽面前，輕聲問道：「我讓你們失望了嗎？」

阿獙沒說話，烈陽說道：「我以為妳會長得像阿珩。」

小夭道：「我卻不希望長得像娘。」

烈陽仔細地看著小夭，心內輕嘆，小夭長得不像阿珩，一雙眼睛卻很像那個魔頭，乍一看明淨清澈的好像初生嬰兒，可瞧仔細了卻是靈動狡黠下透著冷意。

小夭說：「我知道你們是娘的朋友，我娘拜託你們照顧我，可我已經長大了，不要再被承諾束縛，去做你們想做的事情吧。」

阿獙凝視著小夭，抬起了爪子，小夭握住，眼中有濛濛淚光。在冀州之戰中，娘戰死，阿獙也是重傷，俊帝派人送牠來玉山時，牠昏迷不醒，看上去簡直像被炙烤過的狐狸乾。王母用十萬年的桃葉層層包裹住牠，又把牠浸泡在玉山最深處的玉髓裡，五十年後，阿獙才醒來。小夭知道他們和母親的情義，更明白他們把她看作了母親生命的延續，可是，她不是母親，也絕不想做母親。

阿獙說：「我和烈陽會留在玉山，雖然王母並不需要我們，但我們想陪她走完最後的生命。」

阿獙搖了搖小夭的手，「小夭，不要因為任何人的言語迷失了自己，妳娘是世間最好的人。」

小夭只點點頭，什麼話都沒說。也許母親的確是個好人，可她不是好妻子，也不是好母親。

小夭擁抱了一下阿獙，「我走了。」

小夭看烈陽，沒膽子碰他，低聲說：「你們放心吧，我會照顧好自己。」

烈陽盯著顓頊，顓頊立即說：「我會照顧妹妹的。」

阿獙對小夭叮嚀：「如果有事……妳知道在哪裡能找到我們，對嗎？」

小夭點點頭，「我知道。」

小夭沿著長廊走了一段，突然回頭，揚聲說道：「如果王母……請立即通知我，我想送她最後一程，雖然她並不需要。」

阿獙咧著狐狸嘴，笑道：「好。」

小夭忍不住，快速地衝了回去，用力抱住阿獙，在牠的狐狸臉上親了一下，又以迅雷不及掩耳之勢，摸了烈陽的身子一下，才飛快地轉身，跑著消失在桃花掩映的長廊中。

阿獙愉悅地凝望著桃林，烈陽抖了抖羽毛，好像很不樂意，碧綠的眼中卻逸出了笑意。

王母的青鳥把顓頊和小夭送到玉山腳下，俊帝好像早已預料到阿獙和烈陽不會隨小夭離開，派了人在山下守候。

顓頊和小夭乘坐雲輦返回五神山。顓頊一直看著小夭，小夭卻神飛天外，呆呆愣愣，不知道在想什麼。

進了承恩宮，侍者直接領他們去朝暉殿。小夭到朝暉殿前才好像真正醒了，她一下停住腳步，「我要先看看自己。」

顓頊拿出一個小包袱，「這是離開玉山前，侍女交給我的東西，裡面除了妳的藥丸藥粉外，還有一面小鏡子。」

小夭拿出了鏡子，卻又用手捂著，對顓頊說：「我記得我小時候長得還蠻像父王的，我一直覺得就算女大十八變，就算沒有阿念好看，也不至於太差。」

顓頊笑了笑說：「妳自己看一下就知道了。」

小夭緩緩地移開手，鏡中的女子十分陌生，只有額間的一點桃花胎記熟悉。小夭輕輕扯了扯嘴角，鏡子裡的人也扯了扯嘴角，她這才敢確認是自己。小夭收起了鏡子，對顓頊非常遺憾地說：「不算怪異，可一點都不像父王。」

顓頊詫異地看著小夭，小夭卻推推顓頊，「我走你身後。」

顓頊走進殿內，小夭低著頭，跟在顓頊身後。

俊帝笑道：「妳躲在顓頊身後做什麼？嚷嚷著要回真容的是妳，真要回來，卻不敢見人了。」

顓頊要讓開，小夭忙拽住他，臉藏在他背上，哼哼唧唧地說：「讓我再準備一下。」

顓頊只得靜站不動，感覺背脊上有淺淺的呼吸，拂得他肌膚上一陣酥麻一陣癢，讓他既恨不得立即躲開，又十分貪戀，是他此生從未有過的複雜感覺。

俊帝問：「妳準備好了嗎？」

小夭說：「馬上就好。」

俊帝站起，幾步走過來，把小夭從顓頊背後抓出來，仔細打量著她。小夭慢慢地抬起了頭，迎著俊帝的視線，低聲問：「我長得不像娘，也不像你，你失望了嗎？」

俊帝說：「我並不希望妳長得像妳娘，更沒希望妳長得像我，我只是希望妳健康，現在妳不僅健康還美麗，我已心滿意足。」

小夭展顏笑起來，「在所有爹爹的眼中，自己的女兒都是最美的。」

俊帝凝視著她的雙眸，相似的眼眸，在那人身上能流露出睥睨天下的狂傲，也會流露出烈火般要燒毀一切的深情，在小夭身上除了慧黠可愛，還會流露出什麼呢？

小夭看俊帝定定地看著她，顯然在走神，叫道：「父王，你在想什麼？」

俊帝笑道：「沒什麼，只是感慨時光如梭，女兒都長大了，我也老了。」

小夭裝模作樣地仔細看了看俊帝，搖搖頭，「沒看出來。」心裡卻有些酸澀。以父王的靈力，維持不老的容顏並不難，可相由心生，父王斑白的髮絲、眼角的細紋，都是他心境的蒼涼。

俊帝搖搖頭，笑起來。

顓頊問：「師父，您打算什麼時候公布小夭的身分？」

俊帝說：「我已經命蓐收在準備典禮。」俊帝看著小夭，「待會兒和我一塊去靜安王妃那裡，是時候讓她和妳妹妹知道了。」

小夭點了點頭。

俊帝笑道：「不要緊張，我聽蓐收說，妳和阿念相處得不錯。」

小夭苦笑，「那是因為她以為你要把她嫁給我，我向她保證絕對有辦法讓你不把她嫁給我。」

顓頊啞然失笑，「我說妳們怎麼莫名其妙就能好得湊在一起竊竊私語了。」

侍者進來奏報，「陛下，王妃那邊已經準備好晚膳，王姬也已經去了。」

俊帝對顓頊和小夭說：「走吧！」

小夭走進去時，看到酷似母親的靜安王妃，還是覺得心好像被什麼東西用力捅了一下，十分難受。小夭低著頭，深吸了幾口氣，才慢慢平靜下來。

靜安王妃和阿念向俊帝行禮，俊帝對阿念說：「起來吧，扶妳母親坐。」

阿念扶著王妃坐下，她也坐了下來，視線卻一直往小夭身上掃。

俊帝坐下後，對小夭指了指放在他旁邊的食案，小夭便安靜地坐下，顓頊則坐在小夭身旁的食案前。

阿念再按捺不住，「父王，她是誰？怎麼可以坐在那裡？」

俊帝沒有說話，而是開始對靜安王妃打手語，靜安王妃和阿念都目不轉睛地盯著俊帝。小夭目中流露出震驚，靜安王妃是聾子！難怪從來沒有聽見過她的聲音。

小夭看向顓頊——父王娶她時就這樣嗎？顓頊微微點了下頭。

俊帝說完，收回了手。

阿念背脊緊繃，瞪著小夭，就好像一隻要守護自己巢穴的小獸，可是她沒有辦法趕跑入侵者，她只能瞪著小夭。

俊帝對小夭說：「妳給王妃行一禮吧！」

小夭站起，對靜安王妃行禮，王妃急急忙忙地站起，拘謹地看著小夭，伸手想扶她，又好像覺得也許不符合禮儀，忙收回。她沒有辦法說話，只能露出微笑，希望小夭能明白她的善意。

小夭終於明白，王妃和母親完全不同，母親在任何情況下、任何人面前，都能平靜從容。小夭也對她笑，把自己坦然地展現在她面前。

王妃凝視著小夭的雙眼，慢慢地，她的緊張擔憂消失了。老天剝奪了她的聽和說，卻讓她別的感覺異常敏銳，她能看到這個女孩的心，她肯定這個女孩不會傷害她的女兒。

王妃對阿念比劃，讓阿念對小夭行禮。

阿念站了起來，仍然不相信一切是真的。她含著一抹譏笑，不屑地問道：「妳真是父王以前那個女人的女兒？」

小夭的感覺十分複雜，她對母親有恨，她甚至會在背人處和顓頊非議母親和舅娘，但她又絕不允許任何人用這種輕蔑的語氣去談論她的母親。當年她那麼恨九尾妖狐，下毒後還一根根砍下牠的尾巴，最主要的原因不是因為他折磨她，而是因為他辱罵了母親。

顓頊和小夭的感受完全一樣，他的親人，他和小夭能說，但別人不能說！顓頊立即嚴肅地說：「阿念，小夭的母親是我的姑姑，是軒轅黃帝和西陵嫘祖的女兒，是軒轅最尊貴的王姬，更是師父用高辛最盛大的禮儀迎娶回高辛的妻子。」

阿念知道顓頊最是護短，她無意中犯了顓頊的大忌，明白自己說錯了話，可是……這維護本來是屬於她的。阿念看著顓頊，身子在輕顫，她指著小夭，眼中全是淚花，「她是你的親人，你要維護她，那我呢？我算什麼？」

顓頊清晰地說：「師父就像我的父親，我幾乎看著妳出生長大，妳當然也是我的親人。」

阿念略微好受了一些，卻忍不住追問：「那在我和她之間，你會更維護誰？」

顓頊不吭聲，阿念的聲音又變了，幾乎尖銳地叫起來：「你回答我啊！」

小夭忙對顓頊使眼色，暗示顓頊趕緊回答阿念。一句話就能消泯矛盾，可能言善語的顓頊偏偏沉默了，就是不開口。

阿念帶著哭音說：「你回答我啊！我和她之間，你會更維護誰？」

俊帝嘆了口氣：「真是個傻孩子，如果我問妳在父王和母親之間更愛誰，妳能回答嗎？」

阿念低下頭，抹著眼淚不說話。

顓頊勸道：「小夭就是小六，在回高辛的船上，妳不是偷偷和我說覺得小六還不錯嗎？妳口裡說還不錯，心裡肯定是覺得很不錯。有個能幹的姊姊和我們一塊疼妳，不是很好嗎？」

阿念猛地抬起頭，剛才父王只和母親說他找回了丟失的大女兒，並沒有說小夭是小六。

小夭對阿念笑笑，阿念盯著小夭，怎麼都無法把清麗的小夭和無賴小六聯繫到一起。阿念只覺心裡十分難受，不禁大嚷：「我才不想要姊姊！」她一腳踹翻自己的食案，急奔出了屋子，靜安王妃著急地站起，詢問地看著俊帝。俊帝點了下頭，王妃忙追了出去。

小夭沉默地坐下，對著滿地狼籍發呆。

顓頊安慰她說：「事情太突然，接受需要一段時間。」

俊帝對侍者抬了下手，侍者立即進來，安靜俐落地收拾乾淨了屋子。俊帝對侍者吩咐：「準備些王姬愛吃的食物送過去。」

俊帝開始靜靜進膳，和平常一模一樣，就好像什麼都沒有發生過。小夭看著俊帝，「父王，你真的吃得下？」

俊帝看了她一眼，「妳知道一國每日會發生多少事嗎？如果這點事情，我就要食不下嚥，妳父王早餓死了。」

顓頊也開始進膳。

小夭左看看、右看看，也開始吃飯，可吃了一點，就覺得胃脹，再吃不下。俊帝和顓頊卻吃了和平常一樣的分量。

俊帝用完膳後，對小夭說：「一起出去走走。」

小夭和顓頊一左一右隨在俊帝身旁，小夭以為俊帝會帶她去漪清園，沒想到俊帝帶著她在逛承恩宮。每經過一座殿時，俊帝會問：「妳覺得這裡怎麼樣？」

小夭明白過來，俊帝是在讓她挑選日後的居所。小夭說：「不如就選個離華音殿近的殿先住著。」

俊帝說：「明瑟殿距離華音殿不遠，但不好，重新選一個。」

小夭攬住俊帝的胳膊，「父王，你去過玉山的吧？我在那裡待了七十年，後來一個人在深山裡待了二十多年，再後來又被那隻死九尾狐關了三十年。我什麼都不怕，可我真的很怕寂寞，我想距離哥哥近點。」

俊帝心酸，立即答應了小夭的要求，「好。」

俊帝帶小夭慢慢地走著，等他們到明瑟殿時，整個明瑟殿已經燈火通明，裡外都煥然一新，就連小夭喜歡吃的零食都準備好了。以前在華音殿服侍過小夭的婢女們出來給小夭行禮，俊帝對小夭說：「高辛尚白，王族的服飾以白色為主，但平時妳也可以隨便穿。我記得妳小時喜歡白色和綠色，所以命她們多給妳準備了幾套綠色的裙衫。」

小夭笑道：「我現在也喜歡綠色。」

俊帝對顓頊說：「你再陪小夭一會兒，我去看看阿念。」

顓頊陪著小夭仔細看了一遍明瑟殿，這個殿很小，但恰是小夭想要的。

顓頊問小夭：「覺得還缺什麼嗎？」

小夭搖頭，「多年的流浪培養了我幾個習慣。喜歡吃，美味的食物是最實在的東西；從不認榻，隨便躺哪都能睡著；知道外物很難攜帶，我對外物幾乎沒有任何欲念。」小夭躺倒在舒服的軟榻上，「這種東西，有時我就享受，無時我也不會惦記。」

顓頊說：「妳已經不再流浪了。」

小夭懶洋洋地說，「人少時形成的性格幾乎終生難改。」

燈光映照下，小夭肌膚雪白，襯得額間的緋紅桃花嬌豔欲滴，顓頊忍不住伸出指頭輕輕地摸著，「這桃花印記和真的一樣，簡直就像把剛摘下的一朵桃花鑲嵌了進去。」

小夭笑道：「這話你小時候就說過，有一次你還哄著我別動，用手指頭使勁地摳，把我腦門都摳紅了。」

顓頊也笑，「我想起來了，妳後來給我兩拳，把我嘴都打腫了，妳還跑去給我娘告狀。」

小夭有些睏倦，微微闔上了眼，「舅娘哭笑不得，打了你兩下，可我偷聽到她居然氣惱的是你怎麼連女孩都打不過……」

顓頊依依不捨地站起，對婢女吩咐：「服侍王姬洗漱休息。」

第十三章 多情應笑我

不知道是一天燦爛的陽光，還是一地繽紛的桃花，
所有人都有點頭暈目眩，
只覺得縱百紫千紅萬種風流，都只是踩在她腳下的一抔黃土。

承恩宮內幾個主殿的侍者已經都知道小夭的身分，因為他們見到小夭時，都稱呼王姬，像對待阿念一樣，但他們沒有任何異常的反應，就好像小夭一直都在這座宮殿內。

小夭不禁對父王無比讚佩，很多時候統御千軍容易，反倒管理家裡的一畝三分地很困難，要有多強硬的手腕才能將承恩宮管得密密實實？

顓頊最近很忙，常常晚上才能來看小夭，陪她說話，直到她睡著，他才離去。小夭無聊時，常跑去猗清園游水，她偶爾會想，如果撞見阿念該怎麼辦？可承恩宮很大，大到小夭幾乎不覺得這座宮裡還住著一位王妃和一位王姬。

每次她游水時，侍女們都自覺地散開，幫她守著周圍，以防有人衝撞了王姬。四周很安靜，小夭常常游著游著就想起了娘。她曾以為她不會再思念娘，可是原來她還是會思念，而且因為

被她刻意地壓抑，在回到熟悉的環境中後，思念來得分外強烈。可伴隨著的卻是痛，只要有一分思念，就會有一分痛，只要有一分痛，就會有一分恨。

小夭覺得自己肯定是又寂寞了，便強迫著自己去想些別的事情，游水、游水……她的生命中肯定還有其他有意思的事和游水有關……小夭突然很懷念九命相柳，如果他在，只怕她不會有時間回憶過去。可是，玟小六已經徹底消失了，以後縱使再見到相柳，只怕他也認不出她了。

小夭躺在水面上，惆悵地嘆氣。

晚上，用過晚膳後，小夭去華音殿找顓頊，與阿念狹路相逢。

阿念本就因為好幾天沒見到顓頊而心煩，此時看到小夭不禁怒火騰騰地往上冒，她喝斥侍女們退下，走到小夭面前，氣怒交加地說：「妳為什麼要霸著顓頊哥哥？」

小夭有點心虛地解釋：「我沒有，是他太忙了，每日只晚上有一小會兒空。」

阿念一聽這話就知道小夭每天都能見到顓頊，她氣得不知道該怎麼辦，居然如小孩子打架一般，用力推了一下小夭。

小夭靈力低微，一下子就跌到地上，好巧不巧，偏偏顓頊此時回來了，將這一幕看個正著。他忙衝過去，把小夭扶起，嚴厲地訓斥道：「阿念，難道妳不知道小夭幾乎沒有靈力嗎？妳下次要再動手，我可就要請師父好好懲戒妳了。」

阿念的眼淚唰一下就落下來了，她衝上前，一邊狠狠地推顓頊，一邊哭嚷：「我就動手又怎麼樣？我就是動手了，你叫父王來懲戒我啊！最好把我打死，你就高興了，反正你們都不要我了……」

顓頊怕傷著阿念，沒敢用靈力抵抗，被阿念推得直往後退。

小夭躡著腳尖，偷偷地溜了。

從顓頊侍從的身旁走過時，小夭對侍從小聲叮囑：「我今天晚上有事和父王說，讓哥哥不必來看我了。」

小夭溜進朝暉殿，坐到俊帝身旁，探著腦袋看父王在看什麼。

俊帝笑看了她一眼，依舊忙自己的事。

小夭看了一會，覺得好無聊，背著手站起，東摸摸、西摸摸，不時製造點聲音。俊帝問：「妳娘留給妳的《神農本草經》，妳學得如何了？」

小夭指指腦袋，「王母說那東西就是個禍害，強逼著我全背下後把玉簡給毀了。」

俊帝說：「那邊架子上有不少醫書，有時間就多看看。若有不懂的，正好可以和宮裡的醫師求教。」

小夭走過去翻看，真拿了一本打算細看，不過不是父王期待的學習醫術，而是要繼續研究如何害人。阿念今日這一推，讓小夭警醒了很多，她不能懈怠啊！

兩父女，一個坐在案前處理案牘奏章，一個倚靠著軟枕，翻看醫書，直到夜深時，俊帝才送小夭回去，自個也返回梓馨殿休息。

小夭又開始研究毒藥，白日常去找宮裡的醫師討教，晚上則去父王身邊窩著，每日忙忙碌碌，反倒覺得日子好過，唯一遺憾的是沒有人能讓她試毒。

一天晚上，小夭在朝暉殿內欣賞著新製的毒藥，無比遺憾不能下給相柳。

她拿出她的寶貝小鏡子，讓小鏡子重現記憶下的過往之事。

有一段畫面是相柳臉上畫了九個頭的，還有一段畫面是給顓頊解了蠱之後，他帶著她在海底潛行時，她偷偷用小鏡子記憶下的。

在深藍色的大海裡，相柳白衣白髮，優雅自如地游弋著，白色長髮在他的身後飄舞，讓他俊美的面孔顯得十分妖異。

「他是誰？」

俊帝的聲音突然響起，小夭被嚇了一大跳，回頭才發現不知什麼時候，父王坐在她身後，也在看她的小鏡子，顯然對女兒鏡子中的男人很感興趣。

小夭說：「一個不算朋友的朋友。」

俊帝笑道：「我以為妳這個時候會惦記塗山家的那條小狐狸。」

小夭做了個鬼臉，「也許人家正和未婚妻花前月下，風流快活得很，我又沒傻，幹嘛惦記他？」

俊帝無可奈何地看著小夭，她可真是什麼話都敢說。

小夭也知道自個言語放肆了，討好地笑著，「我在人前會注意，不會讓一國之君失了體面的。」

俊帝嘆道：「妳和妳娘……真是一點都不像。」還有那人，他們都是熱性情的人，可小夭竟然冷心冷性。

小夭想把小鏡子收起來，俊帝拿了過去，「『大荒內有異獸狌狌，知往而不知未』，牠們能窺視過往的事，卻不能預測未來的事。傳聞用狌狌精魂鍛造的鏡子能窺視過往之事，我也只是聽說，從未見過，妳從哪裡來的這用狌狌精魂鑄造的鏡子？」

小夭撇撇嘴，回道：「那隻九尾狐妖給我的。剛開始我總固定不好自己的臉，他就讓我用這個小鏡子把前一日的樣子記下，這樣縱使第二日有了偏差，也可以調整回去。有了這面小鏡子，我才真正不怕。」

俊帝說：「妳能留著牠的東西，可見是真不介意了。」

小夭無所謂地說：「牠都已經死了，我幹嘛還讓牠折磨我？」

俊帝道：「妳倒活得很通透。」

小夭嘻嘻笑道：「不如說我很貪婪，捨不得好東西。」

俊帝的手從鏡面上拂過，出現了相柳在海底遨遊的畫面，「這位不算朋友的朋友，值得妳永遠記憶嗎？」

小夭奪過了狌狌鏡，「記著玩而已，說不定明天就抹去了。」

俊帝搖頭笑起來，還想說什麼，小夭展了個懶腰，掩著嘴打哈欠，「好睏！」

俊帝拽著她站起，「我送妳回去休息。」

回到明瑟殿，小夭端起水要喝，卻警覺地停住。她掀開盛水的水壺，果不其然，看到裡面浸著幾條蟲子，口中喃喃說：「阿念，妳為什麼這麼弱呢？如果妳能和那個九頭妖相柳一樣厲害，我的日子就比較有意思了。」

正在鋪被褥的婢女臉色變了，小夭走過去，看到被褥都被匕首劃壞了，小夭無力地搖頭。

一個婢女小聲說：「天天這麼折騰也不是辦法，要不然明日稟奏陛下吧。」這段日子以來，每天都會出點事情，不是浴桶裡藏著蛇，就是飯裡灑了沙子。

大王姬倒是毫不在意，一邊逗蛇，一邊洗澡，飯裡有沙子就咬幾塊糕點，可她們卻被折騰得要受不了了。

小夭笑笑，「要稟奏妳們自己去稟奏，不過被阿念知道了，妳們自己掂量著辦吧！」

沒有一個婢女敢說話了。

小夭挑了條還能蓋的被子，「都睡吧，明日再去領幾條新的被褥就行了。」

孟冬之月的最後一日，蓐收帶人送來了慶典時要穿的禮服，俊帝召來小夭，讓小夭去試穿，若有不合適的地方可以立即修改。

小夭去偏殿，在四個婢女的服侍下，換好衣裙，步入正殿。

素白色的束腰長裙，將身材勾勒得修長玲瓏，外罩一件長長的拖地紗袍，紗袍上用紅黑兩色的絲線繡著桃花玄鳥圖，當紗袍展開，就如滿地都綻放出桃花。因為拖在地上的紗袍很長，小夭怕被絆倒，所以目不斜視，走得很穩也很慢；束腰的長裙緊緊地勒著她的腰，讓她幾乎要喘不過氣來，腰板被迫挺得筆直。小夭只覺這衣服很是折騰人，不由得抿緊了唇，眼中略帶著不悅。

當小夭緩緩走進正殿時，蓐收和殿內的幾個臣子都覺得有些目眩，繽紛絢爛的桃花盛開在小夭的身後，她額間一點緋紅，明明有萬千嫵媚，眼內卻盡是漠然。

俊帝凝視著小夭，心內暗嘆，此時的小夭真的很像那人，縱百紫千紅、萬種風流，都只是踩在腳下的一抔黃土。

小夭站定，手扶著腰，脖子像烏龜一樣往前探，愁眉苦臉地問：「父王，慶典那日，這件衣服我要穿多久？」

殿內的眾人都鬆了口氣，蓐收覺得還是現在的王姬可愛，可又邪惡地琢磨著等慶典那日，王姬會穿著這套衣衫在燦爛的陽光下，走過高高的祭台，再配上髮飾和妝容，效果肯定會比現在更可怖，一定能狠狠震懾一下大荒內的來賓。

俊帝搖搖頭，「這衣服不好，重做！」

小夭高興的差點跳起來，可是腰被勒得疼，實在動不了。

蓐收呆住，怎麼可能會不好？他看其他人，發現其他人也都滿面不解，顯然所有長著眼睛的人中只有俊帝和小夭認為不好。

蓐收結結巴巴地說：「十五日之後就是慶典了，再重新做件能在這麼重大場合穿的禮服只怕不太可能。」

俊帝淡淡說：「所以，這件事情會交給你去督辦。」

對陛下的器重，蓐收心裡簡直淚流成河，面上卻只能恭恭敬敬地說：「臣一定盡力！」

蓐收離開時，小夭悄悄地追上他，扒著他的肩膀，低聲叮囑，「做寬鬆點。」

「王姬放心，織女們定會量體裁衣。」蓐收不動聲色地讓開小夭的手，不知道自己什麼時候和這位王姬哥倆好了。

因為眾人只知道俊帝是從玉山接回了王姬，連精明的蓐收也沒把玟小六和王姬聯想在一起。小夭乾笑兩聲，有些難受地離開了。

隨著蓐收派人把請柬送往各地，整個大荒都在議論，失蹤兩三百年的高辛大王姬被找到了。

俊帝不喜奢華，行事低調，不管做什麼都好像無聲無息，可這次為了女兒，竟然幾乎給大荒內所有有名望的家族都發了請柬。大荒內的家族就算不看俊帝的面子，也要看黃帝的面子，就算不看黃帝的面子，也要看玉山王母的面子，所以一時間，賓客從四面八方趕來高辛。

仲冬之月的第十四日，五神山的瀛洲[3]已經住滿了各地趕來的貴客。

---

3 五神山：在萬水歸流的歸墟中，有五座山，因為是神所居，所以被統稱為五神山。《列子・湯問》記載：「勃海之東不知幾億萬里，有大壑焉，實為無底之谷。其下無底，名曰歸墟。其中有五山焉：一曰岱輿，二曰員嶠，三曰方壺，四曰瀛洲，五曰蓬萊，其山高下周旋三萬里，其頂平處九千里。」

瀛洲雖然被稱為五神山之一，但其實有山有島，島上酒肆、茶樓、飯館、商鋪一應俱全，此時大荒別處正寒風凜冽、大雪飄飛、萬物凋零，五神山卻溫暖如春、百花盛開，沒來過高辛的賓客都好奇地四處遊覽，如果想出海去觀賞海景的，也可以租船出海。

大清早，小夭剛起身，顓頊就來找小夭，「豐隆和馨悅都到了，我打算待會去見他們，帶他們四處遊覽一下。」

小夭邊漱口邊問：「以青龍部子弟的身分，還是以軒轅王子的身分？」

「當然是軒轅王子了。如果我現在坦誠告之，他們頂多有些意外，卻不會心生芥蒂，可如果讓他們自己發現我的身分，那就真成欺騙了。」

「你玩你的吧，我今日有一堆事情要做，待會還要試穿新衣。如果你回來得晚，就不要來看我了，蓐收要求我今天必須早睡，好明日儀容光鮮，不辱沒高辛國體。」小夭想起蓐收就鬱悶，他這幾日簡直用各種方法在折磨她，都要懷疑他是否被阿念收買了。

「不是聽說做好了嗎？上次的衣服怎麼了？」

「穿著難受！」

顓頊要走，突然又想起什麼，回頭說：「塗山家除了璟，他的孿生大哥塗山篌也來了。璟應該會和豐隆在一起，我只怕要帶兩對孿生子去遊玩。」

小夭想說什麼，可又決定不讓顓頊先入為主，應該讓顓頊對塗山篌形成自己的判斷，只揮了下手，示意顓頊趕緊走。

顓頊感慨：「等璟看到妳，他會後悔離開的。」

小夭沒聽明白，也沒時間去弄明白，趕著去吃早飯，生怕蓐收的人來時，她就吃不了了。

顓頊去找豐隆時，被告知豐隆和馨悅都去璟那裡了。塗山氏和赤水氏的住處很近，顓頊又趕去璟的住處。

花廳內，除了璟、篌、豐隆、馨悅，意映也在。顓頊留意看了一眼篌，似乎是個十分英武俊朗的男子。

豐隆和馨悅見到顓頊很喜悅，馨悅對哥哥說：「看吧，我就知道他聽說我們來了，一定會來找我們。」

豐隆笑道：「算你夠朋友！」

豐隆想介紹顓頊給篌認識，顓頊忙說道：「我有一事需要和你們賠罪。」

豐隆詫異地說：「賠罪？」

顓頊道明了自己的身分，再次向豐隆、璟、馨悅、意映行禮道歉，「並不是故意要隱瞞，只是當日我是隨高辛使團去赤水的，若表明身分，會讓大家都尷尬。」

馨悅吃驚之餘，心底騰起了驚喜，隱密的驚喜燒得她心噗通噗通直跳、臉頰滾燙，她低著頭不說話，看上去倒像是在生氣。

豐隆卻完全如顓頊所料，意外之後並不介意，笑道：「我早就覺得你和阿念的身分有點古怪了，只是沒想到你竟然是王子殿下，那阿念是……」

「高辛的二王姬。」

豐隆挑挑眉頭，「王姬殿下！」他對璟和意映打趣道：「看看我對你們夠朋友吧？為了給你們慶賀，把軒轅的王子殿下和高辛的王姬殿下都請到了。」

顓頊忙再次對他們作揖，「諸位就饒了我吧！」

意映上前對顓頊姍姍行禮，「當日不知道殿下的身分，一時意氣，不料傷到了殿下，還請殿下原諒。」

顓頊忙道：「不知者不為罪，何況大家不早就說開，已經是朋友了嗎？」

豐隆笑起來，勸解馨悅：「別生氣了，妳出去玩時不也常隱瞞身分嗎？並不是故意欺騙，只是想行事方便而已。」

意映攬住馨悅的肩頭，也笑著勸解：「好了，看在王子殿下一再行禮的分上，也該原諒他了。」

馨悅抬起頭，視線從顓頊臉上掃一圈，笑了笑說：「罰他今日帶我們去玩，所有錢都他出。」

顓頊道：「當然是我出了。」

顓頊領著五人說說笑笑地出了門，打算先帶他們去吃高辛的風味小吃。

瀛洲島上的小飯館不同於外面，不管門面再小，都收拾得十分乾淨雅致，因為四季溫暖，花草易活，所以各家小店都喜歡栽種鮮花。一路走來，幾乎是家家門前有流水，戶戶屋前有鮮花，再加上粉白的牆壁，被沖洗得晶亮的青石地板，三個男子還罷了，馨悅和意映簡直都喜歡得不得了。

顓頊帶他們走進一家店，簷下垂著綠蘿，窗前開著火紅的花，門前一道活水，店家把酒和瓜果浸在溪水中，看到客人來，才提出來，裝盤端上。

顓頊介紹道：「中原喝酒要麼直接喝，要麼燙熱了喝，高辛人卻喜歡喝冰鎮過的酒，這是用山上的果子釀造的酒，你們嚐嚐。」

馨悅喝了一口，讚道：「真好喝。」

意映喝了一口，凝望著窗外，幽幽嘆道：「如果能拋開一切，在這樣的地方住一輩子，兩人恩恩愛愛，也不枉一生了。」

馨悅笑起來，「璟哥哥，聽到了嗎？」

璟身子僵硬，垂著眼眸，什麼都沒說。篌卻是看了一眼意映，將果子酒一飲而盡。

店裡幾乎坐滿了人，不同於中原，也許被周圍美麗祥和的風物感染，眾人講話都是慢條斯理。不過大家議論來、議論去，議論的都是高辛大王姬，從她的神秘失蹤議論到她的神秘歸來。最令眾人豔羨的就是她的身分，俊帝的女兒、黃帝的外孫女、王母的徒弟。有人嘆道：「誰若娶了她，可就真正一步登天了。」

「也許長得像個母夜叉，縱使登了天，晚上卻要做噩夢。」

幾個男子都大笑起來。

豐隆看顓頊在微笑，知道他不以為意，遂也好奇地問道：「你的這位表妹究竟如何？」

顓頊笑道：「等你們明日見了，就知道了。」

馨悅略帶了點撒嬌地說：「就因為我們是你的朋友才能比別人早知道一點嘛！」

顓頊為難地說：「我也不知道該如何說。」

女人對美醜有異於常人的執著，馨悅歪著頭，鍥而不捨地問道：「她比阿念如何呢？」

顓頊裝作想了一想，才說道：「這就好比那庭院中的花，梔子有梔子的美，風蘭有風蘭的美，無可比較。」

馨悅好像還不滿意，意映笑道：「不管哪種，看來都是很美的，反正不會是那幾個人擔心的樣子。」

顓頊對眾人指指案上一碟翠綠的涼拌菜，「這是海裡生的菜，十分爽脆，你們嘗嘗。」

豐隆和篌明白他不願再談論表妹，都吃了一筷子菜，把話題順勢拐到高辛和中原食物的不同上，馨悅和意映也邊吃邊評論。

璟的手放在膝上，緊緊地握成了拳頭，一直一言不發。

仲冬之月的第十五日，賓客們雲集在五神山的員嶠山，看俊帝領著王姬祭祀天地和祖先，以此見證大王姬重歸高辛王族。

小夭再散漫，也知道人生中有些場合不能散漫，比如說今天這個。她不明白為什麼父王要為她搞出這麼盛大的儀式，但她知道絕不能讓父王丟臉，就如蓐收反覆嘮叨的「妳一舉一動都是全高辛百姓的顏面，若有差錯，辱沒的是高辛國體」。

清晨起來後，小夭先洗漱沐浴，再吃了點東西，然後一邊由宮裡的老嫗幫忙梳頭上妝，一邊聽侍者再次重複今日的每一個環節。

中間顓頊跑來看了她一眼，安慰她別緊張，說高辛的禮儀繁瑣到可怕，沒有人真清楚，就算有什麼小差錯，只要她足夠鎮定，就不會有人發現。

小夭知道他今日要代表黃帝參加儀式，也有一堆事要做，就讓他忙自己的去。

侍小夭梳完頭、上完妝，蓐收已經在殿外等著接人了。

侍女們拿來了禮服，準備服侍小夭穿衣。

小夭還挺喜歡這套新的禮服，因為時間太趕，沒有時間搞華麗繁複的繡花，只好在禮服的衣料和佩飾上下了工夫。素白的雲紋緞子，配以碧玉環珮，高貴莊重，遠比第一套禮服穿著舒服。

當侍女們展開禮服時，幾聲驚呼。小夭回頭看，發現禮服的裙襬有些裂開，還有好幾團汙漬。懂得清洗的侍女查看過後，氣急敗壞地說：「這是種在蓬萊的靈草汁液，洗不掉。」

屋子裡的人全都面色慘白，俊帝性子冷淡，很少發火，可一旦發怒，就是最痛苦的噩夢，很多侍女開始默默哭泣。

小夭嘆氣：這個阿念真是膽大包天。她隨便披了一件外袍，對一個還站得穩的侍女說：「趕緊去把蓐收大人叫進來，看看可有補救的辦法。」

蓐收匆匆進來，都顧不上行禮，直接去看禮服，臉色也變了，大吼著問：「誰做的？被我查出來，非誅了她全族不可！」

坐在榻上的小夭幽幽地說：「那你得把父王也算上。」

蓐收一口氣堵在胸口，脫口罵道：「阿念這個小混帳，她想要我們的命啊！」

一屋子的婢女再忍不住，不少人哭出了聲音。

蓐收指著小夭的鼻子，顫抖著聲音罵道：「妳也別一臉無辜相！阿念肯定不是第一次做這事，如果不是妳一直縱容，鬧不到今天！妳們兩姊妹鬧，出了事情，卻要我們的人頭！」

婢女們的哭聲驟然變大，有人軟倒在地上。

小夭摸摸鼻子，苦笑著說：「我說蓐收大人，作戲作個差不多就行了，不就是想讓我配合你的提議嘛！我乖乖配合不就行了？」

蓐收立即平靜了，微笑著和小夭行禮，「補救的辦法的確有一個。王姬應該還記得第一套禮服吧？」

「嗯。」小夭也早就想到了，所以才命人把蓐收叫了進來。

蓐收狀似無奈地說：「現在只能穿那套了，只是陛下很不喜歡那套禮服，現在再和陛下商議根本不可能，只能我們自作主張，萬一陛下怪罪下來……」

「我頂著唄！」小夭笑笑地看著蓐收，狡黠的眼睛好像在說：這不就是你蓐收大人的打算嗎？

蓐收嘿嘿地笑，這段日子為了儀式的事幾乎天天要見這位王姬，相處下來，倒有幾分理解俊帝對她的寵愛。

蓐收行禮告退，「我命人立即去準備。」

屋子內的侍女聽見還有一套禮服，都驚喜地呆住。小夭拍拍手掌，「好了，都該幹嘛就幹嘛。放心吧，妳們也聽到了我剛才對蓐收大人的承諾，有事我頂著。」

眾人都清醒了，擦乾眼淚，趕緊開始忙碌。

那日見過第一套禮服的人立即指揮著梳頭和上妝的侍女調整髮飾和妝容，待這邊收拾好，蓐收也親自帶著人把禮服送了過來。八個婢女服侍著小夭穿衣，束腰時，一個婢女一聲令下，兩個婢女齊齊用力，小夭痛苦地呻吟，「真的要斷了。」

八個巧手侍女如花蝴蝶般穿來繞去，終於給小夭穿戴妥當。

蓐收在外面催問：「吉辰就要到了，好了沒有？」

「好了，好了！」侍女們回道。

小夭僵硬地走了出去，四個侍女屈著膝、弓著腰，在後面托著長長的袍襬。

蓐收不敢再有絲毫輕慢，躬身請小夭上雲輦。

兩個機靈的侍女先爬上車，在上面攙扶王姬，兩個侍女在車下扶著，四人合力，把小夭扶上了雲輦。

小夭無心說話，閉著眼睛默默地回憶儀式的過程。

侍雲輦抵達祭壇，又是好幾個侍女扶著小夭下了車。進了雲帳，侍女們最後一遍檢查小夭的妝扮。蓐收走進來，沉聲說道：「王姬，不管有多少人看著妳，妳只要不看他們，他們就不存在。」

小夭掃了他一眼，「我看你比我還緊張。」

有鳴鐘聲傳來，蓐收對小夭說：「時辰到。」

小夭輕吸了口氣，對自己說：沒什麼，父王就在祭台頂端等我，和那日試衣服時沒什麼差別，不過是多走一段臺階。

小夭緩緩走出了雲帳，侍女們迅速地為她整理好袍襬。

整座祭壇用白玉搭建，共有九十九級臺階，下寬上窄，威嚴地佇立在員嶠山頂端，再加上全副鎧甲肅立在祭壇四周的高辛精兵，讓人頓生敬慕畏懼。所有賓客都穿著鄭重的禮服，站在觀禮臺上，安靜地看向祭壇。

阿念嘴角噙著笑，幸災樂禍地等著。

顓頊既平靜又期待，這一刻不僅僅是小夭的歸來，還將是他的歸去。

璟有期待，他曾無數次希望能看到小六的真容，現在終於要看到，可更多的是緊張，站在這裡，隱沒在無數來賓中，讓他覺得距離她十分遙遠。

此時，紅日高掛，光芒萬丈，鐘聲悠揚，一個少女姍姍走上了祭壇。

烏溜溜的黑髮堆起雲鬢，素白色的束腰長裙，將修長的身材勾勒得玲瓏有致，外罩一件長長的拖地紗袍，紗袍上用紅黑兩色的絲線繡著桃花玄鳥圖，隨著她的走動，紗袍展開在白玉臺階上，緋紅的桃花從她腰部蔓延開來，開得繽紛絢爛，直鋪得玉階上滿是灼灼耀目的桃花。

少女隨著鳴鐘聲，從容不迫地走著，她微微仰著頭，向著祭壇頂端看去，肌膚勝雪，容色清麗，額間一朵小小的緋紅桃花，蕩人心魄。全大荒的人都為她而來，可她神情冷肅，唇角緊抿，不見絲毫笑意，眼中帶著不悅和不耐煩，甚至幾抹譏嘲。

不知道是一天燦爛的陽光，還是一地繽紛的桃花，所有人都有點頭暈目眩，只覺得縱百紫千紅萬種風流，都只是踩在她腳下的一抔黃土。

顓頊和璟都在最前面，也看得最清楚。顓頊有些生氣，卻不知道自己在氣什麼。璟只覺眼前所有的繽紛絢爛都化作不安，手緊緊地握成了拳，好像想用力地抓住什麼，卻什麼都沒抓住。

小夭緩緩站定在俊帝面前，對俊帝叩拜。俊帝心中暗嘆，很多時候命運都自有軌跡，非人力所能阻止。

俊帝帶著小夭先祭拜天地，再祭拜高辛的列祖列宗。

小夭腦內一片空白，只知道在繁冗的祝禱詞中叩拜再叩拜，拜蓐收多日訓練所賜，她在麻木的狀態下，竟然比平日做得還好，小夭心內暗嘲，這種事情越木偶化，人家就越覺得妳知禮儀。

直到最後，小夭覺得身子已經全部僵掉時，終於聽到了大宗伯宣布祭祀儀式結束。來賓們在侍者的引路下，依次離開。

上了雲輦後，小夭長舒了口氣。俊帝問：「累嗎？」

小夭點頭。俊帝說：「回去後，把衣服換掉，好好休息一下，晚上的宴會妳想來就來，不想來也無所謂。」

「父王，你不累嗎？」小夭可以不去，俊帝卻必須去，但俊帝並不喜應酬。

「我習慣了。」

小夭說：「父王，你不問我為什麼穿了這套你很不喜歡的禮服嗎？」

「肯定是阿念把那套禮服弄壞了。」

小夭笑，「我就知道阿念做的事情你都知道。」

「早知如此，不該不管，可……阿念現在不過是用蠻橫在掩飾自卑和害怕。只有她時，她就是唯一，不必比較，可有了妳時，她會拿自己和妳比較，唯一能讓她安心的就是我和顓頊，我不想讓她覺得我偏心，倒只能比過去更縱容她一些。還有我覺得……有些事情，是妳們姊妹間的事情，應該妳們自己解決。」

阿念的害怕，小夭能理解，怕她搶走了爹和哥哥。可是自卑？小夭自嘲地笑笑，說道：「這事我會解決，我就是想著，讓她發洩夠了，我再收拾她。」

俊帝竟然嘆了口氣：「我這一生，用我所有換了我所想要的，有遺恨卻無後悔，唯獨掛心的應該就妳們姊妹兩人。妳們若能真心接納彼此、看顧彼此，我則了無擔心了。」

俊帝難得流露一次傷感的情緒，惹得小夭也有些難受，可人與人之間的機緣很奇妙，不是一個有心，另一個就能有意。小夭沒有信心她與阿念能做到父親期許的，雖給不了父親承諾，但她會盡力去做。

雲輦停在承恩宮，俊帝回朝暉殿，簡單地洗漱更衣後，稍微休息一下就要去漪清園參加晚宴，小夭則回了明瑟殿。

侍女們知道她的脾氣，先俐落地幫她把禮服脫了，再趕緊幫她卸妝。弄完後，小夭泡了個熱水澡，才覺得從頭到腳活過來了。

小夭再不羨慕人家纖腰一握了，讓婢女找了件寬鬆的衣裙穿上，她四仰八叉地躺著，由著婢女幫她絞頭髮。一個婢女幫她輕輕地按壓著頭皮放鬆，讓她舒服的竟然慢慢睡著了。

小夭這邊了無心事地呼呼大睡，卻不知道漪清園裡很多年輕人都在議論她。

馨悅和意映抓著顓頊嘮叨：「把你表妹叫出來，我們想認識她。」

豐隆和幾個世家公子不說話，卻都眼巴巴地看著顓頊。顓頊頭疼地說：「她的脾氣有些古怪，只怕不願出來。」

姜氏的一個子弟說道：「我們當然知道她有些脾氣了，要不然我們需要找你嗎？」

馨悅對顓頊說：「大家是不是朋友啊？日後我們說你是我們的朋友，人家問那你認識他表妹嗎？難道我們說我們認識她，她不認識我們嗎？」

眾人七嘴八舌地說著，顓頊招架不住，向站在一旁的璟求救，「幫我勸勸他們吧。」

一直沉默的璟說道：「你們別為難顓頊了。」

豐隆立即笑道：「就是，就是，大家別為難顓頊了，以後有得是機會認識，也不著急這一時。」

馨悅和意映都不再說話，其他人也不敢再起鬨，覺得無趣，紛紛走開去別處玩了。

顓頊悄悄向璟道謝，璟突然說：「我想見小夭。」

顓頊目中情緒變幻，沉吟了一瞬，笑說道：「我只能幫你遞個消息，見不見你在她。」

璟說：「謝謝，麻煩你告訴她，我在山底的龍骨獄外等她。」

顓頊困惑不解，笑道：「隱密倒是夠隱密，不過可不像是約見女孩子的好地方。」璟作揖，輕聲說：「麻煩你了。」說完，他就找機會悄悄離開了。

顓頊派心腹侍從去見小夭。

小夭一覺剛睡醒，正在吃東西，聽到侍從稟奏說「十七在龍骨獄外相候」，有些欣喜又有些煩惱還有些緊張，說不清究竟是什麼滋味。

她慢慢地吃完碗裡的食物，仔細漱了口，儘量泰然自若地對婢女吩咐：「我想換件衣服見客，幫我挑件好看一點的。」

幾個婢女第一次聽到王姬主動要求打扮，全如灑了雞血一般興奮起來，立即動手把所有衣服都拿了出來，一件件拿給王姬看。

她們嘰嘰喳喳地商量，好半晌才挑了三件出來，「今晚月色極好，穿上這三套衣衫肯定相當好看。」

小夭為難地說：「能不束腰嗎？」

婢女紫貝立即說：「這是晚上，本來就光線不好，穿得寬寬鬆鬆，乍一看像孕婦。」

另一個婢女珊瑚笑咪咪地說：「王姬，我們想穿這樣的衣服也不能，因為腰不夠細、腿不夠長，穿上不好看。您穿上，那麼好看，為什麼不肯穿呢？」

小夭問：「真的好看？」

所有婢女齊齊點頭。小夭想到這是她第一次以女子容貌見璟，決定要好看不要舒服了。

小夭挑了一件素白的衣裙，袖口和裙襬的裡層繡了綠色的藤蘿，行走時才會露出些許，平添幾分俏皮。婢女又幫她鬆鬆綰了個髮髻，簪上一支翡翠步搖，走路時，顆顆綠翡翠搖曳擺動，恰與袖口裙襬的刺繡呼應。

小夭走了幾步，婢女們齊齊滿意地點頭。珊瑚左右看看，衝去衣箱裡翻撿，拿出一條長長的綠色繡花紗羅披帛，搭到小夭肩上，繞過腰，旋於手臂間，再任紗羅自然垂落。

小夭走了幾步，覺得累贅，眾婢女卻一臉驚嘆，齊齊拍手，「王姬，快快去見您想見的人吧，保證讓他從此再忘不了您。」

小夭的臉有點燒，「妳們胡說什麼？我就是去見一個普通朋友。」

所有婢女都忍著笑，普通到讓王姬肯費心打扮自己？

小夭乘坐雲輦下山，快到時，她卻讓馭者停了車。

今夜是滿月之夜，月色真的很好，銀輝落在樹梢，又灑在青石小路上。小夭踏著月色，一個人慢慢地走著，距離山腳已不遠，海潮拍打礁石的聲音隱隱傳來。

繞過一叢灌木，小夭看到了站在礁岩上的男子。

他面朝著大海，靜靜地等候，不知道已經等了多久，也不知道還能等多久。

在這裡等她的是葉十七。

小夭心裡的那些惱怒漸漸消失了，只餘了喜悅和緊張。

小夭越發放輕了腳步，悄悄地走近他。

在祭拜儀式上，阿念本來一直幸災樂禍地等著看小夭的笑話，沒想到小夭最後穿的禮服比她毀掉的那一套更華美、更精緻，簡直是讓整個大荒都為之側目。

阿念差點想衝出去，撕毀禮服、撕亂妝容，毀掉小夭也毀掉自己，但母親緊緊地抓住了她，眼中含著恐懼和哀求。她可以蠻橫地對任何人，唯獨沒有辦法對母親。

阿念只能閉著眼睛，默默地忍受到整個祭拜儀式結束。

她送母親回宮，卻覺得自己在承恩宮再待不下去。從小夭回來後，這座宮殿不再是完全屬於她的家。

阿念策著玄鳥坐騎，離開了承恩宮。她不知道自己想做什麼，只是想暫時地逃離，不想聽到所有的歡聲笑語都只是為了小夭。

玄鳥漫無目的地飛著，阿念累了，玄鳥停在大海中不知名的小礁石島上。礁石島小得比一艘船大不了多少，阿念抱膝坐著，看著浪潮從四面八方湧來，碎裂在她身旁，像怪獸一般發出轟鳴聲。往常她早就害怕了，可今夜她不覺得害怕，甚至覺得最好真有一隻怪獸出來，反正父王和哥哥有了小夭，他們都不再關心她。她覺得最好她被怪獸咬成重傷，奄奄一息時，父王和哥哥才找到她，他們痛苦自責內疚，可是已經晚了！阿念從幻想父王和哥哥在發現要失去她的痛苦中，得到了些許報復的快感。

又一波浪潮湧來，一個白衣白髮、戴著銀色面具的男子坐在浪潮上，微笑地看著阿念，柔聲說：「很痛苦嗎？妳的父親和哥哥都拋棄了妳。」

阿念認出了他，是那個和小六一起綁架過她的九命相柳。也許因為上次所有壞事都是小六做的，相柳給阿念的印象並不壞，阿念很緊張，卻並不害怕。

阿念問：「你怎麼在這裡？」

相柳笑，「妳說呢？整個大荒都在談論高辛大王姬，我自然也有點好奇，所以來湊個熱鬧。」

又是小夭，又是小夭！阿念重重哼了一聲。

相柳微笑著說：「如果沒有她，妳仍是高辛獨一無二的王姬，是父王唯一的女兒，是哥哥唯一的妹妹。可是她莫名其妙地跑了出來，奪走了妳的一切，難道妳不想報復她嗎？」

阿念緊咬著唇，不吭聲。她知道她不該和相柳做交易，哥哥曾惱怒地罵過他是魔頭，可是……這天下沒有做不成的交易，只有還不夠分量的誘惑。

阿念掙扎著說：「我是恨她，可我沒想讓她死，我只是想一切都恢復到以前。」

相柳柔聲說：「我承認我有可能想殺軒轅的王子，但絕不會殺高辛的王姬，我們神農義軍絕不想得罪俊帝。」

阿念知道，所以她並不怕他。

相柳凝視著阿念的眼睛，溫柔地提議：「妳覺得好好折磨她一番，卻不取她的性命，怎麼樣？」

訓？」

阿念慢慢地點了下頭。

相柳笑，「妳真是個善良的女孩子，妳的父王和哥哥應該更偏愛妳才對。」

阿念覺得這麼長時間以來，終於聽到了一句順心的話，她問：「怎麼才能給她一個狠狠的教

相柳說：「只要妳能把她引出來，不要被人察覺，剩下的事情交給我。」

阿念問：「你為什麼要幫我？你想要我幫你做什麼？」

相柳微笑著說：「妳是高辛王姬，什麼都不缺，難得有一件我能為妳效勞的事，我當然很樂意。妳也知道我們神農義軍的處境，如果日後有可能，希望王姬能幫我一次。」

阿念笑問：「你都不要我發誓，不怕我反悔嗎？」

相柳笑看著她，溫柔又鄭重地說：「我相信妳。」

阿念甜甜地笑起來，「好！你幫我狠狠教訓她一番，我日後幫你一次。」

相柳把一枚貝殼遞給阿念，「把她引到海上，捏碎這個，我就會趕到。」

阿念收好了貝殼，策玄鳥返回。

小夭一邊喜悅地眺望著礁岩上的人影，一邊忐忑地走著。突然，小夭感覺到一枚小石子砸到她背上，回身看到阿念遠遠地站著，衝她揮了揮手，好像要她過去。小夭朝著阿念走過去，阿念卻一

轉身，消失在了樹叢中。

小夭蹙眉，回頭望了一眼海邊，循著阿念消失的方向追了上去。阿念的身影在樹林中時隱時現，她自小在五神山長大，遠比小夭更熟悉五神山，她的靈力又比小夭高很多，只要她想，甩掉小夭很容易。小夭已經看出來阿念在故意逗引她，不過，她倒要看看阿念究竟想做什麼。

她們從樹林裡的小道穿過，來到了山的另一面，阿念站在海邊的懸崖上衝小夭揮手。

小夭慢慢地走過去，「妳想做什麼？」

阿念從頭到腳地仔細打量了小夭一番，表情十分複雜；小夭也在打量阿念，猜不透阿念想做什麼，就算阿念把她從懸崖上推下去，也摔不死她。

阿念捏碎了貝殼，突然向小夭衝過來。小夭嘆氣，「妳不是真想把我推下去吧？」她想閃避逃開，阿念用冰劍封鎖住小夭的退路，站在了小夭背後。

阿念詭秘地說：「妳猜對了！」

小夭想殺阿念，有辦法，可她想打過阿念，卻沒有辦法。於是，小夭只能感覺到背部有一股大力襲來，她的身子飛出了懸崖。

小夭並不驚怕。很小時，她就敢站在懸崖邊，往海裡跳了，小夭甚至很享受在落入大海前這一段自由自在的飛翔。

海風吹起了小夭的青絲，拂起她身上的綠色紗羅，她像一隻蝴蝶一般，張開了綠色的翅膀，飛舞向大海。

小夭舒展身軀，愜意地瞇著眼睛。突然，她的眼睛瞪大了。

皎潔的月光下，深藍的大海波光粼粼，一個白衣白髮的人仰躺在起伏不斷的浪潮上，他正挑著唇角，笑看著她，就如欣賞一支只為他而舞的舞蹈。

小夭想逃，可半空中，她唯一的方向只能是向下，她只能眼睜睜地看著自己和他越來越接近、越來越接近。就在她以為她會直接砸到相柳身上時，他下沉，她落入了海水中，他雙手抓住她的手，她只能被他拽向海底。

他帶著她在海底游動，小夭覺得相柳不可能想殺了她，而是故意折磨，可是她只能忍受。

胸中的最後一口氣已經吐完，小夭抓著他的手，哀求地看著他。他不理她，依舊往更深的海底游去。小夭憋得好像整個胸腔都要炸開，她的手上已經沒有了力氣，手指鬆開，相柳攬住她的腰，笑指了指自己的唇。他在說：想要新鮮的空氣，就自己來吸。

小夭搖頭。以前，她是玟小六，從沒把自己當女人，怎麼都無所謂，可現在，她做不到。

相柳唇邊的笑意消失，抱住小夭，繼續下沉。

他看著小夭，小夭看著他。

相柳加速了下沉，小夭開始清楚地明白，面對一個什麼都不在乎的九頭妖時，高辛王姬的身分並不能庇佑她。

相柳越沉越快，看似至柔的水卻產生了恐怖的力量，要把小夭擠成粉末，胸腔好像要炸開，小夭全身都在劇痛。

生與死，只是一個簡單的選擇。

兩人的面孔很近，近得幾乎鼻尖碰著鼻尖，小夭只需稍稍往前一點，就能貼到他的唇。

可是，她不能！

小夭覺得海水好像灌進了她的耳鼻，他的唇那麼近、那麼近……小夭失去了意識，昏死過去。

相柳用力按著她的頭，狠狠地把她按到了自己唇邊，帶著她向上浮。

兩人浮出了海面。

相柳平坐在水面，屈起一腿，把昏死的小夭抬起，讓她俯趴在他腿上。他掌含靈力，用力拍了小夭的後背幾下，小夭哇一聲張開口，狂嘔了幾口水，人漸漸地醒了，但全身痠軟，腦袋暈沉，一動不能動。她閉著眼睛，無力地俯在相柳腿上。

休息了大半晌，小夭才真正清醒，她扶著相柳的膝蓋，慢慢地撐起身子。或許是因為有相柳的靈力支撐，身下的水像是個極軟的墊子，她的動作會讓她略微下陷，卻不會讓她沉下去。

相柳面無表情，一直盯著她，卻不說話，小夭更不知道該說什麼。

他們在茫茫大海中，四周是無邊無涯的黑暗，就好像整個世界只剩下了他們兩人。

小夭終於開口說道：「本來我是打算，以後見了你，裝作不認識的。」

「我體內還有妳的蠱，妳想賴掉妳發的誓嗎？」

小夭說：「按道理來說，只能我感應到你，你應該感應不到我，你怎麼知道我是玟小六的？」

相柳抬手，把小夭臉上的濕髮都撥到了腦後，捧著她的頭，仔仔細細地看著她的臉，「這就是妳的真容？」

「嗯。」

「妳很會騙人。」

小夭為自己辯解，「不算騙，我是真把自己當成了玟小六。」

「高辛王姬？」相柳冷笑，「難怪當日妳突然間死也要救顓頊。」

小夭不敢再吭聲了。

相柳的手好像無意地搭在她肩上，手指輕掃著她的脖頸，循循善誘地說：「妳說過的話還有哪些是假的？不如今日一次坦白，我不會殺妳的。」

「我早和你說過，我只說廢話，不說假話。」小夭攤攤手，「我喜歡說話，是因為怕寂寞，如果我滿嘴謊話，只會越說越寂寞。」

相柳原本已經變得有點鋒利的指甲無聲無息地恢復了原樣，小夭完全不知道剛才那一瞬她是真正和死亡擦肩而過。

相柳默默地凝望著漆黑的虛空，不知道在想什麼，整個人如一把沒有了劍柄的劍，鋒利孤絕的世間沒有一人可以接近。

小夭也不知為何，明明在水面上，可竟然覺得自己好像又沉在了水底，胸口憋悶得很。她突然想起什麼，掏出濕淋淋的荷包，拿出一個小玉瓶，倒出一把五顏六色的藥丸，攤在掌心給相柳看，

「要不要嘗嘗？」

相柳像吃糖豆子一樣，慢慢地一顆顆都放進了嘴裡。

「怎麼樣？這可是我特意為你煉製的，查閱了很多資料，找了好多稀罕藥材。」

相柳身上的冷厲驟然淡了，「湊合。」

「還是湊合啊？」小夭簡直快哭了，「好多藥草可是種在蓬萊島上，用歸墟水眼的水澆灌，長了千八百年的。」

相柳淡淡說：「妳還一直在想毒倒我？」

小夭晃晃腦袋，「想我一代毒神，連九尾狐妖都能毒倒，沒有道理毒不倒你這九頭妖啊！」

相柳不屑地笑，「我等著。」

小夭感覺兩人之間的氣氛不再那麼劍拔弩張，小心翼翼地問道：「你怎麼會和阿念攪和到一起去了？」

「不行嗎？」

小夭抓住了相柳的衣襟，很嚴肅地說：「不行！你別再去招惹她了，她被我父王保護得太好，禁不住你這種人的撩撥。」

相柳身子前傾，笑笑地問：「我這種人？我是哪種人？」

小夭白了他一眼，「你心裡清楚。」

相柳不在意地說：「她還沒當妳是姊姊，妳倒急著先當起了好姊姊。」

「人與人之間的關係，總要有一個人先跨出一步，男女之間就不用說了，連父母和兒女都是如此，在兒女無知無覺時，父母就要開始付出。我向來自私，絕不肯做先跨出一步的人，但我和阿念之間，我決定做先跨出一步的一方。倒不是因為她有多好、多值得，而是因為我父王和顓頊，我願意為父王和顓頊對阿念先付出。」

「不是付出就會有回報。她能把妳出賣給我，就能把妳出賣給別人，她這次能把妳推出懸崖，下次也許就能把匕首插進妳心口。」

「我知道，所以這種事情我也只肯做一次。」

相柳說：「我答應妳不再去逗妳妹妹，妳也要答應我一件事情。」

「我能說不嗎？」

「顯然不能。」

小夭眨著眼睛看相柳，擺出洗耳恭聽的樣子。

相柳說：「繼續幫我做毒藥。」

這很簡單，小夭爽快地答應了，「可以。可是……怎麼交給你呢？我現在可不是在清水鎮上了，你又不能去山上找我。」

相柳笑著說：「這就是妳需要考慮的問題了，反正我要是太長時間沒看到妳的藥，我就去找妳妹妹。」

小夭嘟囔，「我就知道你不會這麼容易饒過我。」

相柳說：「我已經饒了妳。」

小夭撇撇嘴。

相柳冷哼了一聲，突然問：「為什麼？」

小夭明白他在問為什麼寧死都不肯親他一下，卻故意裝糊塗，「什麼為什麼？」

相柳握住她胳膊，往下沉，小夭忙大叫，「哦，想起來了、想起來了。」

相柳盯著她，小夭說：「我害怕。」

「會比死更可怕？」

小夭思索了一會才慢慢地說：「我哥哥，就是顓頊了，有一天晚上我們聊天時，他笑我畢竟還是個會做夢的女孩子。雖然只是、只是……可我怕一不小心，你會走進我夢裡，而你……」小夭搖搖頭，「絕不適合出現在女孩子的夢裡，那只怕真的比死還可怕。」

相柳輕聲笑起來，漸漸地，越笑越大聲，他放開了小夭，身子向著遠處飄去。

小夭大叫，「喂、喂……你別丟下我啊，你把我丟在這裡，我怎麼回去啊？」

相柳笑道：「游回去！」

小夭臉色都變了，「你讓我從這裡游回去？這可是深海，海獸、海怪四處出沒，我靈力低微，隨便一隻海怪都能吃了我！」

相柳笑咪咪地說：「我這也是為了妳好，萬一我對妳太溫柔體貼了，一不小心入了妳的夢，讓妳生不如死，豈不罪過？」相柳說完，慢慢沉入海底，消失不見。

小夭還是不相信，叫道：「相柳、相柳，九命！九頭怪！死魔頭！死九頭怪魔頭……」

大海一起一伏，天地寂寥無聲。

小夭只覺得海的顏色變得更黑暗了，她打了個寒顫，辨別一下方向，一邊咒罵相柳，一邊向著五神山的方向游去。

剛開始還害怕有什麼海獸突然冒出來，咬斷她的腿，可時間久了，依舊看不到陸地，小夭擔心的不是被咬死，而是被淹死了。

她為了節約每一分精力，不敢再胡思亂想，保持大腦一片空白，什麼都不想，彷彿修煉時的入定，身體則保持一個固定的節奏，不停划水。

剛開始，還能感覺到因為疲憊而產生的身體痠痛，可漸漸地，一切都消失，天不是天，海也不是海，甚至感受不到自己的存在，一切都成了求生的本能，只是在一團黏稠中向前，一直向前，永不停歇地向前。

第十四章 原是癡兒女

在這地底的深處，他有過最幸福甜蜜的時刻。
可是給了他幸福甜蜜的人是小六，不是眼前這個少女，
如果她收回，他完全明白。

小夭不知道究竟過了多久，只知道當她的手觸碰到一個硬物，本能地抓緊時，眼睛才恢復了一點視覺。

發現那是一塊礁石，小夭的整個身子立即癱軟。她趴在礁石上，看到遠處礁岩的頂上，一個黑乎乎的人影固執地佇立著。

此時，天際已經濛濛亮，清冷的晨曦中，那個頎長的人影就好像與礁岩融為一體，鑲嵌在天地之間，成為了天荒地老的等候。

小夭也不知是累，還是喜悅，嗓子發澀，發不出聲音。她無力地舉起手，好像在揮，卻又全然沒動。

終於，岩壁上的人看見了她，顧不得從岸上走，他飛躍下岩壁，跳進了大海，奮力游到小夭身邊，抱起她。兩個人半浸在海水中，小夭因為力竭，身子在不停地顫抖，璟卻不知道為什麼，身子

也在不停地顫抖。

兩個人顫得都說不出話，小夭能聽見自己上下牙齒打顫的聲音。她覺得既好笑又鬱悶，精心妝扮，沒想到竟然以最狼狽的姿態出現。

小夭打著顫說：「別、別……水裡。」泡了一夜的海水，真的不想再泡了。

璟抱著她，爬上礁石，可蹣跚地走了幾步，竟然腳下打滑，向下跌去。璟怕傷到小夭，用自己的背脊著地，碰一聲響，跌得不輕。

小夭笑，「你、你……還九……狐……笨……」

終於到了岸上，璟抱著小夭走到避風的岩壁下。小夭臉色慘白，嘴唇發烏，璟一手貼著她的後心，一手握著她的手掌，把靈力緩緩輸進去，慢慢地在她體內遊走幾圈，小夭的身體才不再顫抖。此時，外面已經大亮，岩壁下的這個小小角落，因為礁岩和樹林的遮掩，依舊陰暗。

璟看小夭的身體暖和了，收回放在她後心的手，覺得也應該鬆開握住她手的手，卻又捨不得，手一時鬆、一時緊。小夭看著他，調笑道：「你以前倒是膽子大，現在竟然膽小了？」

璟鬆開了手，「現在和以前不一樣。」

「哪裡不一樣？」

璟看了她一眼，又急急垂下了眼眸。

小夭摸了摸亂七八糟的濕髮，又掐掐臉頰，恐怕臉色也好看不到哪裡去，很是沮喪，決定回去真要狠狠教訓一頓阿念了。她站起來，「我回去了。」

清楚。

璟急急站起，拉住她的胳膊，又觸電般趕忙鬆開，臉上有些燙。高辛的衣衫輕薄飄逸，浸濕後就順服地貼在了身上，剛才縮坐著時不覺得，此時站起來，一下子腰是腰、胸是胸，看得格外分明

小夭看到璟的神情，低頭看了下自己，立即蹲下去，雙手抱著膝蓋，把自己捂了個嚴實。

璟坐在她對面，低聲道：「待會兒再回去，好嗎？就一會兒。」

小夭沒有吭聲。

「我等了妳一夜，以為妳不會來了。」

小夭氣惱地問：「既然覺得我不會來了，為什麼還要等？」

璟不知道該怎麼回答，如果她真不來了，他也不知道能去哪。在這地底的深處，他有過最幸福甜蜜的時刻，可是給了他幸福甜蜜的人是小六，不是眼前這個少女，如果她收回，他完全明白。

小夭雙膝跪地，膝行到他身前，眼中滿是惱怒委屈，「你以為你等了一夜，很辛苦嗎？你有未婚妻！你和她同出同進，卻變著法子時時刻刻地提醒我對你許過諾言。你既然不信我，為什麼要讓我許諾？我告訴你，昨夜我為了遵守對你的承諾，差點死了！」小夭狠狠地推璟，「我不玩了，我收回承諾！你趕緊滾回青丘，去娶防風意映吧！」

璟不敢還手，卻也堅決不後退，「我不會娶她，她其實並不喜歡我，應該也不會願意嫁給我。」

小夭停止了推搡，「我不信！她為什麼會不喜歡你？」

「我腿殘了，看得出來她很驚訝失望。有一次，她看到我身上的傷痕，受了驚……」其實，說

受驚是很含蓄的說法，意映當時臉色慘白，神情驚懼，一眼都不敢看他，並且從那之後，兩人單獨相處時，意映都會和他保持距離。

小夭很難受，她知道璟的腿不方便，也知道璟身上的傷痕有些恐怖，可這不應該是他被嫌棄的理由。小夭說：「你們訂婚幾十年了，難道她還會在意這些外在的東西嗎？」

「實際上，在清水鎮見面前，我完全不知道她究竟長什麼樣，我們從未見過面。她是母親挑中的人，當時，母親已經有病，我不想讓母親再操心我的婚事，立即答應了。訂婚後，我要照顧母親，又要處理族中事務，忙得不可開交，根本顧不上多想此事，倒是大哥悄悄溜去看防風意映，回來後和我笑嘻嘻地說『恭喜，果然是花容月貌、聰慧伶俐』。

母親去世後，我要面對崩潰的大哥，沒有心思想什麼男女情事，奶奶揭開大哥的身世秘密後，我更是無心去想。直到一切平息下來，奶奶說我該成婚了，才想起我還有個未婚妻。奶奶年紀已大，大嫂像是不存在，塗山氏的確需要一個女主人，幫奶奶分憂解勞。奶奶和長老商量後，擇定了婚期，沒想到還未舉行婚禮，我就被大哥幽禁了。」

原來清水鎮的相逢竟然是他和防風意映的初遇，那也難怪防風意映會失望……小夭的心五味雜陳，有些酸澀難受，有些喜悅高興，自己都不知道自己究竟在想什麼。

半晌後，小夭幽幽說道：「防風小姐的確是花容月貌，人又能幹。眼光挑剔一點，也是正常，你別往心裡去。」

「妳、最美。」璟說完，立即低下了頭。

「即使現在這樣？」

「嗯。」

小夭噗哧笑了出來，「終於明白為什麼顓頊的花言巧語對少女們無往不利了，雖然明知道你說的不是事實，可依舊喜歡聽。」

「我說的是事實。小夭，我沒有想到妳是這樣的，如果我知道妳是這樣的……即使在黑暗的地牢裡，我也絕不會有勇氣說出奢望……」璟的背脊挺得筆直，頭卻低垂著，猶如一株長在陰暗中、終年見不到陽光的植物，「我的身體，我的聲音……妳知道為什麼我明知道能醫好腿卻不肯醫治嗎？因為我知道縱使好了，真正的傷依舊在身體裡面，那是什麼藥都治不好的。我能穿衣服遮去身上的醜陋傷痕，我能用稀世良藥治好腿，我也能儘量少說話，掩飾難聽的聲音，我能欺騙所有人，依舊是風華出眾的青丘公子，可我欺騙不了自己……小夭，我配不上妳！這世間，有健康聰慧英俊的男兒……」

「璟，抬頭！塗山璟，抬起頭。」

璟慢慢地抬起了頭，小夭湊到他臉邊，喃喃低語：「昨夜，有個男人逼我親他，現在我卻只想親你。」她的唇輕輕落在璟的唇上，璟的身子劇顫了一下，猛地一縮，躲開了小夭，「別……小夭。」

小夭閉著眼睛，仰著頭，雙頰酡紅，身子輕顫，「璟……璟……」

小夭的輕喚聲抖得幾乎要聽不出她在叫什麼，璟覺得自己好像也在顫，他的吻落在了小夭額間的緋紅上，就好像有一團火從小夭額間一直燒到他心裡，讓他冰涼的心暖和起來。或許有一日，那些藏在身體裡、無藥可醫的傷口，也會康復。

璟緊緊抱著小夭，頭埋在小夭頸間，像是做夢般歡喜，讓他只想永遠摟著小夭，永不放開。

小夭呻吟，「你快把我勒斷氣了。」

璟立即鬆開了她，滿臉通紅。小夭輕笑，頭倚在他臂彎上，看著他。

璟不好意思，略微偏過了頭，「剛才妳說妳昨夜差點死了，還說……」

小夭不在意地揮揮手，「我說氣話嚇唬你的。」

璟看向小夭，心中疑惑，卻知道小夭不想再提了。

小夭笑問：「為什麼不是這裡？」她指指自己的唇。

璟低聲說：「還不是時候。」

「那什麼時候才……可以。」小夭半閉著眼睛，用手掩著臉，掩飾著羞意。

璟回答不出，因為那是由小夭決定，並不是他。他不是不渴望，而是──他想要她的愛，他不想她只是因為憐惜。小夭已經給了他太多，他不想繼續利用她的善良。

小夭從手指縫裡偷看他，「我以為你們男人見了女人，都恨不得立即掀翻到榻上，扒光了衣服……」小夭說不下去了，自從換回女兒身，不知不覺中她就沒辦法像小六一樣沒羞沒臊了，尤其現在，更是恨不得把剛說的話都吞回去。

璟雖一直潔身自好，可畢竟是執掌一族之人，出入風月場所是常事，而且世家大族的子弟總免不了一些宣淫縱欲之事，璟自然是男人應該知道的事都知道。生意場上，別說比這更露骨的話，就是更露骨的事都見過，卻是沒任何感覺，談笑如常，可對著小夭，只覺得火燒火燎般地不自在，低聲辯解：「我、不是那樣。」

兩人都沉默，尷尬中有絲絲縷縷的羞澀、窘迫中又有淡淡的欣悅。

「小夭……小夭……」顓頊的叫聲傳來。

兩人和做了賊一樣，被驚得立即分開。小夭對璟做了個噓的手勢，示意他別出聲，躲起來。

小夭隨便扒拉一下頭髮，鑽進樹叢，繞到礁石上，對著顓頊揮手，「在這裡呢！」

顓頊快步跑過來，「妳怎麼這個狼狽樣子？」說著話立即把自己的外袍解下，披到小夭身上。

小夭說：「我為什麼變成這個模樣？還不是你的好妹妹，我回去要收拾阿念了。」

顓頊召來雲輦，扶小夭上車，「我還以為妳打算一直忍下去。」

小夭瞟了一眼岩壁的方向，登上車，「再不教訓她，下一次只怕她就要做出讓父王和你痛心的事情了。」

「她究竟做了什麼？」

小夭神秘地笑笑，「這是我們姊妹之間的事情，你就別插手了。」如果讓顓頊知道阿念竟然敢勾結相柳來設計她，非氣死不可。

顓頊問：「妳見到璟了嗎？」

「見到了。」

「你們……說了些什麼？」

「就隨便聊聊，嗯……他說了點他和防風意映的事，也聊了一點別的。」

顓頊似笑非笑地說：「隨便聊聊，聊得通宵未回宮？」

小夭理直氣壯地反問：「你看我這樣子像舒服地玩了一整夜的人嗎？如果不是你的好妹妹，我早回宮睡覺了。」

顓頊撚起她的頭髮，看裡面又是海藻、又是沙子，搖頭笑道：「看來真沒少受罪，妳總算是在阿念手裡吃了一次虧。妳也別一口一聲我的好妹妹，論遠近，那是妳妹妹！」

小夭垂著臉，嘆氣，突然想起什麼，問道：「那個塗山篌，你覺得如何？」

「不錯。」

小夭流露出感興趣的樣子，顓頊只得詳細解釋，「他本人很有才華，比起璟而言，他更剛毅霸氣。聽說璟失蹤的那些年，塗山家的很多事都是他做主，他做得很不錯，可惜璟一回來，他就必須退讓。我覺得很奇怪，他們是孿生子，篌是長子，才能又不輸璟，理應他的地位更重要，但塗山家顯然更看重璟，豐隆他們也都好像不太拿篌當回事。尤其是豐隆，看上去很客氣有禮，但那種客氣有禮相比起他對璟的熟不拘禮，實在非常讓人難受。

世家子弟的圈子，看似很複雜，非常難進入，可又很簡單，幾個關鍵人物的態度就能決定一切。比如他們這個圈子，豐隆和璟表明看重我，別人也自然而然給了我幾分尊重；篌就比較慘，豐隆雖然因為他是塗山氏接納了他，可顯然並不真正認可他。不過，我有一種感覺，篌絕不是甘願永居人下的人，他只是在忍耐，我從他的眼裡看到了野心。」

小夭點點頭，「感覺你對他的印象不壞。」

顓頊自嘲地笑起來，「因為他其實和我的處境有點像。我們都是在忍耐，都是在等待時機能一擊殺死對手，我們也都渴望向所有人證明自己。」

見小夭的神色變得凝重，顓頊說：「別擔心，璟若沒點手段，豐隆不會那麼看重信任他，其實只要璟願意，他完全可以先下手為強除掉篌，可不知道他怎麼想的，遲遲不動手。」顓頊拍拍她的肩膀，笑道：「看在璟的這條命是妳救回來的份上，只要璟沒有得罪妳，我會盯著篌的。而且我懷疑……」顓頊瞇著眼冷笑，「篌和王叔有勾結。」

小夭放心了幾分，蹙眉說道：「防風氏是否也已經投靠了舅舅他們？」

「看防風意映的舉動，應該是。要不然一個防風氏怎麼敢對我一而再地下殺手？這世上非要我死的不就是咱們的那幾個長輩嗎？」

小夭嘆道：「我還真佩服你們，你們這一個想殺一個的，竟然能毫無芥蒂、有說有笑地一起玩。」

顓頊笑咪咪地說：「難道妳不覺得這也是一種樂趣嗎？」

小夭大笑，「的確！」

雲輦停住，小夭躍下車，卻沒打算進殿，對侍女吩咐：「給我隨便拿件破衣服出來。」

侍女忙跑進去，拿了一件被阿念毀掉的衣服給小夭，小夭把顓頊的外袍扔還給他，把破衣服往身上一裹，就要走。

顓頊叫道：「妳不換件衣服再去找阿念算帳？」

小夭回身，甩了甩夾雜著海藻和沙子的頭髮，說道：「要的就是這個氣勢！」

顓頊笑：「那我不管妳們了，我去找豐隆和馨悅他們，他們明天就要走了。」

小夭邊走邊揮揮手，「你去找你的樂子，我去找我的樂子。」

小夭一腳踢開阿念的殿門，走了進去。昨晚阿念掛著心事，沒有睡好，這會兒應該還沒起身。侍女們紛紛阻擋小夭，「大王姬，二王姬還沒起身，您若有事……」

小夭一腳一個、一手一個，劈里啪啦地全部踹開、推開。海棠擋在門前，小夭說：「怎麼？妳還想和我動手？」

海棠跪下，「奴婢不敢。」卻就是不讓路。

小夭破口大罵：「阿念，妳有種做，就要有種認！躲在奴婢背後算什麼？妳個孬種！」

阿念拉開了門，對海棠說：「妳讓開，我倒要看看她敢做什麼。她若真有膽子，今兒就把我殺了，我才算服她！」

幾個婢女勸道：「大王姬、二王姬，妳們……」

小夭和阿念齊聲喝道：「滾！」

婢女們忙拉著海棠躲到一旁，小夭對阿念說：「有膽子請我進去啊，看看我會對妳做什麼。」

阿念冷哼，讓開了路。

小夭走進去，拴好門。她指指自己，「妳合著別人把我弄成這樣，滿意了？」

阿念施施然地坐下，端起水想喝，「還算滿意。」

小夭端起案上的水壺，把一整壺水潑到她臉上，「妳個沒長腦子的東西！」

阿念跳了起來，「妳、妳……我今兒不打妳個半死，我就不是高辛憶。」她揮手，卻發現靈力好像消失了，別說冰棒子，就是冰渣子都沒出來一個。

小夭向她勾勾手，「別光說不練！」

阿念隨手拿起一柄玉如意，像揮舞棍子一般去砸打小夭，小夭拿起了她的鳳凰琴，和她對打起來。玉如意斷了，阿念又抓起半人高的鎏金纏枝蓮花水鏡，朝著小夭狠狠砸去，把自己的鳳凰琴砸了個稀巴爛。

小夭抓起一堆脂粉盒，邊砸阿念，邊躲，「妳個蠻牛，倒有幾分力氣。」

小夭跳到案上，阿念把几案砸了個稀巴爛。

小夭躲到架旁，順手拿了花瓶和書砸阿念。阿念以水鏡橫掃，把整個架子都砸翻了。

小夭退到榻旁，阿念逼了過來，「我看妳還往哪裡逃？」

大怒之下阿念已經忘記了輕重，她把水鏡狠狠地砸向小夭，只想讓這個人消失在她的世界。

小夭像猿猴一般跳起，攀在榻頂，躲開致命的一擊，待她落下時，用力把整個紗帳扯落，重重疊疊的紗幔落在阿念身上，這些紗幔不是水火不侵的鮫綃，就是刀劍都割不斷的盤絲蛛紗，阿念扯了半天，不但沒有扯開，反倒把自己越纏越緊。

小夭衝著她小腹狠狠踹了一腳，阿念重重摔倒，後腦杓砸在地板上，疼得臉發青。

小夭騎坐到她身上，「高辛憶，這就是妳！失去靈力，什麼都做不了！失去了妳的身分，就什麼都不是！」

阿念的眼淚湧出來，「妳以為妳比我強嗎？如果妳娘不是軒轅的王姬，顓頊會在乎妳嗎？如果妳不是黃帝的外孫女，別人會覺得妳比我強嗎？妳除了血脈比我高貴，還有什麼地方比我強？我至少辛苦修煉了，靈力比妳高強，可妳呢？說什麼王母的徒弟，可妳連最普通的妖怪也打不過！如果不是妳的這些身分，父王會為妳舉行盛大的祭拜儀式嗎？難道妳以為大荒的賓客只是衝著看妳來的？我告訴妳，不是！他們是因為妳爹是俊帝、妳娘是軒轅王姬、妳外祖父是黃帝、妳師父是王母！除去這些身分，妳其實比我更一無是處！」

原來這就是阿念的自卑！小夭沉思了一瞬，說道：「妳竟然在怨恨妳娘出身太微賤了！」

阿念瘋了一樣吼叫：「我沒有！我才沒有！我娘是世上最好的，不許妳這麼說我娘……」

阿念掙扎著想起來，小夭給了她鼻子一拳，打得她眼淚鼻涕全出來，再掙扎不動。小夭壓著她的胸膛說：「妳還不敢承認？妳不就是因為妳娘而怨恨嗎？雖然妳什麼都比我強，可就是因為妳娘只是一個身分微賤的女子，不僅微賤，還又聾又啞，所以妳處處顯得比我差。妳是不是想著，如果妳是王母的徒弟，妳靈力都不知道有多高了？妳是不是想著，如果妳是黃帝的外孫女，妳絕不會像我這麼沒用？」

阿念嗚嗚哭泣，小夭拍著她的臉頰說：「妳敢發毒誓說妳真的沒有這麼想過？」

阿念的哭聲越來越大。她從不承認她怨怪了娘，可是她的確有過那些念頭，她並不比小夭差，可每個人都更看重小夭，難道不就是因為小夭的娘親嗎？如果小夭的娘不是軒轅王姬，如果小夭的娘是和她娘一樣身分微賤的女子，小夭能讓每個人都待她不同嗎？小夭能讓全大荒都震動嗎？

阿念驚慌地想，難道我真的在介意娘的身分？

不，不會！娘是那麼溫柔，又是那麼可憐，她和父王是娘僅有的一切，她絕不會介意娘的身分！

小夭喝道：「有本事想，就要有本事承認。除了哭，妳還會做什麼？」

阿念依舊放聲大哭，小夭掏出一點藥粉，灑在紗幔上，幾縷輕煙騰起，水火不侵、刀劍不傷的紗幔竟然被腐蝕出了一個個小窟窿眼。

小夭拿著藥粉，對阿念說道：「妳再哭，我就輕輕一吹，把這藥粉吹到妳臉上。」小夭說著話，又灑了一點藥粉到紗幔上，輕煙飄起。

阿念立即緊緊咬著唇，恐懼地瞪著小夭，眼淚依舊在往外湧，卻不敢再哭出聲音。

小夭收起了藥粉，「這才方便談話嘛！既然我知道了妳的秘密，我也告訴妳一個我的秘密。其實妳怨怪妳娘的身分不是什麼大不了的事情，因為我對我娘的身分可是恨。」小夭瞅了阿念一眼，「不相信嗎？看來咱們的父王真是太精明厲害了，這麼多年竟然沒有人敢在妳面前嚼舌頭！我來告訴妳吧！妳知道五神山上為什麼沒有人敢提起我娘嗎？因為我娘休了咱們的父王！」

阿念忘記了哭，震驚地看著小夭。這天下，竟然有女人敢拋棄俊帝？

小夭說：「我娘休了咱們的父王後，帶著我住在軒轅山的朝雲峰。如果這事就這樣，那也罷了，可是她居然又為了什麼家國天下的大義，跑去領兵打仗。她把我送到玉山王母那裡，騙我說讓我在玉山玩，她過段日子就來接我，結果……她一去不返，戰死了！玉山那個鬼地方，根本就不是正常人住的，婢女都像啞巴，王母如果一個月說了十句話，那就算非常健談。我日日盼著她來接我，等了她七十年，可她……」小夭冷笑，「這就是我娘說的過段日子就來接我！」

小夭俯下身子，對阿念認真地說：「說老實話，如果老天允許一個人可以選擇娘，我想要妳娘。妳娘溫柔嬌弱，老老實實地把父王當成她的天，一心一意地跟著父王，她只是一個什麼都不會的弱女子，不用承擔任何大義，可以守著女兒長大，不管任何時候，只要妳想要她時，她就在那裡等著妳，全天下的人都背棄了妳時，她依舊守著妳。」

阿念怔怔發呆，小夭拍拍她的臉頰，「妳肯不肯和我換娘？」

阿念立即叫：「不，絕不！我娘是我的。」就好像小夭真要和她搶娘。

小夭從阿念身上起來，一邊幫她解紗幔，一邊說：「不管妳願不願意，反正本姑娘就是出現在妳的世界了，如今妳只有兩條路可以走。」

小夭不敢真鬆開阿念，只讓她的臉露了出來。小夭粗魯地推了阿念一把，讓阿念坐起來，她蹲在阿念身前，「第一條路就是現在的路，咱倆不好好相處，妳不停地找我茬，甚至不惜聯合外人來整治我。妳有仔細想過，這條路的結局是什麼嗎？」

阿念沒有說話，小夭說道：「妳會讓父王痛苦，妳會失去顓頊。」

阿念瞪著小夭，小夭說：「對父王而言，我和妳就像手心手背，手心手背都是肉，不管是妳傷了，還是我傷了，他都會痛。父王如果痛，妳娘的天就變了，妳娘也會痛！如果爹娘都痛，我不相信妳這做女兒的會覺得愉快！而顓頊，也許妳不願意承認，但我知道妳心裡明白，所以妳才一再驗證。我不是父王和顓頊，我不拿假話哄妳，我和顓頊血脈相連、安危相繫，是彼此的倚靠，甚至是這世間唯一的倚靠，如果妳真傷害了我，顓頊一定不會原諒妳！」

小夭頓了一頓，繼續說道：「第二條路，卻是和第一條截然不同，我們和平相處。妳別瞪我！我說的是和平相處，沒有說友愛相處！所謂和平相處就是井水不犯河水，承恩宮很大，大得即使多了我一個，只要妳不想理會，完全可以一年都不見一次。妳可以仔細想一下這條路的結局，父王會欣慰，顓頊依舊寵妳、護妳，妳娘也繼續平靜的生活。」

阿念冷哼：「難道只有兩條路？」

小夭笑道：「其實，是有第三條。我們友愛相處，從此妳不但有爹爹和哥哥疼，還多了個姊姊罩著妳。」

「呸，妳做夢！」

小夭攤攤手，無所謂地說：「我知道是做夢，所以壓根沒提。」

阿念低著頭，默默沉思，小夭也不說話了。

屋子裡安靜下來，外面的聲音變得刺耳起來，侍女們邊哭邊叫：「王姬、王姬，妳們別打了！求求妳們，別打了……陛下，不是已經派人去稟奏陛下了嗎？為什麼陛下還沒派人來……」

半晌後，小夭看阿念的神情已經十分平靜，開始繼續解阿念身上的紗幔，可剛把阿念的手解出來，阿念就用力甩了小夭一耳光。小夭把她重重掀翻到地上，舉起了拳頭，「妳還想打啊？那我們繼續。」

阿念怒道：「妳踹了我肚子一腳，打了我臉一拳，我搧妳一個耳光，就算扯平，從此井水不犯河水！」

小夭想了想，收回拳頭，「好！」

小夭站起，撿起地上的破衣袍裹到身上，剛要拉開門閂，又回頭說道：「妳和相柳的事情，只有妳我知道，我不會告訴顓頊，妳自己也把口封死了。」

小夭拉開了門，侍女們呆呆地看著她。

小夭走回明瑟殿時，侍女們也都呆呆地看著她，膽子大一些的珊瑚結結巴巴地問：「王姬，誰、誰打了您？」

小夭走到水鏡前，左臉上一個鮮明的掌印，小夭想著阿念臉上的青紫，笑道：「這宮裡除了另一個王姬，還有誰敢打我呢？不過，我也沒讓她好過，妳們如果想看她的熱鬧，趕緊去看。」

侍女們依舊呆呆地站著，小夭說：「如果不想去看熱鬧，就幫我準備洗澡水，我身上一股海腥味，難受得很。」

侍女們這才回神，趕緊去準備沐浴用具，珊瑚還去找了傷藥。

小夭洗完澡，上好藥，吃了點東西，對侍女叮囑：「我睡兩個時辰，記得到時間一定要叫醒我。」

小夭美美地睡了一覺，睡起後，讓侍女幫她準備外出的衣服。

小夭說道：「要舒服點的。」話剛說完，想了想，又加了一句道：「也要好看的，既舒服又好看。」

侍女們都低頭偷笑，珊瑚拿起一套梔黃色的衣裙說道：「這衣服雖然要束腰，但只要別像穿禮服時束得那麼緊，其實穿著很舒服的。王姬覺得昨晚的穿著難受嗎？」

「除了有點累贅外，倒不難受。」小夭笑道：「那就這套了。」

穿好衣服，小夭在鏡子前看了看自己，哀嘆：有阿念的五指印在，其實是白打扮了！

珊瑚已經給她準備好和衣裙配套的帷帽，小夭戴起帷帽，乘雲輦出了宮。

顓頊說豐隆明日離開，想來璟也應該是明日清早就會離開。這一別，再見不知道又是何時，所以小夭想在他走前，再見一面。

她到了瀛洲山，到塗山氏住的庭院，守門的僕役說道：「璟公子去逛街了，想是因為明日就要離開，想買些五神山的特產帶回去送人。」

小夭本以為璟會休息，沒想到他竟然和顓頊他們一道出去了，看來他不想有人知道他昨夜一夜沒睡。想起他那兩個精怪的狐尾人偶，如果他有心隱瞞，外人倒的確很難確定他的行蹤。

沒找到人，小夭有些懨懨的，一時又不想回去，只能無聊地去瀛洲島上逛逛。

上一次逛瀛洲島，還是小時候，和現在很是不同，那時的瀛洲島只有一些低等的神族居住，美則美矣，可是沒什麼生氣。現在卻有不少人族，時而還能看到妖族，熙來攘往，很是熱鬧。每個人都生活得平和滿足，所以行為舉止自然非常有禮。

小夭不禁為自己的父王驕傲。回來之後，也許因為長大了，她能感覺到父王並不快樂，但父王說了他用所有換取所要，這大概就是父王想要的吧！

小夭看到一套珊瑚做的妝盒，從小到大約有十二件，小的可以用來裝胭脂粉黛，大的可以用來裝髮簪首飾，小夭想到侍女珊瑚的名字，想著如果不太貴的話，把這買去送給珊瑚倒是不錯。她走過去，拿起一個看了看，做工的確不錯，問道：「多少錢？」

店家還沒回答，旁邊一個女子拿起一個妝盒看了一眼，說道：「這我要了，包起來。」

小夭倒不是非要不可，只是覺得旁邊的女子未免太霸道，懶得搭理她，只對店家說道：「是我先看中的東西，先問的價，如果我沒說不要，應該不能賣給他人。」

店家對那位女子抱歉地說：「買賣東西的確是如此。」

女子立即說道：「不管她出多少錢，我再給妳兩倍。」

另一個女子說道：「做工湊合，但珊瑚不好，妹妹若想要這樣的東西，回頭我命工匠用歸墟的珊瑚專門給妳雕刻一套。」

小夭聽她們的聲音有點熟悉，這才回頭去看，竟然是馨悅和意映。

豐隆和顓頊他們正走過來，身後跟著幾個提東西的僕役。馨悅對一個僕役說道：「把這套珊瑚妝盒收起來。」她又轉頭瞅了一眼小夭，對意映說：「我又不是那沒見過好東西的女子，哪裡看得上這種玩意？不過是看著新奇，買回去賞下人的。」

小夭不擅長用言語壓制馨悅這種人，此時，小夭真希望阿念和海棠在。想起當時海棠問馨悅的婢女要一捆扶桑神木的事，她不禁笑起來，對馨悅說：「小姐喜歡，就拿去吧。」

顓頊說：「小夭？竟真是妳！妳怎麼來逛街了？」

小夭道：「我有些無聊，就隨便來逛逛。」說著話，偷偷往璟那邊看了一眼，看到他黑眸中洋溢著喜悅，她也不禁抿著唇角笑起來。

雖然只是兩句平常的對話，可顓頊和小夭顯得十分親暱，馨悅警惕地盯了一眼小夭，似笑非笑地對顓頊說：「你的紅顏知己倒真是不少，隨便逛逛都能碰到一個。」

豐隆和篌都笑起來，顓頊微微咳嗽了一聲，向眾人介紹道：「你們昨晚不都鬧著要見我表妹嗎？這位就是我的表妹。」

豐隆一下不笑了，眾人也都神色鄭重起來。豐隆和小夭見禮，抬起頭時，仔細看了小夭一眼，可惜面紗遮掩，看不到紗下的容顏。

小夭向眾人回了一禮，暗暗留意塗山篌。本以為那樣的人縱使五官好看，氣質也應該猥瑣，可沒想到他竟然出乎意料地俊朗。他和璟的眉眼有五六分像，不過他的更硬朗，透著幾分桀驁，唇角邊有一道野獸留下的淡淡傷疤，讓他即使笑，也帶著一分凌厲。

馨悅把那套珊瑚妝盒拿給小夭，笑道：「真是不好意思，因為明日就要走，難得見到一套別致的禮物，所以心急了。這套妝盒還請收下，就算作紀念我們不打不相識。」

小夭暗讚，不愧是兩大家族培養出的子弟。她看顓頊，顓頊微微頷首，小夭笑著接過，「謝謝妳。」

馨悅高興地說：「逛街市人越多越熱鬧，不如妳和我們一起吧！」

「好啊！」小夭答應了。

幾人邊逛邊說話，小夭的話不多，不過眾人都很照顧她，所以一行人倒相處得不錯。

馨悅和豐隆又買了不少東西，跟來的侍從手裡全都拿得滿滿當當，馨悅苦笑著說：「你們可別笑我們，我們父母兩邊都是大家族，來了一趟五神山，如果不帶點東西回去，說不過去，可送了甲，就必須送乙。」

篌道：「我們不會笑，只會羡慕。」

馨悅笑起來。

小夭心想，馨悅對篌倒不錯，並沒有顯得和對璟不同。

馨悅說：「不行了，逛不動，找個地方休息一下吧。」

顓頊笑說：「知道妳要不行了，那邊有間酒肆，菜做得不錯，反正也快要吃晚飯了，不如我們就在那邊喝點酒、吃點東西，算作我為各位餞行。」

顓頊帶著大家走進酒肆，酒肆的老闆應該認識顓頊，親自迎了出來，帶他們去天井坐。

天井被兩層高的屋子圍著，四四方方，二樓種了不少藤蘿類的花草，可店主人並不讓那些藤蘿攀援，而是讓它們直直地垂落下來，猶如綠色珠簾。有的藤蘿上結著鮮紅欲滴的朱紅果子，有的藤蘿上開著紫色、黃色的蝴蝶花，坐在天井中，滿眼青翠爛漫，倒好像坐在了山野中。

馨悅瞅著顓頊笑讚，「是個好地方。」

店主請眾人落座，大坐榻上放著一張四方的大几案，要兩人一邊。小夭不知道顓頊的打算，遲疑間，已經被馨悅笑按在豐隆身邊坐下；馨悅坐在小夭左手，和顓頊一邊；璟和意映則恰坐在了小夭和豐隆對面；篌獨坐一邊，和顓頊面對面。

店主上了四五種酒，有濃烈的，也有清淡得像蜜水一般的，又端了七八碟精緻的小菜和一些瓜果，由眾人選用。

看顓頊點頭表示了滿意，店主立即退下。

豐隆笑道：「看這架勢，你不像客，倒像是主人。」

顓頊笑道：「對你們不敢欺瞞，我的確算是這裡的主人。我喜歡釀酒，自己一人喝終究沒意思，索性就開了幾間店。」

馨悅生了興趣，嘰嘰喳喳地詢問，意映和篌也不時插嘴說幾句，談得十分熱鬧。

豐隆用乾淨的筷子夾了一小碟小玉瓜給小夭，低聲道：「我看妳剛才第一口吃的就是這個，應該是愛吃的，卻夾得很少。若覺得遠了，我幫妳夾。」

小夭掃了一眼璟，挖一勺小玉瓜放進嘴裡，對豐隆說：「謝謝。」

豐隆幾種酒都嘗過後，倒了一杯清甜的果子酒給小夭，「妳嘗嘗這個。」

小夭接過後，低聲說道：「你和他們聊吧，不必特意照顧我。」

馨悅耳朵尖，插嘴道：「我哥哥平日可不是這樣，別人照顧他，他都不稀罕，更別提照顧別人了。我看他今日的確有些異樣，連對我都從未這麼小意體貼過。」

豐隆低斥道：「別胡說！」

馨悅做了個鬼臉，對璟說：「璟哥哥，你和哥哥熟，你說我有沒有胡說？」

璟微微笑了一笑，「沒有胡說。」

豐隆不滿，用手指點點璟，對意映說：「好嫂嫂，快幫我堵上他那張嘴。」

意映羞得臉漲紅，掃了一眼篌，嘴裡說著：「別亂叫！」動作卻很殷勤，幫璟拿了些距離遠的小菜，又幫璟倒了酒。

豐隆搖頭，笑道：「這可不算堵上！」

顓頊和馨悅都笑著起鬨，意映也不介意，雙手端起酒盅，遞到璟唇邊，柔聲說道：「請用。」

璟僵坐著，沒有動，臉上掛著勉強的笑意。

眾人哄笑，豐隆說：「咦？往常也不見你扭捏，今日倒端起來了。」

璟垂著眼，就著意映的手，一口飲盡了酒。

顓頊和豐隆邊鼓掌邊笑，豐隆讚道：「還是嫂嫂爽快！」

篌也撫掌大笑，意映盯了一眼篌，笑靨如花。

小夭覺得胸悶，一口氣吃完了碟中的小玉瓜，豐隆立即又幫她夾了一碟。

意映說：「小夭，這裡沒有外人，戴著帷帽多憋悶，把帽子摘了吧。」

馨悅附和道：「是啊，是啊。」

小夭抱歉地說：「不是不想摘下帽子，而是不知道吃錯了什麼，臉上突然長了疹子，實在不好見人。」

意映和馨悅都遺憾地嘆氣，馨悅甚至一邊長長地嘆氣，一邊對哥哥說：「不要怪妹妹不幫你，而是老天不幫你。」

店主帶著兩個婢女，把冷菜都撤了，上了熱菜，又拿了幾罈酒。

馨悅嘗了一口，對顓頊說：「不錯。」

顓頊笑道：「得了妳的讚，回頭我要重賞廚子了。」

眾人轉而說起大荒內的各個家族，以及近幾十年都有哪些傑出子弟，私下裡都喜好些什麼。你說幾句，我說幾句，看似閒聊，卻又處處透著玄機。

璟一直沉默，靜靜地喝著酒，眾人大概早習慣他這個樣子，都不奇怪。不過，他看似在出神，可每次豐隆或顓頊和他突然說什麼，他總能正確地回答，可見他對身邊發生的事情一清二楚。

小夭抓了烈酒的酒罈過來，一杯杯地喝著，漸漸地骨頭軟了，身子如貓一般縮著，一手撐著頭，一手端著酒杯。

豐隆新奇地看著她，也不說話，提著酒罈，陪著她喝，待她喝完一杯，就給她倒一杯，自己也飲一杯，像是兩人在拚酒。

顓頊看到了，笑道：「豐隆，你別把我妹妹灌醉了。」

豐隆嘆道，「誰灌倒誰還不見得。」

顓頊知道小夭的酒量，笑笑不再說話。到後來，果然是豐隆先醉了，其他人也喝得暈暈乎乎，不知道誰提議要出海，眾人都不反對。

距離酒肆不遠處就有個碼頭，顓頊命人去準備船，眾人真乘了船，揚帆出海。

到了船上，被海風一吹，都清醒了幾分。也許因為明日要離別，可也許更因為年輕，離別只是年少放縱的一個藉口，一群人嘻嘻哈哈地我敬你一杯、你再敬我一杯，繼續喝酒。

意映喝醉了，拉著馨悅在甲板上跳舞。豐隆看到一尾大魚游過，說要去海下捉魚，噗通一聲就真跳進大海。顓頊被嚇了一跳，馨悅笑著叫：「不用擔心！他可是赤水家的人，一見水就發瘋！淹死了誰，也淹不死他！」

顓頊畢竟還是不放心，想找個侍從下海，可一共只來了一個開船的侍從，篌端著酒杯說道：「我去陪他捉魚。」說完，也跳進了大海。

顓頊站在船頭張望，意映懸空坐在船舷上，踢踏著雙腳，笑著說：「不用擔心，他從小到大都不知道獵了多少海獸，只怕待會真要帶幾條大魚回來。」

顓頊的酒氣上湧，頭有些疼。

意映笑問馨悅：「我要去撈月亮，妳來嗎？」

馨悅搖搖頭，指著她說：「妳真醉了。」

噗通一聲，意映跳進了水裡。

馨悅嘰嘰咕咕地笑，顓頊無力地說：「我應該還是不用擔心吧？」

「不知道，我不清楚她的水性，不過，下去不就知道了？」

她拉住顓頊，顓頊說：「我不會游水，妳知道的。」

「我知道你不會游水。」馨悅的眼睛亮晶晶的，就好像最璀璨的星星，她蠱惑一般地對顓頊說：「隨我跳下去！」

顓頊不說話，只是似笑非笑地看著馨悅。馨悅仰著頭笑，媚眼如絲，「敢不敢把你的命給我？」說完，她凝視著顓頊，一步步倒退著走到船邊，一個倒仰，翻進了海裡。

顓頊笑了笑，走過去，乾脆俐落地也跳進大海。

小夭端著酒杯，趴在船舷上，笑著又喝了一杯。如果不是昨日夜裡被相柳那死魔頭逼得在海裡泡了一夜，她也真想跳進去。

璟默默走到她身後，小夭回身，滑坐到甲板上，嘲諷道：「現在你敢接近我了？」

璟不吭聲，小夭舉起空酒杯，璟拿起酒壺，幫她斟了一杯。小夭把酒杯遞給他，璟接過，以為是要他喝，剛要喝，小夭半撩開面紗，指指自己的唇。

璟把酒杯湊到小夭唇畔，小夭就著他的手，慢慢地飲完。

酒氣上湧，小夭的頭發沉，兩邊的太陽穴直跳，胃裡也有些翻湧。她知道自己是真醉了，推開璟的手，閉目靠著船舷，等著那股難受過去。

璟拿了個小藥囊，湊在小夭的鼻端，讓她嗅著。

小夭道：「你倒是沒忘記我教你的東西。」

「永遠都不會忘記。」

「看到豐隆對我好，你心裡難受嗎？」

「難受。」璟沉默了一瞬，慢慢地說：「很難受。」

小夭笑起來，「聽到你難受，我倒是挺好受。」

璟的手指輕輕碰了一下她的臉頰，「誰打了妳？」

小夭道：「阿念。我踹了她一腳，打了她一拳，扯平。」

璟的指尖凝聚靈力，輕撫著小夭臉上的紅腫。小夭推開他的手，「你娘的眼光不錯，防風意映會是很好的妻子，你和她很般配。」

璟臉上的血色一點點褪去，他垂下了頭，喃喃說：「我就知道早上是在做夢，我開心了一整天，下午在街頭見到妳時，我以為妳是來看我的，我真的很開心、真的很開心……」

璟呆呆地坐在甲板上，無聲無息。

小夭想起剛被她救回醫館的十七，從不發出任何聲音，總是無聲無息地躺著，小六給他什麼他接受什麼，他自己既不表達痛、也不表達餓或渴，有時候小六覺得他已經死了，用手去摸他的脖子，直到感受到他的脈搏，才會相信這個人還活著。

小夭只覺心裡攪得難受，一陣翻江倒海，忙站起趴在船欄上，哇一聲吐了出來。

璟輕撫著她的背，待她吐完，又把水遞給她，讓她漱口。

小夭頭重腳輕、耳鳴目沉，璟扶著她，小心翼翼地讓她坐下。

璟把她臉上的碎髮往後攏，小夭突然抱住了他的腰，喃喃說：「我今天下午真的是去看你的，不信你回去問看門的僕役，我去找你，沒找到，才去街上亂逛。」

璟緊摟著小夭，額頭抵在小夭的頭髮上，只覺短短一會兒，他便跌落了深淵，正以為萬劫不復時，卻又飛上雲端。

他感覺小夭身子直往下滑，低頭看她，她竟然醉睡了過去。璟忍不住笑，他調整了一下姿勢，讓小夭靠躺在他懷裡。

海風輕輕吹動，海潮輕輕搖動著船，他望著天上的圓月，只想就這麼過一夜。

璟看了一眼身旁的酒罈，將一隻手放在酒罈上，只看白煙從酒罈中逸出，漸漸地籠罩整艘船。從外面看過來，就像一艘船被大海吞噬了，什麼都再看不見。

璟低頭看著醉睡的小夭，手指輕輕地撫摸著她臉上的傷痕，又一點點用指尖描摹著她的輪廓。一遍遍描摹，直到縱使他被剜去雙目，依舊能清晰地看見她。

一個多時辰後，小夭輕輕動了下，喃喃叫：「十七。」迷迷糊糊地睜開眼睛。

璟微笑地看著她，小夭說：「我好像睡了一覺。」

「嗯。」

「他們還沒回來？」

「沒有。」

小夭感嘆：「平時一個比一個老成穩重，沒想到竟是一群瘋子。」

璟對小夭說：「我對意映無心，意映對我也絕對無情，這次回去後，我就會和奶奶說取消婚約。」

「嗯？嗯……」小夭的腦子還暈著，一瞬後，才反應過來，「你怎麼知道？她對你那麼溫柔體貼……」

璟打斷了她，「小夭，我曾經遇到過不少對我有意的女子，我明白女人真正動情時，看男人的目光，不管意映的舉動多溫柔體貼，卻從未那樣看過我。而且，我現在……」璟撫了撫小夭的鬢角，「我知道渴望得到一個人的感覺，我不會判斷錯！」

小夭輕吁了口氣，「那就好。」

璟很是心酸，小夭沒有親眼看到私下無人時意映看他的眼神，所以小夭總不相信他是殘缺的，總不相信意映會嫌棄他，她以為他在別人眼中和在她眼中一樣。

小夭忽然間想到什麼，興奮地坐了起來，「既然她不要你，你回來做我的十七吧！」小夭的眼眸熠熠生輝，「你當年不是說擔心不回去的話，塗山篌那個瘋子會傷害我和老木他們嗎？可是玟小六已經失蹤了，我現在是高辛王姬，塗山篌傷害不了我，你可以到我身邊做十七。」

璟凝視著小夭，沉默不語，眼中有哀傷。

小夭漸漸冷靜了，自嘲地說：「我是不是又說了傻話？」璟已經失蹤過一次，如果再來一次失蹤，別說篌，只怕塗山家的太夫人不見屍體都不會甘休。

璟低聲道：「妳沒說傻話，只是有些事情變化了。我回去之後，才發現大哥正把塗山家帶入危險中，如果我就這麼走了，我怕他會毀掉整個塗山氏。小夭，給我一些時間，好嗎？讓我想辦法安排好一切。」其實，不僅僅是整個家族的安危，但有些話他沒有辦法說出口。

如果眼前的人還是玟小六，他只需是葉十七，隱居在一個小鎮上，他們就可以相伴一生。可她是高辛王姬，當看到那一場盛大的祭拜儀式時，他就明白，他們倆都回不去了。有資格守在小夭身旁的男人絕不會是一個藏頭縮尾的男人，他要想一世陪伴小夭，就必須取消婚約，以塗山璟的身分，堂堂正正地走到小夭身旁。

小夭笑了笑，低聲說：「你有十五年的時間。璟，你打算怎麼辦？」

「我也不知道，但我知道我一定會回到妳身邊，因為我答應過要一輩子聽妳的話，所以……」

璟的額頭抵著小夭的額頭，虔誠地祈禱：「請為我守住妳的心。」

小夭的指頭插進他的頭髮中，笑著抓他的頭髮，「我已經看出來了，你是個狡猾的。就算我想忘記，你也不停地變著法子提醒我，一邊說著不敢奢望，一邊卻又絕不鬆手。」

璟的聲音很痛苦，喃喃說：「我只是……沒有辦法……我知道妳值得更好的，可是我沒有辦法……對不起……」

小夭忙說：「我明白、我明白。」

璟低聲說：「妳不明白。」

小夭很老實地承認：「是不明白，可我總得說點什麼安慰你啊！」

璟輕聲笑起來，又嘆息：「他們要回來了。」

小夭看看天色，「天都快亮了，也該回來了。」

璟又看了一會兒小夭，準備要把帷帽給小夭戴上，小夭卻抓住他的手，不讓他戴，咬著唇，閉上了眼睛。

璟輕輕地吻住小夭的額心，直到不得不離開，他才抬起頭，把帷帽給小夭戴上。

小夭躲到船艙後，整理頭髮和衣裙，聽到馨悅、顓頊、豐隆的說話聲，一抬頭卻看見璟的頭髮剛被她十指插進去，抓得亂七八糟。此時提醒璟都已來不及，更何況整理頭髮，她的臉色變了。

卻看璟一邊站起，一邊隨手解開了束髮的髮冠，滿頭青絲如銀河洩九天，披落在他背上，飄散在海風中。他側倚著船欄，幾分慵懶、幾分隨意地看著東邊天空初露的晨曦。

小夭一瞬間看得心如鹿撞，怦怦直跳。顓頊叫了她好幾聲，她都沒有聽到，惹得所有人都盯著看她。

顓頊推了她一把，「妳在想什麼？」

小夭忙道：「啊，你們回來了。」臉剎那漲得通紅，幸虧有面紗遮住，沒有人能看到。

璟卻似乎明白了，眼中飛濺著喜悅。

馨悅嘰嘰呱呱地抱怨，說他們記錯了船的位置，找了好大一圈才找到船，又擔憂地說，一直沒碰到意映和篌，希望他們別出什麼事情。

正在抱怨，看到意映向著船游來，馨悅哈哈大笑，跑到船邊，把意映拉上去，「妳是不是也沒找到船？」

意映愣了一愣，才笑道：「是啊。」

璟說道：「船艙裡有清粥小菜，你們如果餓了，就先吃點。」

幾個游了一夜水的人都進了船艙，小夭和璟也跟了進去。

豐隆問小夭：「要喝點清粥嗎？」

小夭忙道：「我自己來，你吃你的吧。」

顓頊似笑非笑地瞅著她，小夭瞪了顓頊一眼：你也好意思來嘲笑我？

意映和馨悅也不知道是因為累了，還是睏了，都十分沉默。小夭也不想說話，只聽見豐隆和顓頊偶爾交談一句。

待幾人吃完，侍從要開船時，篌仍沒回來。

馨悅擔心地說：「篌哥哥不會出事吧？」

豐隆看向璟，璟道：「以他的能力，應該不會有事，我讓小狐去找找他。」璟說著話，從他的袖中跑出一隻像是煙霧凝結的九尾狐，九尾狐卻沒有離開，而是朝著一個方向叫了一聲，又縮回了璟的袖中，消失不見。

璟道：「篌要回來了。」

不一會兒，只看篌從遠處飛馳而來，腳下踩著一條凶猛的大魚。他上半身裸露著，露出緊致的古銅色肌膚，衣服被他撕成一縷縷，做成了一條韁繩，像馬籠頭一般勒著大魚的頭。他雙手拉著韁繩，驅策著大魚在海中馳騁，朝陽在他身後冉冉升起，渾身上下都散發著男性最純粹的陽剛魅力。

馨悅和意映都扭過了頭，假裝被別處的風景吸引，小夭卻目不轉睛地看著篌，帶著幾分欣羨，揚聲問道：「牠聽話嗎？」

篌笑著沒說話，只是策著大魚，靈活地繞著船行了一圈，小夭不禁鼓掌喝彩，笑道：「這個好玩，以後我也找個這樣的坐騎，就不用辛苦游泳了。」

顓頊嘲笑道：「別做夢了，就妳的靈力還能制服這種魚怪？牠拿妳做點心還差不多。」

小夭嘆氣：也是。

篌一手握著韁繩，一手朝著魚身的某處，一拳擊下，手探進魚腹內，掏出一個鴿子蛋般大的血紅寶石，就著海水洗乾淨血汙，躍上了船。

那塊血紅的寶石晶瑩剔透，在陽光下發出璀璨的光芒。馨悅眼睛一亮，對篌說：「篌哥哥，能把它轉讓給我嗎？」她雖然說的是轉讓，但她難得開口要東西，以篌的脾氣，肯定就直接送給她。但是，馨悅沒有想到，篌抱歉地笑笑，說道：「這塊魚丹紅我有用，回頭我讓人再找給妳。」

馨悅勉強地笑笑，什麼都沒說，走到意映身旁，和她一塊張望著朝陽下的大海。

人已到齊，顓頊下令開船，船向著瀛洲的碼頭駛去。

篌進船艙去洗漱換衣，小夭問豐隆：「那是什麼寶石？」

豐隆笑道：「這船上有塗山家的人在，我可不敢談寶石。」他揚聲把立在船尾的璟叫來，「璟，小夭想知道篌獵取的魚丹紅是什麼寶石。」

璟走到小夭身旁，解釋道：「其實，那就是深海魚怪的內丹，魚怪的內丹色澤鮮豔，人們根據它們最主要的顏色叫做魚丹紅、魚丹紫……魚丹紅是最常見的魚丹，可純淨到像這塊連一絲雜色都沒有的，卻極其罕見。魚丹可以做首飾、佩飾，還可以入藥。如果是品級好的魚丹，煉製成寶器，含在嘴中，可以延長人在水下的時間。」

本來璟說話時，小夭就走神了，可聽到最後一句，突然有了興趣，「什麼算品級好？剛才的那塊算是嗎？」

「顏色越純淨，品級就越好，剛才那塊算是最好的魚丹了。」

豐隆對小夭說：「這種東西可遇不可求，妳若想要，我回去問問爺爺。」

小夭忙道：「我就是看著好看，隨口問問。」

朝陽下的大海猶如灑了金粉，閃耀著萬點金光，一群群白色海鳥在海面上盤旋，倏忽來去。

一時間，三人都眺望著壯闊美麗的大海，默默不語。

小夭仗著有帷帽遮掩，偷偷地看璟。

璟很快就察覺了，垂下眼眸，唇角抿著笑意。小夭也笑，雖然不能說一句話，甚至不能站得太近，可又覺得心意相通，很親密。

船靠岸，眾人都下了船。

豐隆和璟他們的侍從早已把行李收拾好，運到了赤水家的大船上，他們只需再登上船，就可以從水路返回中原。

顓頊帶著小夭和眾人一一告別，有長袖善舞、能言善道的顓頊在，小夭只需負責行禮、道謝、說再會。

和豐隆、馨悅道別時，馨悅的眼眶有點紅，和哥哥一邊上船，一邊還回頭看顓頊。和篌道別時，篌灑脫地抱抱拳，轉身上了船。和璟、意映道別時，顓頊和意映兩個能說會道的依依話別，璟和小夭都沉默著。

璟走上了船，站在船欄旁，看著小夭。

船開了，顓頊向他們揮手，小夭卻只是靜靜地站著，海風吹得她的面紗貼在臉上，露出隱約的輪廓。一襲梔黃的衣衫，亭亭玉立，猶如煦陽下迎風而開的一朵梔子花。

璟一直凝視著她，直到她消失在海天間，他才緩緩閉上了眼睛。小夭、小夭……

顓頊和小夭乘雲輦回承恩宮。

顓頊把小夭的帷帽拿下，搖頭嘆氣，「妳居然被阿念搧了一耳光？我得去看看她被妳打成什麼樣了。」

小夭道：「我和她之間的問題基本解決了，至於將來會如何，就看兩人間的機緣了。」

顓頊含著絲笑，說道：「我剛問了船上的侍從，他居然和我說昨夜睡著了，妳和璟玩得可好？」

小夭笑瞅著顓頊，反問道：「某人連命都不要地跳進了海裡，玩得可好？」

顓頊不在意地說：「如果我只是羲和部的一個普通子弟，她再意動，也不過是逗著我玩，我不動心，是不知好歹，我動心，是癡心妄想，反正都是她解悶的樂子，現在她想玩真的，那就拭目以待唄！」

小夭困惑地問：「你們男人如何判斷出一個女人是真心還是假意呢？即使是真心，又如何知道這真心是哪種真心呢？要知道真心也分很多種，有的真心要一點波折沒有；有的真心能經歷八十難，八十一難就不行了；有的真心只能共貧賤；有的真心只能共富貴；有的真心平時看不到，大難時卻顯了；有的真心平時相敬相護，大難時卻飛鳥各投林，這世間很多白頭到老的男女，其實並不見得是真一心一意、堅不可摧，只是沒有碰到考驗罷了。」

顓頊笑起來，「妳這一串話繞得我腦袋都疼了。要問我具體如何判斷，我沒什麼可以說的，不過是感覺罷了，一顆冷心、一雙冷眼，經歷得多了，自然看得分明。」

小夭問：「萬一看錯了呢？萬一錯把只能經歷八十一難的真心，看作了百折不變、千險不改的呢？」

顓頊溫柔地說：「保證不會犯錯的方法妳知道的，就是一顆冷心。」

小夭笑著皺皺鼻子，「我以為你有什麼好方法呢！」

「我沒有，我想就連咱倆那位精明冷靜到讓人恐懼的祖父也沒有法子真正看透人心。」

小夭無奈地淡笑，「軒轅黃帝！」

顓頊說：「奶奶、爹娘、姑姑，還有大伯和二伯的墓，已經太多年沒有人祭拜，也不知道荒涼成什麼樣子了。明年，姑姑的忌日，我要站在朝雲峰上。」

小夭的眼中浮出隱隱的淚花，點了下頭，「好！」

第十五章 今夕復何夕

當年母親帶她來給外婆和舅舅們磕頭，她跟顓頊去摘野花，
回頭時，看到母親孤零零地坐在墳塋間，
是不是那一刻，母親已經知道自己其實再回不來了？

當春風吹過中原大地時，高辛大王姬向黃帝寫信請求，希望能在母親忌日時，去軒轅祭拜遠葬在軒轅山的母親，盡一份孝心，也希望代母親在黃帝膝下略盡孝意。

信是大王姬親筆所寫，落著大王姬的印鑒，由俊帝派特使送到黃帝手中。

黃帝看完後，讓近侍向所有人宣讀了信。於情於理，都沒有人能反對一個女兒祭拜母親和想見外祖父的要求，所以眾官員商討的自然只能是如何接待高辛王姬。如果只是高辛王姬，並不難辦，可她不僅僅是高辛的王姬，她還是黃帝的外孫女，她的母親為軒轅戰死。商討的結果，在不越制的情況下，自然是越隆重越好。

當桃花開遍中原大地時，小夭離開五神山，顓頊作為小夭的表兄，在小夭的要求下，陪同小夭一起趕往軒轅山。

仲春之月的第二十三日，小夭到達軒轅城，小夭的兩個舅舅軒轅蒼林、軒轅禹陽，帶著五位表弟和一眾官員來迎接小夭。

擾攘一番後，蒼林對小夭說：「本該在上垣宮接見來使們，可父王年紀大了，行動不方便，這些年又不耐煩見人，所以由妳七舅舅設宴款待使團，父王就不接見他們了，只在朝雲殿等著見妳。」

小夭笑道：「好的，那就請舅舅帶我去拜見外祖父。」

蒼林道：「王姬，請！」

幾個蒼林的侍從好像不經意就把顓頊隔絕到外，顯然沒有人認為顓頊也該去軒轅山。小夭站在雲輦前，問道：「顓頊表哥不一起去嗎？」

蒼林笑得和藹，「父王並沒有說召見顓頊，已經為顓頊安排好住處，王姬不必擔心。」

一位小夭還沒記住名字的表弟笑道：「姊姊放心吧，我們會陪著大哥的。」

小夭笑了一笑，向著顓頊走去，軒轅的侍從想攔，小夭笑盯著他們，好像在問：你們有膽子攔我？而隨小夭來的高辛侍衛們已經手按在了兵器上。在眾人遲疑間，小夭走到顓頊面前，拖住了顓項的手，對蒼林半撒嬌半賭氣地說：「以前住在朝雲峰時，都是顓頊表哥陪著我，如果表哥不陪我去，那我也不要去了！」

蒼林笑道：「不是舅舅阻攔，而是父王沒有召見他，我們實不敢擅自做主。」

「若外祖父怪罪，自然有我擔著，不用舅舅擔心！」小夭拽著顓頊就想登上雲輦，兩個軒轅侍衛卻攔住了他們，不許小夭上輦車。小夭盯著蒼林，「顓頊表哥真不可以去？」

蒼林說：「王姬見諒！」

小夭的臉色沉了下去，揚聲對所有高辛侍衛下令：「既然軒轅不歡迎我來，立即返回高辛！」

高辛侍衛們立即開道，排列出整齊的隊形，竟然真的打算立即返回高辛。蒼林看小夭不像是假裝，著急了，「王姬，不可胡鬧！」

小夭拖著顓頊就走。

小夭怒氣沖沖，扯著嗓子喊了起來：「我胡鬧？有人會不惜萬里迢迢跑到這麼遠來胡鬧嗎？我堂堂高辛大王姬，有什麼東西是在高辛得不到的？我母親為軒轅百姓戰死，我不遠萬里來祭拜母親，誠心誠意要拜見外祖父，只是想讓自小就熟悉的表兄陪我一起，軒轅侍衛卻阻我登上雲輦，我倒是要請全天下的百姓為我評評這個理，是我胡鬧，還是軒轅無禮？」

蒼林哪裡想得到小夭的性子竟然這麼潑，居然像潑婦罵大街一般嚷嚷，若今日真讓小夭就這麼走了，把事情鬧出去，他可就要被萬民咒罵了，父王也必定發怒。蒼林只得忍下，安撫道：「王姬誤會了，絕無人敢阻止王姬上車。」

所有軒轅侍衛都退讓到一邊，小夭看目的已經達到，見好就收，拉著顓頊登上了雲輦。

侍雲輦騰上雲霄，小夭看向顓頊，顓頊緊緊地握住她的手，唇緊緊地抿著。兩百多年前，年少的他在四位王叔的逼迫下，孤身一人離開了軒轅山，當時，他站在船頭，回身看著漸漸消失的朝雲峰時，就在心中發誓：我一定會回來！

雲輦停住，婢女們恭請王姬下車。

顓頊和小夭下了車。

顓頊仰頭看著宮門前的匾額，上面是祖母親筆寫下的「朝雲殿」三個大字，他不禁在心內說道：奶奶，爹爹，我回來了！漂泊異鄉兩百多年的我回來了！我讓你們久等了！

小夭也仰頭看著匾額，三百多年前，這座宮殿裡，曾盛滿了她和親人的歡笑，今日歸來，卻只剩下了她和顓頊。

顓頊和小夭相視一眼，兩人同時舉步，一起跨進了殿門。

小夭面無表情，走得很慢，顓頊隨在她身後，也是慢慢地走著。

小夭走進了前殿，一個鬚髯皆白、滿臉皺紋、蒼老清瘦的老頭歪靠在榻上，好像過於疲憊，正在闔目而睡。聽到小夭的腳步聲，他睜開了眼睛，看向小夭，視線依舊銳利。

小夭和顓頊不知為何，都想起了彌留時的祖母，他們心頭一酸，齊齊跪下，不約而同地說道：「孫女（孫子）回來了。」

黃帝微微抬了下手，「過來。」

小夭和顓頊磕了三個頭後，才起身，走到黃帝的榻邊。小夭隨性慣了，一屁股就坐在榻上，顓頊卻是恭敬地站著。

黃帝看著小夭，「妳長得不像妳娘，不過妳這臉型、嘴巴倒是真像妳外祖母，簡直和我遇見她時一模一樣。」

小夭記憶中的外祖母容顏枯槁、滿臉皺紋，實不知道究竟像不像，只能微微一笑。

黃帝好像猜到小夭所想，說道：「妳外祖母也曾和妳一般年輕過，她的美貌和才華曾名滿大荒，很多好兒郎都想求娶她，可惜，她選錯了人。」

小夭愣住，不知道該接著說什麼，既不能說外祖母的確嫁錯了人，更不願說外祖母沒有嫁錯，因為她也的確有感覺，外祖母和外祖父只怕不和。在外祖母去世前那幾年，外祖父從未來看過外祖母，準確地說，除了外祖父提著劍想殺母親那次，小夭從未在朝雲殿見過外祖父。直到外祖母去世後，外祖父重傷，才搬到了朝雲殿。

小夭的沉默像是認可了黃帝的說辭，黃帝卻未介意，依舊微笑地凝視著小夭。

黃帝看向了顓頊，微笑散去，不像看小夭時的溫和歡喜，而是苛刻銳利挑剔的。顓頊沒有低頭，只是肅手而立，微微低垂著眼眸，任由黃帝打量。

半晌後，黃帝才說：「我還以為你被高辛的風流旖旎消磨得已經忘記了怎麼回來。」

顓頊跪下，「孫兒讓爺爺久等了。」

「你回來是為了什麼？」

顓頊剛要回答，黃帝說：「想好了再回答我，我要聽藏在你心裡的話。」

顓頊沉默了一會兒，目視著黃帝，坦然地說：「我想要軒轅山。還有個原因，也許爺爺不相信，但我的確想見爺爺。」

黃帝不為所動，冷冷地說：「你的兩個王叔、五個弟弟都想要軒轅山，你若想要，自己想辦法，我不會幫你。就如這回朝雲峰的路，只有你自己走到我的面前，我才會見你。」

「是。」

黃帝微闔了雙眼，說道：「不要怪我心狠，你若不憑藉自己的本事拿到，即使給了你，你也守不住。」

「孫兒明白。」

黃帝道：「你們下去休息吧，我住在你們祖母以前的屋子，別的屋子都空著，你們想住哪就住哪。我不喜人聲，殿內的侍女很少，你們若不習慣……」

小夭插嘴道：「沒什麼不習慣的，外祖母在時，也是沒幾個侍女，我記得後殿的荒草長得和我一樣高，我和哥哥還在裡面躲迷藏。」

黃帝閉上了眼睛，笑著揮揮手。

小夭和顓頊輕輕退出了大殿，兩人沿著朱廊，繞過前殿，到了他們以前居住的偏殿。庭院內長著高高的鳳凰樹，樹冠盛大，開著火紅的鳳凰花，一切就恍若當年，鳳凰樹下的秋千架卻早已無影無蹤。

小夭神情恍惚，像是做夢一般走過去，一陣風過，滿天花雨簌簌而落，她伸手接住一朵花，拔去花萼，放進嘴裡吮吸花蜜吃。她笑著回頭，對顓頊說：「哥哥，和以前一樣甜。」她把一朵花遞給顓頊，顓頊接過，也放進嘴裡吮吸了一口。

他們身後跟著兩個侍女，一個是跟著小夭來軒轅的珊瑚，另一個則是指派來服侍顓頊的，叫桑椹。

珊瑚問：「王姬，就住這裡嗎？」

「就住這裡。」小夭用手指指，「我住這一間，哥哥住那一間。」

珊瑚進去看了一圈，說道：「雖然布置得很簡單，但應該經常有人打掃，挺乾淨的，被褥帳幔也都新換過，就是這庭院內有些髒，奴婢把這些落花都掃了，看著就乾淨了。」

小夭道：「別掃！我小時候，四五天才掃一次，那些落花也不掃走，外祖母讓堆到樹下，由著它們慢慢地爛成泥。」

小夭和顓頊坐在廊下，都不說話，只是默默地看著鳳凰花。

珊瑚知道王姬的性子，不再管她，自己忙碌起來。珊瑚膽大嘴甜，很快就和桑椹說上了話，在桑椹的指點下，兩人準備好洗澡水，小夭和顓頊都是早習慣照顧自己的人，沒要她們服侍，自己沐浴更衣。

等兩人洗完澡，珊瑚和桑椹端來晚飯，小夭和顓頊就坐在廊下，吃了晚飯。

用完飯，小夭讓珊瑚和桑椹去休息。她和顓頊沿著小徑，慢步向後山，後山的桑林依舊鬱鬱蔥蔥，和外祖母在世時一模一樣。小夭仰頭看著桑樹，「再過一段日子，就可以吃桑椹了。」

「姑姑喜歡吃冰過的，那時候妳們在五神山，我還沒見過姑姑和妳，可奶奶一看到桑椹就嘮叨『你姑姑最喜歡吃冰椹子了，五神山只怕沒有好的桑椹，我們做好了，派人給你姑姑送去』，我還幫奶奶採摘過桑椹，一起做過冰椹子。」

小夭甜甜地笑起來，「每年都有人來給娘送冰椹子，娘捨不得多吃，每天只拿一小碟，因為冰椹子甜甜酸酸的，高辛又熱，我也喜歡吃，每次都和娘搶著吃。覺得不夠吃，讓侍女也去採了桑椹做冰椹子，可味道始終和外祖母送來的不一樣。」

顓頊微笑著說：「等今年桑椹好了，我做給妳吃，保證和奶奶做的一模一樣。」

小夭笑著點點頭。兩人都知道不可能一模一樣，但失去的已經失去，他們都不是喜歡沉湎於過去的人。

兩人慢慢地散步，多數時候都是沉默的，偶爾想起什麼，提起時，都是快樂的事，也都是笑著回憶。

直到深夜，他們才回了屋子，各自休息。

小夭以為自己會睡不著，可沒有，躺在小時睡過的榻上，她很快就安穩地進入了夢鄉，睡得十分酣沉。

第二日，直到天大亮，她才起來。珊瑚說顓頊已經離開，離開前說去見黃帝。

小夭也不著急，慢慢地洗漱吃飯，等吃完飯，她走出屋子，看到了鳳凰樹下的秋千架。珊瑚笑道：「也不知道王子怎麼想的，大半夜不睡覺，居然做了個秋千。」

小夭倚著門框，笑起來，鼻子卻有些發酸。

珊瑚問：「王姬，盪秋千嗎？」

小夭搖搖頭，慢步而走，也沒刻意去尋顓頊和黃帝，只是隨便地逛著，不知不覺走到了以前外祖母起居的寢殿。門口立著幾個侍衛，見到她，既未出聲稟奏，也未出聲阻攔。

小夭走進了屋子，黃帝和顓頊正坐在暖榻上下棋，黃帝歪倚著，顓頊正襟端坐，不過兩人的表情倒是一模一樣，都面無表情，無喜無怒，讓人一點都看不出他們的心思。

小夭沒理他們，依舊像是在外面逛時，邊走邊細細瀏覽，最後竟然驚訝地發現，這個屋子居然和小時的記憶變動不大，就好像外祖母依舊生活在這裡，甚至連外祖母用過的梳子、首飾都依舊在妝台上。

小夭坐在妝台前，隨手打開一個首飾匣，拿起一套紅寶石的步搖。這些首飾依舊璀璨如新，彷彿女主人馬上就會回來戴起它們，可其實，即使在小夭的記憶中，女主人也從未戴過它們。小夭把步搖放在髮上比著，這步搖一套三支，有兩支四蝶步搖、一支雙翅步搖，還有六支配套的長短簪，累累串串的紅寶石，幾乎要墜滿全頭，很難想像樸素憔悴的外祖母曾戴過這麼耀眼炫目的首飾。

「妳若喜歡，就拿去吧。」黃帝的聲音突然傳來。

小夭放下首飾，關好匣子，笑著搖搖頭，「女人戴這些東西都是為了給人看，更準確地說是吸引男人看她。如果戴上了這些，即使那個男人看了我，我又怎麼知道他是在看我，還是在看那璀璨耀眼的寶石？萬一誤會了人家的心意，卻不小心搭進了自己的真心，豈不麻煩？」

黃帝愣了一下，小夭看著黃帝，像是說今天天氣不錯一樣，淡淡地說：「外祖母真的很喜歡過你。」

黃帝盯著小夭，好像眼中有怒意，「怎可擅議長輩？」

小夭無所謂地聳聳肩，「我這人愛說話，外祖父若不喜歡聽，就當沒聽見，反正你們裝聾作啞的本事都是一流的。」

黃帝盯了小夭一會兒，嘆了口氣，「妳竟然是這麼個性子，和妳娘、妳的外祖母截然相反。」

小夭嘻嘻笑起來，對黃帝做了個鬼臉，「像她們有什麼好呢？不過是便宜了男人，苦了自己！」

黃帝無奈，擱下棋子，對顓頊說：「不下了，你餓了嗎？」

顓頊恭敬地站起，扶著黃帝起來，「爺爺，久坐後先活動一下，再進食。」

祖孫兩人在庭院內慢慢地走著，小夭倚在小軒窗邊，不禁想起了娘和外祖母，那時娘也常常攙扶著外祖母在庭院內一圈圈散步。

顓頊攙扶著黃帝走了幾圈後，才扶著黃帝坐下，用了些糕點，吃了點淡茶。

黃帝漱完口、擦乾淨手後，好像不經意地把一塊桑葉形狀的小玉牌放到顓頊面前，「朝雲峰本就屬於你奶奶，這峰上從一草一木到整座宮殿都是出自她手，守護朝雲峰的第一代侍衛也是她親手訓練。我雖住在這裡，但我有自己的侍衛，朝雲峰的侍衛一直閒置著，既然你回來了，他們以後就聽你調遣。」

顓頊給黃帝磕頭，把玉牌小心地收了起來。

黃帝看他依舊喜怒不顯、從容鎮定，一絲滿意從眼中一閃而逝。

黃帝說：「我累了，你們下去吧。」

顓頊和小夭行禮，告退。

兩人走遠了，小夭低聲問顓頊：「哥哥，你是真的想回來陪伴照顧外祖父？」

顓頊點了下頭。

小夭不解地說：「你不怨他嗎？我可是有些怨他，所以剛才一直拿話刺他。」

顓頊回道：「也許因為我是男人，我能理解他的很多做法，處在他的位置，他沒有錯。他的選擇是傷害了不少人，甚至包括祖母、爹娘、姑姑、妳和我，但他成就了更多人的幸福。人們只看到他是創建軒轅、打敗神農、統一了中原的偉大帝王，卻看不到他所做的犧牲和他所承受的痛苦。妳知道嗎？就在剛才他和我下棋時，我知道他背上的舊疾在劇痛，可是他絲毫不顯，每一步落子都沒有受到影響，依舊保持著最敏銳的反應、最凌厲的殺氣。這樣的男人，即使他不是我爺爺，我也會敬重，而他是我爺爺，所以我不僅僅是敬重，還有敬愛。」

小夭嘆氣：「我只能說，做他的子民是幸福的，做他的親人是痛苦的，而你這個怪胎，他對你不聞不問，任由四個舅舅對你屢下殺手，你卻依舊覺得他值得你敬愛。」

顓頊笑起來，「小夭，妳怨恨那兩個侍女嗎？如果不是她們說了不該說的話，妳壓根不用顛沛流離兩百多年。」

「不，如果沒有那兩百多年，我不會是現在的我。如果我在父王身邊平平安安地長大，也許會很幸福，可我喜歡現在的我。現在的我什麼都不怕，因為我已經歷過一無所有，不管遇見多麼可怕的困難，我都可以像殺死九尾狐妖一樣，手起刀落地殺掉那些困難。」

「如果沒有王叔的逼迫，我不會孤身去高辛，就不會看到另外一個世界；如果沒有他們一次次的逼害和暗殺，我不會變得更狡猾、更冷靜、更有力量。苦難，之所以能成為苦難，只是因為遇到它們的人被打敗了，而我們打敗了苦難，並把它們踩碎，揉進自己的身體裡，變成了屬於我們的力量，所以，我們從不會把苦難看作苦難。爺爺和我們是一樣的人，正因為他明白，所以他才選擇了放手。」

小夭笑起來，「好吧、好吧，說不過你，以後我注意一點，不再刺激外祖父就是了。」

他們已經走到鳳凰樹下，兩人都停住了腳步。顓頊撫了撫小夭的頭，笑著搖搖頭，「不必。妳心裡想什麼就說什麼，妳是他的外孫女，我想他喜歡妳對他坦率一點，包括對他的怨恨。他也不是一般人，能受得起妳的怨恨。」

小夭做了個鬼臉，什麼都沒說。

顓頊指指秋千架，「妳玩了嗎？」

小夭笑坐到秋千架上，「我等著推秋千的人來了一起玩。」

顓頊推著她的背，把小夭送了出去，一次次，秋千盪得越來越高，小夭半仰著頭，看著漫天紅雨，簌簌而落。

盪秋千的人在，推秋千的人在，鳳凰花也依舊火紅熱烈，可小夭再不能像當年一樣，迎著風縱聲大笑。她只是微微地笑著，享受著風拂過臉頰。

小夭以為軒轅會為她祭拜母親舉行一個隆重的儀式，當黃帝詢問她想如何祭拜時，小夭淡淡地說：「我娘並不是個喜歡熱鬧的人，自然不喜歡人多，但如果你要舉行儀式，我想我娘也能理解。」沒有想到，黃帝竟然真的下令，讓蒼林把原本準備好的儀式取消。

在母親忌辰的那一日，去祭奠母親的只有小夭和顓頊。

山花爛漫的山坡上，有六座墳塋，埋葬著祖母、大舅、大舅娘、二舅、四舅和四舅娘，還有母親。可其實，至少有三座墳塋都沒有屍體。大舅的墓裡是什麼小夭不知道，只能看到茱萸花開遍墳頭；大舅娘是神農的大王姬，神農國滅後，她烈焰加身自盡，屍骨無存，墓裡葬著的是她嫁到軒轅來時的嫁衣；不知道二舅是怎麼死的，只知道留下了一小塊焦黑的頭骨，墓裡葬的是那塊骨頭；四舅，也就是顓頊的父親，和神農的祝融同歸於盡，屍骨無存，墓中只有他的一套衣冠，還有自盡的四舅娘；母親，和神農的蚩尤同歸於盡，也是屍骨無存，顓頊說墓中是一套母親的戰袍。

也許因為小夭清楚地知道墓中沒有母親，所以，她從沒有想過來祭奠母親。對著一套衣服，有什麼可祭拜的？高辛的梓馨殿內還有一大箱子母親穿過的衣服呢！

可是，當她和顓頊站在這一座座墳墓前，不管理智如何告訴她都只是些衣袍，她卻沒有辦法不哀傷。

所有真正疼愛呵護他的親人都在這裡了！顓頊跪下，一座接著一座墳墓磕頭，小夭跟著他，也一座接著一座墳墓磕頭。給大伯磕頭時，顓頊多磕了三個，看著蓋滿整座墳頭的茱萸花，輕聲地對小夭說：「這應該是朱萸姨所化，她選擇自毀妖丹、散去神識時，我已在高辛。我不知道為什麼，師父說讓我別難過，朱萸是心願得償，開心離去。」

小夭默默地也多磕了三個頭。

當他們給所有的墳墓磕完頭，顓頊依舊跪著沒有起來。

小夭卻背對著墳墓，盤腿坐在了草地上。她望著山坡上的野花，正五顏六色開得絢爛，忽然想起了母親送她去玉山前，帶她和顓頊來給外婆和舅舅們磕頭，她和顓頊去摘野花，回頭時，隔著爛漫的花海，看到母親孤零零地坐在墳塋間，她忽然覺得害怕，是不是那一刻，母親已經知道自己其實再回不來了？

顓頊站了起來，開始清掃墳墓。他修煉的是木靈，本來一個法術就能做好的事情，他卻不肯藉助法術。

小夭把顓頊清理掉的野花撿了出來，坐在地上編花環，等顓頊清掃完墳墓，她正好編了六個花環，每座墳墓前各放了一個。

他們打算離開，顓頊對小夭說：「陪我去趟軒轅城。」

到了軒轅城，顓頊讓馭者在城外等候，他和小夭徒步進城。

顓頊帶著小夭去了一家歌舞坊，顓頊賞了領路的小奴一枚玉貝。小奴眉開眼笑，把顓頊領進一間布置得像大家小姐閨房的房間，只不過中間留了很大的空地，想來是方便舞伎跳舞。

顓頊吩咐道：「我要見金萱。」

小奴流露出為難的神色，「金萱姑娘……」

顓頊又給了他一枚玉貝，「你去請她就好了，來不來在她，賞錢歸你。」

小奴高興地去了，小夭戴著帷帽，縮在榻上，好奇地看著。

顓頊坐在琴前，試了一下琴音後，開始撫琴。琴音淙淙，時而如山澗清泉，悠揚清越，時而如崖上瀑布，飛花洩玉。

門被推開，一個女子輕輕走了進來，她一襲黃衣，清麗柔婉，見之令人忘憂。她靜靜坐下，聆聽琴音，當顓頊奏完時，才說道：「皎皎白駒，賁然來思。爾公爾侯，逸豫無期。慎爾優游，勉爾遁思。你，終於回來了。」

顓頊道：「我回來了。」

小夭對顓頊說：「哥哥，我出去轉轉。」

顓頊點了下頭，小夭拉開門走出去，一樓的紗幔中正好有舞伎在跳舞，小夭站在欄杆前笑看著。雖然軒轅的歌舞坊男客女客都有，可在這樣的風月場所，來的多是男人，縱有女子，也多扮男裝，小夭卻穿著女裝，戴著帷帽，惹得不少人看。小夭毫不在意，人家看她，她看美女。

只看那舞伎隨著靡靡之音，翩翩而舞，細腰如水蛇般柔軟，惹得人想摟一把，坐在四周的男子都伸手，卻沒一個碰到。兩個男子恰分開紗簾從外走進來，其中一個男子猛地摟住舞伎，在她腰上摸了一把，把她扔進另一個男子的懷裡，「今夜就讓這小蠻腰服侍你。」

這座歌舞坊是只賣歌舞的藝坊，所有的曼妙香豔都是看得到吃不著。舞伎本來已經冷了臉，可一看到男子的臉，縱使見慣了風月的她也覺得臉熱心跳，再發不出火，心甘情願地隨了男子就走。

那男子笑摟住舞伎，帶著她往樓上走，小夭覺得眼熟，卻因為站立的角度和紗幔，一時看不清楚男子的臉。直至男子走到樓上，小夭才真正看清楚了他的容貌，霎時目瞪口呆。他的面容和相柳長得一模一樣，可他錦衣玉冠，一頭烏髮漆黑如墨，眉梢眼角盡是懶洋洋的笑意，整個人和冰冷的相柳截然不同。

小夭一直盯著他看，男子卻只是淡掃了她一眼，目光絲毫沒有停駐。另一個男子卻笑瞅著小夭，伸手來揭小夭的帷帽，「小娘子，妳若有幾分姿色，我就讓妳今晚陪我。」

旁邊有女子擋住了他，嬌笑著說：「這位小姐是這的客人，公子可別為難我們了。」

男子看拉住他的女子姿色不俗，不再說話，隨著她進了屋子。

金萱拉開了門，對小夭和善地笑了笑，「進去吧，我讓人送你們離開。」

小奴送顓頊和小夭走僻靜的路，離開了歌舞坊。

顓頊帶著小夭又四處轉了一會，去城內有名的酒樓吃完晚飯，兩人才出城，乘雲輦回軒轅山。

到了朝雲殿，小夭坐在秋千上，顓頊靠樹坐著。小夭仍然滿心疑惑，那人是相柳？不是相柳？

小夭問：「哥哥，你見過相柳的真容嗎？」

「沒有，每次見他，他都戴著一副面具。」

小夭好奇地問：「軒轅通緝追捕了相柳幾百年，怎麼我看賞金榜上只他沒有畫像呢？難道這麼多年，竟然沒有一個人見過他的真容？」

「見過他容貌的人當然有，可相柳是九頭妖，傳說他有九張真容，八十一個化身，那些見過他的人都自相矛盾，有一次有人描繪出他的容貌，竟然和六王叔一模一樣。」

難道她見到的相柳只是他的一個幻形？小夭有些釋然，又有些悵然。

顓頊疑惑地說：「不過也怪！既然相柳的幻形連神器都辨不出真假，他何必還戴面具？反正隨時可以換臉！」

小夭幽幽地說：「也許他和我一樣，只想要一個真實的自己，對幻化沒有興趣。」

顓頊問：「怎麼突然提起相柳？」

小夭說：「只是……想起了他。」

小夭不想對顓頊撒謊，所以說了半句實話。她語氣中自然流露的悵惘讓顓頊有些難受，他輕聲道：「妳不是清水鎮上的玟小六了。」

小夭笑了笑，「我明白。」

顓頊轉移了話題，說道：「在歌舞坊，要揭妳帷帽的人是妳的小表弟始均，蒼林唯一的兒子。」

「旁邊的人是誰？」

「不認識，但沒有用幻形術。不過——自從碰上過妳和璟，我就再不敢十成十確信了，這天下是有以假亂真之術。」

小夭問：「那個金萱姑娘是你的人？」

「希望是。大伯活著時，曾建立過一個強大的收集訊息組織，朱萸姨在掌管，大伯死後，這組織效命於姑姑；姑姑戰死後，朱萸姨雖然還在，但她的性子，有人下命令就能做事，沒有人下命令，完全不知道該怎麼辦，這組織就有些荒廢了。百年前，她帶著金萱去高辛找我，按照姑姑出征前的吩咐，把這個組織交給了我。金萱也是木妖，如果我算是大伯，金萱就算是朱萸姨的那個位置，但她對我是否會如朱萸姨對大伯那麼忠心，我不知道，慢慢看吧！」

「不管怎麼說，這是屬於你的力量。」小夭睨著顓頊笑起來，一臉促狹，「而且，以你對付女人的手段，我對你有信心。」

顓頊以拳掩嘴，輕輕咳嗽兩聲，瞪向小夭。小夭收起了促狹，正色道：「我原來還擔心你回來勢單力薄，現在總算放心了一點。」

顓頊道：「我們的長輩雖然早早就離開了我們，但他們一直在庇佑我。大伯是個非常厲害的人，他不僅給我留下了這個組織，朝堂內其實也還有他的人，雖然非常少，但每一個都是最好的。父親雖然早早就離開了我，但我知道如果有朝一日，我能掌管軍隊，士兵們必願跟隨我，因為父親當年明明可以逃生，卻選擇了站在所有士兵前面，迎接死亡。娘親，她給我留下了絕對忠誠的若水族。還有姑姑……」

小夭眨眨眼睛，好奇地問：「我娘給你留下了什麼？」

顓頊笑著把一朵鳳凰花彈到小夭的臉上，「妳。姑姑給我留下了妳。」

小夭踢起地上的鳳凰花，揚到顓頊身上，「竟然敢打趣我！」

顓頊大笑，小夭道：「就這些只怕不夠。」

顓頊道：「遠遠不夠，再加上我在高辛時訓練的暗衛，也僅夠我勉強保住性命。現在整個朝堂幾乎都認定王叔該繼承王位，王叔曾幫著爺爺打下中原，有赫赫戰功，軍隊中有和他出生入死的袍澤。他已經營了幾百年，從中原到西北都有他的人，肯定有很多家族，像防風氏一樣效忠於王叔。現在我所能做的，只能是先保住命，再慢慢圖之。」

小夭問：「需要我為你做什麼嗎？」

顓頊笑起來，「妳不會不知道我一直在利用妳吧？」

小夭說：「你仔細說說，看有沒有我不知道的。」

顓頊抓著秋千架，「我想想啊，面上的事就不說了。暗中的，比如塗山璟，他想接近妳，我給了他機會接近妳，他就必須要幫我；如果不是他，我哪裡能那麼容易融入豐隆他們的圈子？還有，在豐隆、馨悅他們面前，我會讓他們明白我對妳有很大的影響力，他們在評估我時，勢必要考慮到妳的分量。這些事情看似微小，卻會讓決策的天平向我傾斜，以後這些事，只會越來越多，很多時候妳甚至都不會意識到我已經利用了妳。」

小夭說：「感覺上，我什麼都沒做。」

「妳已經做了，妳把我看作最重要的人，我才能肆無忌憚地利用妳。塗山璟又不是傻子，現在局勢明顯利於王叔，幫我對塗山氏沒有絲毫好處，可他知道我對妳很重要，所以他才毫不猶豫地站在我這一邊。」顓頊握住小夭的手，「而且，雖然我知道妳不在乎手上染血，可我在乎，我不想妳因為我染血。妳只需站在我身邊，就是最大的幫我。」

小夭笑點點頭，「明白了。」

顓頊輕搖著秋千架，覺得這條踏著血腥而行的路，因為有了小夭的陪伴，竟然一點也不覺得陰冷，像此時此刻，兩人吹著晚風，輕言慢語，很溫馨、也很放鬆。他本已經習慣於警惕戒備，不管什麼都爛死在肚子裡，可是對著小夭，他會覺得無話不能說、無事不可坦白。為了照顧阿念，他會當著小夭的面，刻意對阿念更好一些，小夭不會嫉妒；對馨悅的看法可以坦誠，小夭不會詫異；不管陰謀陽謀，都可以說，小夭不會覺得他卑劣，小夭完全接受他是他。

第二日，小夭起身時，顓頊已經不在。小夭去黃帝那裡找他，看他站在黃帝身後，兩個表弟也在，幾個臣子正在向黃帝奏報什麼。

小夭在外面等著，等到昏昏入睡時，他們才出來。

小夭躲在暗中，可顓頊和他們邊走邊說，一直送著他們往外走，不知道的人還真以為他們兄弟有多麼情深。表弟倕梁是七舅禹陽的二兒子，他對顓頊和始均說：「明日家中有一個晚宴，大哥和小弟若沒定下別的事情，請務必賞光。」

始均哈哈笑起來，「三哥，你知道我的性子，只要有美人，你不請我，我也會去。」

小夭走了過去，給顓頊打眼色，顓頊卻笑道：「有美酒嗎？只要有好酒，我也一定去。」

小夭無奈何，只能裝作好奇地問道：「有好玩的事情，為什麼不請我呢？」

倕梁盯著小夭，始均猛拽了他一下，他才反應過來，和始均一起給小夭行禮。小夭讓他們起來，倕梁笑道：「姊姊若想去，自然歡迎。」只不過，他得重新安排一下。

待始均和倕梁走了，小夭問道：「你沒看到我讓你別答應嗎？」

顓頊笑著說：「看到了，但我想和他們親近親近，多瞭解一些總不是壞事。而且現如今，他們才是軒轅城的主人，我初來乍到，若端著個架子，落到外人眼裡，反倒是我不知好歹了。」

小夭說：「你剛到軒轅城，還未站穩腳跟，正是除掉你的最好時機。他們絕沒膽子在朝雲峰下手，可出了朝雲峰，卻是他們的地盤。」

顓頊道：「不迎著荊棘峭壁而上，如何能登臨峰頂？我都不害怕，妳害怕什麼？」

小夭的手撫著心口，「不知道，我覺得……可是不可能啊……」

「妳想說什麼？」

「反正我和你一塊去。」

顓頊笑道：「我沒意見。」

第二日傍晚，顓頊和小夭去倕梁的府邸。

因為是私宴，賓客不多，卻都是這些年軒轅國內赫赫有名的青年才俊們。他們對顓頊看似客氣，實際很不屑。小夭不禁暗暗嘆氣，顓頊要走的路真是荊棘峭壁。

待宴席開始後，七舅的長子禺號才來，居然帶了大荒中最近最有名的來，剛在小祝融的赤水秋賽上奪冠，來自高辛四部中羲和部的禺疆。眾人看到禺疆，全都起立，給予最熱烈的歡迎。

禺號站在禺疆身旁，略帶幾分自得，把每個人都介紹給禺疆。

小夭來時，特意和倕梁說不要說明她的身分，讓她毫無拘束地玩一玩，現在自然不想去結識禺疆。她在花園裡隨意地逛著，又看到了那個歌舞坊中，和相柳酷似的男子，他端著酒，散漫地倚坐在玉榻上，周身花影扶疏，暗影卓卓，若不仔細，很難注意到他。

小夭輕輕地走過去，站在他身後，冷不防地俯下身子說：「相柳，你在這裡做什麼？」

那男子身子紋絲不亂，只微微側仰了頭，「妳悄悄走到我身後，我一直在猜妳想做什麼，竟生了一些綺思豔想，沒想到妳認錯了人。」

小夭盯著他的眼睛，男子笑起來，「我倒真想是妳叫的那位了。」體內的蠱蟲沒有任何反應，小夭也糊塗了，「你真的不是他嗎？」

「如果妳能陪我喝酒，我當當他也無妨。」

小夭甜甜一笑，「好啊！」

男子給小夭斟酒，小夭一飲而盡，給男子斟了一杯，男子也一飲而盡。一瞬後，男子手中的酒杯滾落，他苦笑，「妳給我下毒？」

小夭抓起他的手，撫著他的手指細看，他的指尖生了紅點，真是中毒。

男子嘆氣，「如果妳沒給我下毒，我倒真覺得自己豔福不淺。」

小夭扔開他的手，倒了一杯酒給他，「這是解藥。」

男子無力地抬了抬手，顯然不可能自己端起酒杯，小夭餵著他喝了。

小夭道：「不好意思，認錯了人。」

「妳每次認錯人都要下毒嗎？這習慣可不好！」

小夭再次說：「抱歉。」轉身要走，男子卻抓住了她的手腕，「一句抱歉，就想走？」

「那你想怎麼樣？」

「我是防風邶4。」男子把自己的名字一筆一畫寫到小夭掌心，「牢牢記住了，下次不要再認錯了人。」

「你是防風意映的？」

「二哥。妳認識小妹？」

小夭苦笑，「大荒可真是小啊！」

小夭離開，這一次防風邶沒有再拉她。

有人在觀賞歌舞，有人在飲酒聊天，幾個少女在亭子裡下棋，顓頊和始均他們在一起，不知道說什麼，大笑聲陣陣，小夭便找了個僻靜的角落坐下。

一切的跡象都表明防風邶不是相柳，像防風邶這樣的大家族子弟，認識他們的人太多，相柳絕不可能冒充，可小夭就是覺得他熟悉，理智分析不出那種熟悉，嘴裡也說不出，只是身體本能的一種感覺。

已是深夜，賓客們陸續散去，也許因為顓頊在高辛生活了兩百多年，和禺疆聊得很投機，一直聊到賓客都已走光，才在倕梁和禺號的相送下，並肩向外走去。

小夭站在雲輦旁等著顓頊，顓頊和禺疆在門口站定，笑著說話。

如果站在顓頊旁邊的人是防風邶，小夭會非常戒備，可是禺疆來自高辛四部的羲和部，一個對俊帝最忠誠的部族，小夭沒什麼戒意，等得無聊時，還東張西望。

她看到了防風邶，他騎在天馬5上，立在長街的盡頭。夜色很黑，其實根本看不清天馬上的人，但小夭就是憑直覺知道他在那裡，她瞇眼盯著長街盡頭。防風家的子弟應該箭術都不錯！

突然，野獸的本能讓她身體緊張，下意識地看向讓她感覺到危險的方向，看到禺彊突然出手，一拳重重擊向顓頊，顓頊急速後退，可禺彊是大荒內排名前幾位的高手，顓頊只堪堪避開了要害。禺彊不等他喘息，一拳又一拳瘋狂地攻擊向顓頊，每一拳都蘊含著充沛的靈力，拳紋猶如漣漪一般震盪開，將府門前的玉石獅子震得粉碎。

原來至柔的水也可以至剛，小夭驚駭地大叫：「來人、來人！」可是沒有一個侍衛趕來。倕梁和禺號已經被禺彊的靈力震暈過去，始均被嚇得躲到雲輦下，瑟瑟發抖。

小夭第一次明白，在絕對強大的力量面前，任何計策都不管用，這個時候，不管她和顓頊有多少靈機妙策，都只有更強大的力量才能救顓頊。

顓頊受了重傷，倒在地上。禺彊抓起顓頊，眼中滿是恨意，化水為刀，揮刀而下，居然想把顓頊斬首。

小夭明知道以自己的靈力，即使衝過去，也只會被禺彊的水紋絞得粉碎，可她依舊不顧一切地撲了過去，淒厲地喝道：「禺彊，難道你要讓整個羲和部滅族嗎？」

禺彊的刀勢緩了一緩，「這只是我一人的行為，與羲和部無關！」

---

4 邶：讀作ㄅㄟˋ。

5 天馬，《山海經》中會飛的異獸，《山海經・北山經》「又東北二百里，曰馬成之山，其上多文石，其陰多金玉。有獸焉，其狀如白犬而黑頭，見人則飛，其名曰天馬。」

「我是高辛王姬，我說有關就是有關！」小夭站在禺疆面前，眼中是毀滅一切的冷酷。

「妳是高辛的王姬，居然要為一個外人，毀滅羲和部？」

「那你呢？你竟然和外人勾結，刺殺顓頊，為自己的部族惹來滅族之禍？」

禺疆吼道：「我沒有和外人勾結，是他殺了我哥哥，我要為哥哥報仇！」禺疆的靈力打開了小夭，小夭重重跌在地上，幾口鮮血吐出。

禺疆不管不顧地揮刀砍向顓頊，「他砍了我哥哥的頭，我只能取他的頭祭奠哥哥。」

小夭慘叫：「住手！」

禺疆沒有住手，刀鋒毫不遲疑地斬向顓頊。

小夭幾乎要肝膽俱裂，顓頊卻平靜地笑起來。

突然，寒意凜冽，縈繞著禺疆和顓頊的水靈變作了冰氣，禺疆手中的水刀化作雪刀，砍到顓頊的脖子上時，就如雪團砸到身上，雖然砸得人生疼，可雪團畢竟是雪團，碎裂成了雪末。

禺疆雙眼血紅，還想攻擊，一堵冰牆擋在他面前，一身青衣的赤水獻在漫天雪花中走了過來，冷冷地說：「要想打，我們換個地方。」

禺疆滿面悲憤，傷比痛多，「為什麼？妳知道他殺了我哥哥，為什麼要阻止我？」

赤水獻冷漠的就像一塊寒冰，「等你打敗我，也許我會告訴你為什麼。」說完，她朝一個方向奔去，禺疆知道有獻在，他根本殺不了顓頊，追著赤水獻而去。

顓頊剛想掙扎著站起，小夭喝道：「別動！」她張開雙臂，擋在顓頊身前，面朝著黑暗的虛空，一步步後退。顓頊這時也反應過來，低聲問道：「防風氏？」

小夭全身緊繃，猶如護著小獸的雌獸，一直怒瞪著什麼都沒有的虛空。她看不見他，可是她能感覺到他在那裡，那支箭隨時能射穿顓頊的咽喉。

這個時候，隨顓頊而來的侍衛終於衝破了陣法的箝制，衝了過來，護住顓頊。

那人離開了！

小夭緩緩吐出一口氣，身子鬆懈下來，幾乎軟倒在地上。剛才短短一瞬的對峙，讓她覺得比被禺疆摔開更痛苦。

顓頊踉蹌著扶住小夭，小夭扶著他的手，一言不發地強撐著爬上雲輦。

顓頊也登上了雲輦，坐到小夭身旁。

小夭先吃了一顆藥丸，才幫顓頊檢查傷勢。她拿了三顆藥丸給顓頊，顓頊什麼都沒問，乖乖地吞下。

小夭說：「今夜倕梁的府中有個客人，就是那天和始均在一起的男子，他叫防風邶。」

顓頊說：「防風家的老二。防風氏十分善於隱匿，配上他們的箭術，才能名震大荒，為什麼妳知道防風邶在那邊？」

小夭搖搖頭，「我不知道，只是一種感覺。」

這是個很不能取信人的回答，但顓頊相信，在生死存亡那一刻，他也有過類似的直覺。

回到朝雲殿，鳳凰花簌簌而落，空氣中有馥郁的鳳凰花香，和往常一樣的平靜，就好像剛才的一切只是幻覺，可小夭的胸腹間仍在隱隱作痛。

小夭要進屋，顓頊拉住她，「小夭，今夜嚇著妳了吧？」

小夭回身，對顓頊說：「我沒有生你的氣，我很高興你留有後手，並沒有因為一個突然冒出來的禺疆就有可能真的死掉。」

顓頊道：「我是留了後手，不會死於禺疆的手，可後來那一刻，如果防風邶真射出一箭，我沒有信心能躲過。」

小夭問：「赤水獻怎麼會幫你？」

「準確地說，我給了赤水氏一個機會，對我施恩。如果那一刻，赤水獻不出手，我的暗衛也會出手。」

「施恩？」

「所有人都以為接受恩情的人會對施捨恩情的人感到親近，卻不知道施捨恩情的人對於救護的人同樣會產生親近之心。就算對一無所有的乞丐隨意施捨半個餅，恩主也會下意識地期待乞丐的感激作為回報，如果乞丐感激，幫著打掃了一下門口，那麼恩主在歡愉自己善心的同時，下一次仍會施捨半個餅。施捨是一種付出，但凡人心，只要付出了，不免期待回報。而且人心很奇怪，如果我太主動親近赤水氏，他們會對我很警惕，可如果讓他們高高在上地站在施恩者的地位，卻會放鬆警惕。他們認為自己只是隨手丟了一塊餅子，隨時可以把乞丐關在門外，卻不知道當心裡有了期待，即使關上門，也要悄悄看一看乞丐會怎麼反應。」

小夭嘆氣：「我以前覺得自己挺聰明，可和你們一比，我覺得自己是傻子。」

顓頊笑起來，「妳不是，我們千般算計都只是因為有所求，而妳無所求，自然不必算計。人無欲，才是至強。」

小夭苦笑，「好吧，我最強。你的傷不輕，休息吧。」

顓頊點頭。今夜是一個雙殺的局，禺疆的刺殺竟然只是為了給防風邶創造機會。雖然他有暗衛，可那一瞬，是靈力低微的小夭將他護在身後，用自己的身體護住他。

小夭走進屋子，掩門前突然說：「禺疆說你殺了他哥哥，究竟怎麼回事？如果真有殺兄之仇，只怕他還會來殺你。」

顓頊皺眉，「我也不知道，從沒聽說禺疆有哥哥，如果真有個禺疆這麼強的生死仇敵，倒真很麻煩，我會派人去查清楚。」

幾日後，關於禺疆的事情查了出來。

原來禺疆原名玄冥，他的父親是高辛羲和部的貴族，他的母親卻是軒轅族的女子。當年小夭的母親嫁到高辛，黃帝曾選了十來名軒轅少女陪嫁，其中一個少女與羲和部的一個少年情投意合，少年向俊帝請求賜婚，小夭的母親沒反對，兩人就成婚了。婚後兩人生了兩個兒子，長子叫玄庭，幼子叫玄冥。小夭的母親自休於俊帝後，當年隨她到高辛的軒轅族侍衛和侍女也都返回了軒轅，禺疆的母親留下了。但也許因為遠離故土，不但沒有朋友陪伴，還需要承受軒轅王姬驚世駭俗舉動的惡果，也許因為熱情爛漫的軒轅女子無法忍受刻板嚴肅的高辛禮節，夫妻兩人開始頻頻吵架，有一次禺疆的父親氣急下口不擇言，說後悔娶了軒轅女子，罵軒轅的女子都沒有教養，不懂尊重夫君，禺疆的母親一怒之下，竟然學了軒轅王姬，寫下休書，帶著大兒子離開高辛。

因為此事太過丟人，所以禺疆的爺爺極力壓下此事，對外宣稱兒媳和長孫遭遇意外而死。禺疆的父親雖然從沒有去軒轅找過妻子，可也沒有再娶妻。禺疆的母親在回到軒轅後，一直鬱鬱寡歡，沒幾年就病死了，她死後不久，禺疆的父親也病逝。禺疆的爺爺改了孫子的名字，從玄冥改為禺疆，帶著禺疆遠離人世，終年漂泊於歸墟，從此後，知道禺疆身世的人就非常少了。

禺疆跟著爺爺長大，他的大哥玄庭則由軒轅族撫養長大，之後他的大哥得到黃帝的重用，出任軹邑城的城主，成為了聞名天下的酷吏，在顓頊離開軒轅前，黃帝下令，由顓頊監刑，砍殺了玄庭。

爺爺臨終前，禺疆才知道了自己的身世，他的大哥並沒有死於意外，可還來不及高興，又聽到爺爺說大哥已被顓頊斬殺。他總覺得是顓頊奪去了他的親人，想殺顓頊，可顓頊是俊帝的徒弟，如果他在高辛境內殺了顓頊，是在挑戰俊帝，會給全族惹禍，所以他只能一直忍，忍到顓頊離開高辛，回到軒轅。禺疆覺得他去軒轅殺顓頊，只是他的個人行動，和其他人沒有關係。

至於是他利用了禺號接近顓頊，還是禺號和倕梁利用了他去殺顓頊，則不得而知。

小夭聽完禺疆的身世，不禁有些同情禺疆，也不打算向父王告狀了。

顓頊對小夭說：「殺玄庭沒有錯，我不後悔殺了他，可我的確覺得對不起他，因為他犯的罪……」顓頊嘆息，「算了，這些骯髒的事和妳沒有關係，就不和妳解釋了。」

小夭的傷已經好了，顓頊的傷還沒好，但常有人來見他，其餘時間，顓頊或者陪爺爺下棋，或者和小夭說說話。

等能行動時，他叫上小夭，每日採摘桑椹，醃製冰椹子。

仲夏時，顓頊的傷痊癒了。黃帝給他派了差事，他開始忙碌起來，真正參與到軒轅的朝事中去。為了方便接見訪客、商談事情，顓頊在軒轅城內置了一座宅邸，忙時就宿在那邊。小夭正有點嫌朝雲殿太悶，問過黃帝的意思後，偶爾也住在軒轅城。

第十六章

似是故人來

小夭忽然想起玉山，
她在那裡等了母親七十年，最終什麼都沒等來。
這一生，她再不想等待任何人了。

從瀛洲島分別到現在，從冬到夏，已是半年多的時間，璟只和小夭聯繫了一次，還是他為了感謝顓頊的款待，在送給顓頊的謝禮中夾帶了九壺青梅酒。顓頊雖不知道究竟哪份東西是交給小夭的，但也猜到璟這禮肯定不全是給他的。收到禮後，把小夭叫去，說道：「你們的啞謎我看不懂，自己去挑。」

小夭把九壺青梅酒挑出來，一色的白玉瓶子，繪著一枝緋紅的桃花，本是很稀鬆平常的白玉桃花瓶，小夭卻覺得頟間好像又有一點溫潤在輾轉。

九瓶酒，隨著小夭，從五神山的明瑟殿來到軒轅山的朝雲殿。

青梅酒，小夭慢慢地喝，也只喝得還剩最後一瓶，她捨不得再喝，一直留著，八個已經喝空的酒瓶仔細收好。

她很想喝最後一瓶，可她想等璟送來新的酒後，再喝這一瓶。

夜深人靜時，小夭會躺在榻上把玩酒瓶，三寸高的酒瓶，放在掌間，盈盈一握。有時，小夭會笑，有時，小夭卻為自己心酸。

她等了半年，都再沒有璟的消息。

一日晚上，她又在榻上擺弄九個玉瓶，翻來倒去，九個玉瓶躺在白絹上，九枝桃花豔豔盛開。小夭此時忽然想起玉山，她在那裡等了母親七十年，最終什麼都沒等來。這一生，她再不想等待任何人了。

小夭打開了最後一瓶酒，沒有像以前一樣一次只喝一兩口，而是一直喝著，不過三寸高的瓶子，沒一會兒就喝完了。她把九個玉瓶收了起來，再不拿出來把玩。

小夭開始花更多的時間煉製毒藥，夜深人靜睡不著時，她在榻上擺弄毒藥，邊擺弄邊思量如何才能把毒藥做得更好看。是更好看，而不是更有毒。

她腦中有被天下人尊奉為醫祖的炎帝留下的《神農本草經》，高辛和軒轅珍藏的醫書隨她翻看，小夭並不懷疑自己做的毒藥的毒性，可她現在喜歡做好看的毒藥。看到鳳凰花，她琢磨了幾日，又花費幾日幾夜，做了一朵栩栩如生的小小鳳凰花，花色明豔、花香迷人。看到晚霞，她做出了熙彩流金的毒香屑，猶如將瀲灩晚霞從天際採了下來。

每一份毒藥，都是她的一個念想、一段心情，她把它們做出來，看它們在她手中盛放，再將它們仔細裝好，送出去。

小夭猜度著相柳收到這些毒藥時，不知道會是什麼感覺，會不會罵她變態？

小夭把做好的毒藥放在玉匣子裡封好，去到屬於塗山氏的車馬行，把匣子交給他們，問道：「送到清水鎮西槐街上的娼妓館要多少錢？」

老闆說道：「如果姑娘指的是那個清水鎮，那可在軒轅國的最東邊，都快要到大海了。」

小夭說：「所以才特意找塗山氏的車馬行，交給別的車馬行送貨，便宜是便宜了，可我卻不放心。」

老闆笑起來，「姑娘找對地方了。」

老闆報了個價，小夭沒有還價，痛快地把錢付了，反正不是她賺的，不心疼。

這就是小夭想出來應付相柳的法子，全天下到處都有塗山氏開的車馬行，只要小夭有錢，什麼都能送到清水鎮。

小夭每隔三四個月，給相柳送一次毒藥，上一次毒藥還是從高辛送出的。也不知道相柳收到沒有，應該收到了吧？否則以那人的小氣性子，再忙也得抽出時間來找她麻煩。

小夭走出車馬行，又看到了防風邶，忍不住再次試圖用蠱蟲去感應，可依舊沒有反應。

防風邶笑著走過來，「要送貨物？」

小夭看著他，他問道：「妳還認識我吧？」

小夭離開，「你最好別接近我，我一看到你就想給你下毒。」

防風邶隨著她，「妳的那位朋友就這麼招妳嫌？」

相柳招她嫌嗎？當然不是，不過他倒是比較招她嫌。

小夭問：「你跟著我做什麼？」那日在園中相見時，他應該還不知道她是誰，但現在，他應該已知道她的身分。

「我無聊，我看妳也挺無聊，兩個人無聊總比一個人無聊好。」

那個晚上，在他箭鋒前的死亡壓迫感，小夭還記憶猶新，譏嘲道：「你來軒轅城做什麼？不是來為了無聊吧？」

防風邶笑嘻嘻地說：「我來軒轅城做的事情全都見不得光，一般都是晚上忙，白天是真的非常無聊。」

小夭啞然失笑，這人的性子竟和他妹子截然相反，無賴得坦率，「聽說你們家的人都相當善於射箭。」

「不錯。」

「你和你妹妹的箭術誰更好？」

「她。」

「好到什麼地步？」

「妳想看我的箭術嗎？」

小夭隨口說：「好啊！」

「隨我來！」

防風邶回到住處，命人牽了兩匹天馬，帶著小夭出了軒轅城，來到敦物山。

防風邶問道：「妳想我射什麼？」

小夭眺著眼睛看了一會，指著對面懸崖那攀附在松樹上隨風搖擺的菟絲子，「菟絲子夏秋開花，現在應該已有小黃花，就射一朵花吧。」

防風邶從天馬背上拿下弓箭，彎弓、搭箭、拉弦、射出。

小夭笑起來，「都不知道有沒有射中。」

防風邶伸手，箭從對面的懸崖飛回他手中，拿給她看，矢鋒上沾有一點點黃色，顯然應是射中了花。

小夭不得不讚道：「果然是好箭術。」

「想學嗎？」

「這也能教人？」

「妳現在要學的是射箭姿勢，又不是修煉的心法，任誰都能教妳，不過我教自然是最好的。」

「好啊！」小夭猜不透防風邶想做什麼，但正如他所說，反正無聊，就看看他想做什麼。

防風邶選了一個距離他們不遠不近的大樹，「就拿它做靶子吧。」他把弓遞給小夭，小夭模仿著他剛才的動作，握住了弓。

防風邶說：「不錯，有點樣子。身法當正直，勿縮頸、勿露臂、勿彎腰、勿前探、勿後仰、勿挺胸。」他指點小夭調整細微處的姿勢，「妳的力量小，最好採用四指拉弓。大拇指自然彎曲指向掌心，食指靠在頷下面，弓弦對正鼻、嘴、下頷……」

他把一支箭遞給小夭，小夭射出，箭斜飛了出去，半途掉下。

他又遞了一支箭，依舊和上次差不多。

連著射了幾箭後，小夭比前兩箭強了不少，可沒有一箭接近大樹。

小夭嘆氣，「真是看著容易，做起來難。」

防風邶站到了小夭身後，握著小夭的手，引導小夭跟著他的動作，「身端體直，用力平和，拈弓得法，架箭從容，前推後走，弓滿式成！」隨著「成」字，箭飛出，穩穩地釘入了樹幹。

「什麼感覺？」

「心中什麼都沒想，眼睛並沒有盯著靶子，只專注於引弓射箭的動作。」

「悟性不錯。」

小夭苦笑，不是她想悟，而是那一瞬，她身體的反應就如同相柳接近她時，她簡直覺得他會一口咬在她脖子上，腦中一片空白。可如果真是相柳，即使他和防風家有什麼合作協定，防風家也絕不會把家傳的箭術傳授給一個九頭妖怪。

防風邶又帶著小夭拉了一次弓，「保持這種感覺，繼續。」

小夭自己射出一箭，雖然沒有射中大樹，卻已經到了大樹跟前。她真正產生了興趣，立即又射出一箭，見釘入大樹，有點不敢相信，「我射中了？」

防風邶微笑，小夭立即拿了一箭，模仿著剛才的感覺射出，卻居然和第一箭一樣，半路就墜落了。防風邶道：「妳已產生得失計較。」

小夭不相信，還想射，防風邶阻止了她，「今日到此為止。」

小夭不解，「我以為要多多練習。」

「妳再練習，只會越射越差，那種錯誤的感覺反而會因為一遍遍練習鞏固在心中。相信我，凡事都是見好就收最好。」

小夭放下了弓，「你若去做師父，保管徒弟都喜歡。」

防風邶笑起來，「人與人不同，我這法子只適合聰明人。」

「謝謝誇獎。」

防風邶翻身上了天馬，兩人策著天馬慢慢下山。

小夭說：「我看你靈力修為比意映高很多，怎麼可能箭術比她差呢？」

防風邶笑道：「很多人認為射箭要臂力驚人，其實不然，射箭是個巧勁，四兩撥千斤才算好。經過特殊鍛造的弓箭可以穿破靈力凝結的防禦，即使一個沒有靈力的人，只要用對了方法，也能射中靈力比他高很多的人。我靈力修為是比小妹高很多，箭術卻的確不如她。」

小夭盯著防風邶，心中波瀾起伏。她靈力低微，所以她只求自保，早放棄了主動進攻的想法，可如果防風邶所說是真，那麼一定距離內，她也是可以主動進攻的。如果再碰到像上次禺疆刺殺顓頊的事情，她能做的就不會是只能用自己的身體去阻擋。

防風邶卻好像完全沒感覺到自己說的話對小夭產生的影響，他笑問小夭：「有沒有興趣和我學習射箭？」

「有。」

防風邶說：「妳陪我解悶，我就教妳。」

小夭回道：「好。」

防風邶把小夭送到了顓頊的宅邸前，笑道：「明天見。」

小夭目送他策著天馬，猶如浪蕩公子般，疾馳過長街。

小夭的生活突然之間就變得十分忙碌，她要煉製毒藥，要練習射箭，當防風邶有空時，她要向防風邶學習射箭，還要陪著防風邶找樂子。

小夭和防風邶在一起後，才知道什麼叫吃喝玩樂，她覺得簡直在重新認識軒轅城，很多藏在小巷子裡的地方，別說是她，就是她那幾個表弟都沒聽說過，可防風邶知道。

他猶如識途老馬一般，帶著小夭吃喝玩樂。

周饒國的侏儒族們開的珠寶店，也許因為他們人小，手指也小，所以打造的首飾格外精巧，一塊普通的紅寶石，他們能雕出上百朵的玫瑰花；一枚水滴墜子，他們能把一對情侶的畫像雕刻進去，栩栩如生，如見真人。小夭嘆為觀止，給阿念和靜安王妃各選了幾件首飾。

巨人夸父族的飯鋪，吃飯的碗像小夭用的盆子，小夭本來絕不相信自己能吃完那一盆，可嘗了一口後，她立即一口接一口，把一盆飯全吃了。她唉呦唉呦地喊撐死了，卻毫不後悔被撐死。

花妖開的脂粉店，那些脂粉小夭倒不稀罕，可一滴凝鍊的花露，能讓身體凝香一個月，清幽的蓮香、傲骨的梅香、空靈的蘭香……還能有各種調製的方法，能調製出這世上獨一無二的香氣，連小夭這個做慣男人的人，也不禁陷了進去，試著各種香露，忍不住買了十幾種。

防風邶並不是每天都有時間，每隔五六天，他才會要小夭陪他一天，恰恰夠小夭把上一次學習的射箭技巧鞏固。有一次他甚至消失了三個多月，才再次出現。

小夭沒問他去了哪裡，他也沒解釋。小夭和他都很明白他們的教授與學習只是一種很短暫的關係，隨時會因為一個意外終結。

但在外人眼裡，防風邶和小夭算是走得很近了，而且因為傳授箭術，小夭和他之間有一種若有若無的親密。

防風邶是個很隨性的人，有時來找小夭，小夭如果在朝雲峰，他就直接跑去軒轅山，請侍衛通傳。小夭也不覺得需要遮掩，兩個人一來一往，整個軒轅城都知道高辛的大王姬和防風家的二公子交好。

連顓頊都打趣小夭，「好不容易把妳找回來，我還想多留妳在身邊幾年，妳可別被防風家的那個浪蕩子勾引跑了。」

小夭笑著吐吐舌頭，「只要他還有可能射你，我是不會跟他跑的。」

不知不覺中，一年多過去了。

小夭有些糊塗了，不知道防風邶究竟想做什麼。本以為他教授她箭術，只是一個接近她的藉口，本以為他帶著她四處遊玩，只是想打開女人心門的一種手段。可是，他教授得非常認真，讓小夭每次學習箭術時，真的很尊敬地把他當作了師父。

和他一起的吃喝玩樂，更像是兩人在享受生命。兩個什麼都不在意、什麼都不介意嘗試、卻又什麼都不想要的人，作了個伴，在熙攘紅塵中尋找點滴樂趣。很多東西，一個人和兩個人截然不同，比如吃飯，菜餚再美味，一個人吃總失了滋味，兩個人一起時，小夭一抬頭看見防風邶也是一臉享受，自然更覺得有滋味。小夭相信防風邶也是同樣的感覺，所以，他毫不吝嗇地把他所知道的有意思的事情都翻出來，帶著小夭一起去經歷。

小夭有時覺得防風邶寂寞了很久的孩子，玩過無數玩具，早已索然無味，現在好不容易得到一個玩伴，不禁迫不及待地帶著玩伴一起去玩，想要和他分享一切。看似嬉鬧，其實是最真誠的。

漸漸地，小夭也是真誠地陪著他四處吃喝玩樂，只要防風邶沒有挽弓對著顓頊，他就不是她的敵人。

這一日，上午防風邶教導小夭練習箭術，中午兩人去歌舞坊吃飯睡覺，下午防風邶帶小夭去了離戎族的人開的地下賭場。傳說離戎族上古時的先祖是雙頭狗妖，不知是否出於這個原因，每個進入地下賭場的男人都必須要戴狗頭面具，女子則隨意。小夭看防風邶戴上狗頭面具後，變成了狗頭人身，笑得肚子疼。小夭笑夠了，也戴上狗頭面具，舉起兩個爪子，對著防風邶汪汪地叫。防風邶笑，「如果妳被離戎族的人暴打一頓、扔了出去，別怪我沒提醒妳。」

走進地下城後，到處都是狗頭人身，襯托得那些沒戴面具的女子們分外妖嬈多姿。

因為大家都沒了臉，也就可以不要臉，一切變得格外赤裸裸，香豔到淫蕩、刺激到血腥。小夭和防風邶穿行其間，都雲淡風輕。

防風邶先帶小夭去賭錢，小夭曾在賭場裡住過五年，靠這個吃飯，如今重操舊業，一直在贏，防風邶也一直贏，但兩人都很懂規矩，適可而止。

他們去看奴隸的死鬥，正好用贏來的錢下注，搏擊的雙方不死不休，在一堆瘋狂 喊的狗頭人中，小夭泰然自若，防風邶也面不改色。

死掉的那方血肉模糊，活下來的一方也不見高興，縮坐在角落裡，一雙死氣沉沉的眼眸。

這一次小夭賭輸了，防風邶賭贏了。

小夭不服氣，「僥倖而已。」

防風邶道：「那就再賭一次，賭什麼隨便妳選。」

「好，我們就繼續賭這個奴隸。」

「妳明天還想來看他死鬥？」

「不。你看到他的眼睛了嗎？這是一雙已經絕望的眼睛，我們就賭誰能在剎那間給他希望。」

防風邶輕聲笑起來，「很有意思，看在妳剛輸了的份上，我讓妳先。」

小夭走過去，奴隸機警地握住了小夭的手，想扭斷它。可常年的搏擊，讓他立即明白這雙手靈力低微，殺不死任何人，而且野獸的直覺讓他知道小夭沒有任何敵意，他遲疑了一瞬，放開小夭。

奴隸的主人想上前趕走小夭，防風邶長腿一伸，擋住了他，把剛從死鬥中贏來的錢扔給他。奴隸的主人撿起錢袋，乖巧地躲到一邊。

小夭背對著他們，摘下了狗頭面具，對奴隸笑笑，用力抱住了他，在他耳邊低聲道：「這世上總有一點美好，值得你活下去。」小夭戴上狗頭面具，走了回來，那個滿身血汙的奴隸只是茫然地看著她，好像完全沒弄明白究竟發生了什麼。

防風邶彎下腰，身子簌簌輕顫，笑聲壓都壓不住。

小夭沒好氣地說：「輪到你了。」

防風邶走過去，彎下身子，對奴隸輕聲說了一句話，奴隸的眼睛剎那間煥發出詭異的神采，好像激動，又好像不相信，急切地盯著防風邶。防風邶只是鄭重地點了下頭，走了回來，那奴隸卻好像換了一個人，當奴隸主帶走他時，他的步履格外堅定。

防風邶笑道：「我贏了。」

小夭想不通，就算防風邶對奴隸許諾會贖買他，給他自由的生活，這個心已經被黑暗碾碎的奴隸也絕不會相信，而且很顯然防風邶許的不是這樣的諾言。

小夭喃喃說：「你作弊了，你肯定認識他。你瞭解他，難怪你會賭他勝。」

「今夜我第一次見他。」

「你究竟對他說了什麼？」小夭怎麼想都想不出。

兩人到了地下賭場的出口，防風邶脫下狗頭面具，小夭也把狗頭面具脫下，還給賭場的侍者。

走出賭場，已經是深夜，小夭不禁深深吸了一口屬於人世的新鮮空氣。

她對防風邶說：「我真的很想知道你和他說了什麼。」

防風邶笑道：「如果妳也抱我一下，我就告訴妳。美人計對他沒用，對我卻會很有用。」

小夭跺了下腳，有些羞惱地說：「不說拉倒！」

她氣沖沖地走，防風邶跟在她身後，「好了，我告訴妳。」

「我不想聽了！」

「真的不要聽了？」

「不要聽！」

防風邶拉住她，好性子地哄她，「可我就是想告訴妳，求著妳聽。」

小夭把唇角的笑意緊緊地壓著，「你怎麼求？」

「我抱一下妳？我願意對妳使美男計。」

小夭又氣又笑，用力推開他，「防風邶，你耍我！」

防風邶輕聲笑起來，拉住小夭的胳膊，不讓她走，「我和他說，我也曾是死鬥場裡的奴隸，我活下來了。」

小夭停住了腳步，怒瞪著防風邶，「你居然騙他！」

防風邶淡笑，「希望本就是個騙子。」

小夭的怒氣漸漸地散去，忽而搖搖頭，「他雖然被關在籠子裡，卻是隻很聰明的野獸，他不會那麼輕易相信你說的話，你一定還做了什麼。」

「我用的是死鬥場裡奴隸的特殊語言。」

小夭驚異，「聽說連奴隸主都不懂，你怎麼會？」

防風邶笑，「也許我真在死鬥場裡做過奴隸。」

小夭呆呆地看了他一會，喃喃問：「你是誰？」

「妳希望我是誰呢？」

小夭一手放在心口，另一手慢慢地伸出，放在了防風邶的心口上，他的心正在和她用同一節奏跳動。

小夭茫然了，她曾以為他是相柳，相柳有九顆頭，據說有九張臉，八十一個化身，也許其中一個就和防風邶一模一樣，可防風邶和相柳太不相同了。

他帶著她去買脂粉香露，懶洋洋地窩在榻上，看著她挑。女人一旦陷了進去，會徹底忘記時間，小夭在那家小店裡待了一天，試驗著各式各樣的香露。嗅到後來，她鼻子都嗅麻木了，拿不定主意地拿給他聞，問他的意見，他耐心地一一幫她聞，給她意見。

一起吃飯，小夭愛吃酥餅最裡面的那一層，他吃掉外面的，把最裡面的一層夾給她。吃烤肉時，她最喜歡肋骨上方，靠近脖頸，帶著皮脂的那一塊嫩肉，每一次他都會把那塊部位連著烤得焦黃的皮切給她。

策馬走山間的小路時，他總讓她走前面，因為當前面的人經過後，橫生的樹枝常會彈打到後面的人。

相柳怎麼可能溫柔地和她說話，體貼地讓著她，耐心地陪著她？也只有防風邶這種浪蕩子才能那麼瞭解女人心意。

日子長了，縱使仍有那種莫名的感覺，小夭也認定防風邶就是防風邶，但是現在……她又覺得他是相柳，沒有理由、無法解釋，她就覺得他是。

她對防風邶說：「我們的心在一起跳動。」她仰臉看著防風邶，等著防風邶給她一個解釋。

防風邶的手蓋在她的手掌上，笑笑地說：「是啊，好像真的在一起跳。」

這個無賴啊！小夭又是無可奈何、又是咬牙切齒，瞪著防風邶，防風邶笑看著她。

昏黃的燈光靜靜地籠罩著他們的身影。

一輛馬車停在他們身旁，車簾被挑開，防風意映驚訝地叫：「二哥？」

防風邶十分泰然自若，微笑著說：「小妹，好久不見。」

小夭的身體有點僵，她能感覺到身後還有一人在看著她。

小夭不知道該是什麼心情，她跟著防風邶學習箭術已經有十六個月，以塗山氏的力量，以她和防風邶的身分，璟早就應該聽聞了她和防風邶的事。或者說，在剛開始，當她還沒瞭解防風邶的隨性浪蕩時，她不相信防風邶會真正傳授她箭術，她也沒打算真跟他學，小夭沒有抗拒防風邶的接近，只是因為她清楚地知道，她和防風邶走到一起的消息會飛進每個世家大族的深宅大院內。璟當然也會聽到，而小夭就是想讓他聽到。小夭不明白自己為什麼想這麼做，她也懶得去想，反正這麼做，她覺得高興，她就這麼做了。

後來，小夭發現她誤會了防風邶，防風邶真的在教授她箭術，她也開始認真學習。漸漸地，最初的那個目的已不重要，可小夭仍舊在若有若無間等待璟的反應。但十六個月，她真的已經放棄了等待，她只是覺得自己有點可笑。幸虧、幸虧，防風邶讓她出乎意料，否則可就不僅僅是可笑，而是可悲了。

但是，就在她已經忘記時，他又突然出現了，並且帶著他的未婚妻！

防風意映下了車，塗山璟也下了車。防風邶含笑打招呼，「想必你就是青丘公子，我那位大名鼎鼎的未來妹夫了，幸會。」

防風意映很無奈，對璟說：「這是我二哥。」

璟一時沒有說話，作為有幸曾見過相柳「真容」的人，他和小夭第一次看見防風邶時一樣，一會兒後，他才行禮，客氣地說：「二哥好。」

防風邶笑道：「我來給你們介紹一下，這位是……」

防風意映眼含不悅，打斷了他的話，「二哥，你的朋友不必介紹給我們。」意映只在祭拜儀式上見過一次盛裝的小夭，小夭今夜穿著普通軒轅女子的衣衫，側身而站，低著頭，意映又認定，深夜和邶在一起的女人肯定不是正經女人，根本不屑留意，所以完全沒有認出來。

防風邶笑了一笑，也就真不提小夭了。

意映問：「二哥，你住哪裡？塗山氏在這裡有一座園子，二哥可以和我們同住。」

防風邶道：「不用了。」

難得說話的璟突然說道：「意映一直很掛念你，那園子很大，出入也方便，還請二哥賞光。」

意映詫異地看了一眼璟，卻很高興，畢竟璟殷勤款待她的家人，是她的面子。

邶笑道：「盛情難卻，不過今夜就不打擾了，我還要送朋友回去。明天再搬。」

璟說道：「二哥去哪裡？反正馬車很寬敞，可以送你們。」

邶說：「不用麻煩，我們剛在賭場裡坐了幾個時辰，現在想動一動。」

「走吧！」邶招呼小夭。

小夭毫不猶豫地跟著他，離開了。自始至終，她沒有看璟一眼。

璟凝視著她的背影。

意映看著哥哥嘆氣，「傳言他和高辛王姬這一年來走得近，我還以為他碰到一個真讓他動心的，性子收斂了，沒想到還是這樣。」

璟沒有說話，沉默地上了車。他闔上雙眼，眼前浮現的是剛才小夭和邶四目凝望的畫面，兩人之間浮動著說不清、道不明的微妙。

小夭回到顓頊的宅邸，急沖沖地跑去找顓頊，「顓頊，顓頊！」一推開屋門，居然看到了阿念和海棠。

小夭呆了一瞬，看向顓頊。

顓頊笑道：「阿念來軒轅城玩。」

小夭問：「她偷跑出來的？」堂堂高辛王姬來軒轅城，如果不是偷著來，無論如何也該有人和黃帝奏報。

顓頊無奈地笑笑，「但我想師父應該知道。」

小夭也覺得父王肯定知道，如果不是他的默許，再借海棠一百個膽子，她也不敢和阿念私逃。父王是個怪人，他一直非常縱容女兒們在外面野。就拿她和防風邶的事，在軒轅不算什麼，黃帝自然不會管，可俊帝也不管，只在給小夭的信裡輕描淡寫地問了一句防風邶。

阿念問顓頊：「哥哥，你是不是不高興我來？」

顓頊溫和地說：「當然不會，妳來看我和小夭，我很高興。」

阿念不屑地橫了小夭一眼，「我只是來看哥哥。」

顓頊問小夭：「妳剛才急急忙忙地，發生了什麼事？」

「我剛在街上碰到……塗山璟和防風意映。」

「嗯，他們下午就到了，大概再過幾日，豐隆和馨悅也會來。」

「他們怎麼都來了？發生了什麼事？」

顓頊說道：「小夭，這是軒轅城！軒轅國的都城！關係到大半個大荒的政令都是從這座城池中頒布出去。不管是赤水、塗山，還是神農、防風，他們的家族命運都和這座城池的政令息息相關。每個家族的重要子弟隔幾年都會特意來軒轅城住一段日子，關係交好的，自然而然也就常常約好時間一起來。」

小夭沉默，好像很失望。顓頊問：「怎麼了？」

小夭搖頭，「我去洗漱睡覺了。」

顓頊帶著阿念也出了屋子，對阿念說：「我帶妳去妳的房間，妳在軒轅城時就住這裡。妳既然是偷偷來的，到時別人問起，妳就說是小夭的朋友。但我得和爺爺說一聲，如果他想見妳，我再帶妳去拜見爺爺。」

阿念乖巧地答應了，卻有些不滿地問：「為什麼不能說是哥哥的朋友？為什麼要說是小夭的朋友？」

「因為現在哥哥的能力有限，做哥哥的朋友很危險，做妳姊姊的朋友比較安全。」

阿念向來是小事糊塗、大事精明，立即從顓頊的一句話中意識到很多。她咬了咬嘴唇，對顓頊說：「哥哥，你放心吧，我知道這裡不是高辛，不會給你添麻煩的。」

走在前面的小夭噗哧一聲笑了出來，阿念羞惱，「妳不相信嗎？」

小夭已經到了自己的屋子，她走進去，回身對阿念說：「我、拭、目、以、待。」碰一聲趕在阿念發火前，關上了門。

顓頊忙安撫阿念，「我知道阿念最懂事，別和妳姊姊一般計較。」

阿念笑起來，跟著顓頊去了自己的屋子。

第二日，小夭起了個大早，給顓頊留個口信，就回了朝雲峰。

按照禮節，以璟和顓頊的交情，璟到了軒轅城後，應該會來拜訪顓頊，小夭不知道他哪天會來，可她實在不想等待了，懸著心猜測，隨著時間的流逝失望，那種感覺太難受。所以她選擇不再等待，逃回了朝雲峰，他會不會來、什麼時候來，都與她無關。

小夭在桑林裡練習射箭，練了大半日，出了一身汗，她才收起弓箭。

「妳今日心不靜。」黃帝的聲音傳來。

黃帝拄著拐杖，站在桑林外。小夭走過去，扶著黃帝坐到桑木榻上，她沒大沒小地坐在了黃帝旁邊，端起一碟冰椹子，一串串吃著。恐怕現在整個天下，也只有她敢和黃帝平起平坐。

黃帝說：「讓我看看妳的手。」

小夭伸出手，黃帝摸了摸她的手指，拉弓的地方已經結了厚厚的繭，「小姑娘練箭，怕長了繭子不好看，都會戴上特製的手套，為什麼不去找工匠訂做？」

小夭笑起來，「我和她們的目的不一樣，她們是為了秋天狩獵遊玩，我是為了殺人，難道敵人會等我戴上手套再出手？」

黃帝放開了小夭的手，「防風邶不可能把防風家的箭術傳授給妳，回頭我再給妳找個師父。妳的靈力低微，弓和箭需要找技藝高超的大鑄造師專門為妳打造。但這個不急，等妳箭術有小成時，我再命人去請鑄造師。」

小夭不在意地說：「高辛缺什麼都不會缺好的鑄造師，回頭讓父王找鑄造師幫我做。」

黃帝看著小夭的眉眼，淡淡地問：「妳父王待妳如何？」

小夭的眼睛幸福地瞇成了月牙，「不可能有比他更好的父親。」

黃帝望向桑林，以少昊的精明，不可能看不出來小夭……他有什麼圖謀嗎？黃帝緩緩說道：「他是一國之君，不要把他看作單純的父親。既然生在帝王之家，就不要指望任何純粹的感情，凡事只能靠自己。」

小夭嘆了口氣：「不是每個君王都像您這般雄才偉略的。」

黃帝並不在意小夭話語裡的譏嘲，忽然說道：「好好選個夫婿吧，在我死之前，我還能保證妳嫁給任何一個想嫁的男人。」並盡可能安排她幸福。

黃帝的話題太跳躍，小夭愣住，過了一會兒，她心內忽然湧出又酸又澀的感覺。不管她再怨他，他畢竟是她的外祖父。

小夭壓下了那些複雜的感覺，嘻皮笑臉地問道：「不管是誰都可以嗎？如果已經有婚約也可以嗎？如果是你的敵人也可以嗎？」

黃帝看向小夭，「妳想要個什麼樣的男人？」也許因為黃帝出身平凡，沒有受過世家大族的教育，他說話時，要遠比俊帝直接犀利。

這麼直白的話，換成別的女子大概早就臉紅了，小夭卻沒有絲毫扭捏。第一次有人問她這個問題，她也正經八百地思考了一會，「我還沒成年就開始扮男人，人家少女懷春時，我也不知道我忙什麼呢，大概忙著活下去吧。也許我一個人太長時間，一直很想找個人陪伴，不是指嫁人，就是一起生活，分享苦、分享樂，即使吵吵鬧鬧，至少不用自己和自己說話。可我膽子很小，你想啊，我的親祖父、親爹、親娘都能因為這個、那個的原因放棄我，我又能相信誰不會放棄我呢？我和孤苦無依的老者相伴，我收養孤兒，他們需要我，不會拋棄我。」小夭嘿嘿地笑，「人家覺得我心善，其實，只不過因為我懦弱，我和弱小者在一起，覺得自己掌握著一切，被倚靠，不會被放棄，才覺得心安。」

黃帝歪靠在桑木榻上，思量地看著小夭。

小夭說：「恢復女兒身後，總覺得嫁人還挺遙遠，也沒仔細想過。不過我知道我害怕像你這樣的男人，在你們心中，永遠會有比女人更重要的選擇。」

黃帝面無表情，淡淡地說：「我們本就不適合做夫君。」

小夭瞇著眼，慢慢地說：「我太害怕擁有後又失去了，如果那樣，我寧可從未擁有。除非有一個男人，不管面對任何選擇，我都是他的第一選擇，不管有任何原因，都不會放棄我，我才願意和他過一輩子。」

黃帝說：「很難。」

小夭笑起來，「我知道很難啊，所以，我根本不敢去想什麼男人，我怕一想就萬劫不復。就算……」小夭嘆氣，「就算心有點亂，我也會努力控制。」

黃帝說：「妳剛才問我的問題，妳自己已有答案。如果他選擇了別的女人，證明妳在他心中不是第一選擇；如果他選擇了做我或顓頊的敵人，證明妳在他心中不是最重要，他可以放棄妳。」

小夭覺得心裡堵得慌，抱膝縮坐在桑木榻角，望著桑林發呆。

黃帝說：「其實妳想得太多了，人有時候要學會糊塗，只要選對了人，相敬如賓、白頭偕老並不難。」

小夭怔怔地思索著黃帝的話，半晌後，苦笑起來，「我明白外公說的話，可我已經是這樣的性子了，如果真找不到那樣一個男人，我寧願不嫁，收養幾個孤兒，日子照樣過。」

黃帝什麼都沒說，只是凝望著桑林。

小夭在朝雲峰待了五天，早上練箭，下午翻看醫書煉製毒藥，黃帝有空時，陪黃帝吃點東西說會話。

第六日清晨，顓頊帶著阿念來拜見黃帝。

阿念對黃帝異常地恭敬，黃帝看到阿念有些意外，也許是沒想到阿念居然比小夭更像自己的女兒吧，也許因為這一點相像，黃帝對阿念多了一點親切。

阿念立即感覺到了，居然半撒嬌半央求地問黃帝：「我也好想要一個爺爺，陛下，我可以和顓頊哥哥一樣叫您爺爺嗎？」

黃帝笑起來，「只要妳父王不介意，當然可以。」

阿念立即甜甜地叫：「爺爺。」

黃帝一時高興，命侍者拿了一個嫘祖戴過的鐲子賜給阿念。阿念聽到是嫘祖娘娘的首飾，滿面欣悅，立即愛惜地戴上。

小夭目瞪口呆，覺得阿念才是和黃帝有血緣關係的孫女。

顓頊朝她眨眼睛：現在知道阿念的厲害了吧？

小夭只能豎豎大拇指。她以前覺得阿念小事糊塗、大事精明，並不蠢笨，只是脾氣衝、不會做人。可現在明白了，阿念不是不會做人，而是懶得浪費精力，對於影響不到她的人，何必花心思、花精力去討好？其實仔細想想，阿念看似刁蠻，可實際她從未逾越俊帝和顓頊的底線。

侍者進來奏報，「防風邶在山下求見王姬。」

小夭如釋重負，對黃帝說：「我出去玩了，如果晚上回來得晚，你們不用等我吃飯。」

黃帝正在和阿念說話，不在意地說：「去吧。」

小夭隨意地行了一禮，離開。顓頊悄悄跟了出來。

小夭去牽天馬，沒有帶弓箭。除了防風邶，只有黃帝和顓頊知道她在練習箭術，小夭也不想別人知道，當日特意買了兩副一模一樣的弓箭，一套在小夭手裡，一套在防風邶那裡，縱使別人看到，也只當作是防風邶去山中射獵了。

顓頊拉住天馬的韁繩，「妳在故意躲著璟嗎？」

「沒有。」

「這幾天，他每天都來找我，我想，他還沒有鬧到想天天見我。」

小夭說：「防風邶在等我，我要走了。」

顓頊躊躇了一瞬說：「防風邶是妾侍所出，防風家他做不了主，妳和他玩可以，但……先不要和璟鬧翻，我現在需要他。」顓頊低下了頭，握著韁繩的手，因為用力，有些泛青。顓頊不是沒有經歷過屈辱，可這一瞬，他覺得前所未有地屈辱。

小夭握住了他的手，「哥哥，不要難受，這不是什麼大不了的事，我會去見璟的，並不勉強，也不是為了你，我其實……其實在對他發脾氣。」

顓頊依舊低著頭，自嘲地說：「我可真是個好哥哥，連讓妳發點脾氣都不行，要妳趕著去給男人低頭。」他放開了韁繩，「去吧！」步履匆匆，向殿門走去。

小夭策天馬離開，到軒轅山下時，看到防風邶，只是揮了下手，防風邶策天馬追上她，兩人默契地向著敦物山飛馳。

到了地頭，小夭取下弓箭，拉滿弓射出，箭狠狠地釘入了樹幹。

防風邶笑道：「今日有火氣啊！」

小夭不吭聲，抽了一支箭，搭在弓上，慢慢地轉身，對著防風邶的心口，拉開了弓，「你究竟是誰？」

防風邶無奈，「我現在住在未來妹夫的家裡，和妹妹天天見面，妳覺得我除了是防風邶，還能是誰？」

這會兒看他，又不像相柳了。小夭瞪著他，「如果日後讓我發現你騙了我，我一定給你心窩子射上一箭。」

防風邶笑起來，「妳心裡到底希望我是誰呢？那個讓妳想毒死的朋友？」

小夭指頭一鬆，緊繃的弓弦彈出，箭貼著防風邶的頭釘入了他身後的樹幹上。防風邶笑著鼓掌，「我這個師父教得不錯！」

小夭抿著唇角笑。

防風邶說：「我看妳心情不好，今日別練了！」

小夭抽箭，引弓對著樹靶子，「今日心情不好，不練！明日心情太好，不練！人生多的是藉口放縱自己，有了一必有二，我還學什麼？」

防風邶輕嘆一聲，沒再廢話。他盯著小夭的動作，不時指點一下。

一直練到晌午，小夭收了弓箭。

兩人和以前一樣，打算回軒轅城，去歌舞坊吃飯睡覺。

兩人並驥行過軒轅街頭，雖然小夭戴了帷帽，可一看小夭騎的天馬，再看到防風邶，幾個心思活躍的人猜到是王姬，不禁激動地叫了出來，行人聽聞，紛紛讓到路旁。

小夭這才發現早上心神不寧，牽錯了天馬，這匹天馬的絡頭用黃金打造，有王族徽印，應是專給黃帝拉車的天馬。

此時，整條長街只有她和防風邶在移動，小夭覺得很怪異，卻無可奈何，只能擺出傲慢王姬的樣子，和防風邶行過長街。

防風邶低聲說：「我雖然臉皮厚，可眾目睽睽下帶著妳進歌舞坊，我還真有點不好意思。」

小夭笑，「說明你臉皮還不夠厚，應該再練練。」其實，她也沒這麼大膽子，怕傳回高辛，讓父王難堪。

小夭說：「去顓頊那裡吧，他應該會在朝雲峰用過晚飯才回來。」

進了宅子，小夭跳下天馬，嘆道：「我這野路子的王姬畢竟和阿念不同，看到那麼多人盯著我，我總會下意識地檢討自己做錯了什麼，難道是以前當賊的後遺症？」

防風邶半真半假地說：「不如妳別當王姬了，跟著我四處去玩。」

小夭笑嘻嘻地說：「好啊，只要你能放棄一切。」

防風邶哈哈笑起來，小夭笑睨了他一眼。話誰不會講呢？我浪跡天下當騙子的時候，你說不定還在家裡纏著婢女討胭脂吃呢！

正廳是顓頊接待官員談論政事的地方，小夭帶著防風邶去了顓頊日間休憩的花廳，隔子中間，懸著紗簾，外面的大間擺放了茶榻和几案，可待客，裡面的小間有睡榻，可小睡。

婢女們很快端上了飯菜。用過飯後，防風邶歪靠在窗邊的坐榻上，一邊喝酒，一邊看著窗外的風景。

小夭睡眼朦朧地說：「顓頊好像沒養舞伎，你若想看，自己去問問婢女。」

小夭走進裡間，垂下簾幕，側身躺在榻上，悶頭就睡。以前在歌舞坊時，兩人也是如此，用過飯後，防風邶在外間看舞伎跳舞，小夭在裡面窩在榻上睡覺，等小夭睡夠了，再商量去哪裡玩。

隱隱約約，小夭聽到防風邶說了句什麼，小夭揮揮手，示意他別煩，她還沒睡夠。小夭的身體不比防風邶他們，練一早上的箭，十分疲累，如果不好好睡一覺，下午什麼都做不了。

又睡了一會，半夢半醒中，聽到防風邶和什麼人說著話，小夭以為顓頊回來了，也沒在意，手搭在額上，依舊躺著。

「聽小夭說王子要用完晚膳才會回來，你若真有要緊事，不如派個人去軒轅山通傳一聲。」

「我已經打發人去軒轅山了。」

小夭一個激靈，徹底清醒了，那從容沙啞的聲音不是璟，還是誰？

真奇怪，每一次聽他和別人說話，總覺得和自己認識的璟不是一個人。和別人說話時，他說假話也十分從容淡定，而和她說話，小夭總覺得他有些笨嘴拙舌。

「你和王子的交情很好？」防風邶在試探璟。

「王子平易近人，與大家相處得都不錯。」璟回答得滴水不漏。

小夭坐了起來，紗簾外的兩人停止談話。她走到鏡前，稍微整理了一下髮髻。

防風邶說道：「小夭，剛才婢女來稟奏說青丘塗山璟求見王子，我看妳還在睡覺，就自作主張讓婢女請了璟進來。」

小夭掀簾走了出去，笑道：「幸虧你自作主張了，否則倒是我怠慢了哥哥的朋友。」

小夭只當作剛才什麼都沒聽到，對璟客氣地說：「哥哥在朝雲峰，我這就打發人去請他回來，公子若沒有急事，就在這裡等等，若有的話，可以先回去，我讓哥哥去找你。」說完，小夭真叫了婢女進來，吩咐她立即派人去軒轅山。

小夭對璟略欠欠身子，說道：「我和邶還有事，就不陪公子了。」

小夭和防風邶走出了屋子，小夭問防風邶：「待會去哪裡？」

防風邶笑說：「妳想去哪裡，我們就去哪裡。」

小夭覺得身後一直有目光凝著，沉甸甸的，壓得她幾乎要走不動，可她賭氣一般，偏是要做出腳步輕快、談笑風生的樣子。

走到門口時，小夭突然想起早上答應過顓頊的話，停住了腳步。剛才也不知道怎麼了，一心就是想和璟作對。

防風邶看她，「怎麼了？」

小夭說：「我突然想起哥哥叮囑的一件事，今日不能陪你去玩了，改日補上，可以嗎？」

防風邶盯著她，那種熟悉的感覺又冒了出來，小夭的身體不自覺地緊繃，似乎下一瞬，防風邶就會撲過來，在她脖子上狠狠地咬一口。

突然間，防風邶笑了，不在意地說：「好啊！」

防風邶揚長而去，小夭忍不住摸了下脖子，感覺像是逃過一劫。

花廳內，微風徐徐，紗簾輕動，一室幽靜。

璟坐在茶榻上，身子一動不動，也不知道在想什麼。

小夭在心內對自己說：他是塗山璟，不是破破爛爛沒人要的葉十七。

小夭笑咪咪地走了進去，坐到塗山璟對面，「你要喝茶嗎？我讓婢女煮給你。」

璟聲音暗啞，「不要。」

小夭殷勤地問：「那你要喝酒嗎？讓婢女給你燙點酒？軒轅城應該沒有青丘暖和，到了秋末，一般都喜歡燙酒喝。」

「不要。」

小夭笑，「那你要什麼？」

「妳在這裡，已足夠。」

璟眉眼清潤，唇角帶著微微的笑，雖然笑意有些苦澀，卻是真的一點沒動氣，就好像不管小夭做什麼，只要她在這裡，他就心滿意足。

小夭突然覺得很洩氣，就如對著雲朵，不管怎麼用力，人家就是不著力。

璟把一個小盒子遞給小夭，小夭打開，裡面是一條銀白的鍊子，鍊子上墜著一顆紫色寶石，晶瑩剔透，散發著璀璨的光芒。

小夭想了想，不太確信地問：「這是魚丹紫？」

「本來想給妳找顆紅色的，可這東西雖不算珍貴，卻真是可遇不可求，只找到了一顆紫色的。原想雕個什麼，但我想，妳要這東西肯定是想含著下水玩，不管什麼模樣，都不如圓潤的一顆珠子含著舒服。妳若想要什麼樣式，我再幫妳雕。」

小夭問：「找這東西不容易吧？」

「不麻煩。」

小夭說：「不麻煩？連富可敵國的塗山氏也只找到了一顆紫色的。以後給女孩子送東西，一定要三分的麻煩說成五分，五分的麻煩說成十分，才能見誠意。」

璟不吭聲。

小夭把玩著珠子，「這個已經鍛造好了？」

「好了。」

「真的含著珠子就能在水裡自由呼吸？」

「嗯，我試過了。」

小夭正拿著珠子，湊在唇邊欲含不含，聽到這話，忙把珠子收到手裡，可拿在手裡，也覺得那珠子變得滾燙。

璟也有些侷促，不過他怕小夭貪玩出事，低聲叮囑道：「最長的一次，我在水裡游了一日兩夜。不過我有靈力，安全起見，妳最好不要超過十個時辰。」

小夭低低嗯了一聲。璟喜靜不喜動，為了測試珠子，居然在水裡游了一日兩夜。

小夭突然趴倒在案上，頭埋在雙臂間。

璟嚇了一跳，聲音都變了，「小夭、小夭，妳哪裡不舒服？」

「我沒有不舒服，我只是有點恨你。」每一次，她剛狠下心，他總有辦法讓她心軟。難道只是因為她把他撿回家，救了他，她就對他狠不下心了？

「對不起，我知道我不該出現！」璟完全不知道小夭那百轉千迴的心思，他只知道，小夭現在很不高興，剛才和防風邶在一起時很高興。

小夭惱得把手裡的珠子砸到他身上，「你就是個大傻子，真不知道那些人為什麼覺得你精明？」

璟不敢躲，只能一動不動地坐著。

小夭又擔心珠子被她摔壞了，問：「珠子呢？」

璟忙幫她四處找，把滾落在地上的珠子撿給小夭，「不會那麼容易摔壞。」

小夭瞪了他一眼，一邊把玩著珠子，一邊悶悶地說：「你來軒轅城，為什麼要帶……你還想取消婚約嗎？如果不想，你提早和我說一聲，我也犯不著守著和你的約定等待！」

璟急切地說：「我當然想取消！我已經和奶奶說了，我不想娶防風意映！」

小夭低著頭，顯然在等他說下去。

璟說：「這些年，意映一直陪伴奶奶左右，和奶奶感情很深，奶奶沒有同意取消婚約，但同意將婚禮推後。這次，意映主動要求一起來軒轅城，我不想帶她，可奶奶說我們塗山氏欠她的，要我把她當成妹妹照顧。」

小夭搖晃著珠子，默默沉思。

璟說：「小夭，奶奶一直很疼我，我一定會說服奶奶同意。」

小夭說：「這枚魚丹紫，我收下了！」她將項鍊戴到脖子上，微微拉開衣領，把魚丹紫滾了進去，貼身藏好。

璟看在眼內，心急跳幾下，忙低下了頭。

小夭說：「我在學習箭術，防風邶願意教我，所以走得比較近。」

璟心裡一下子盈滿了喜悅，微笑著說：「不用解釋，現在我也沒資格要求妳解釋。剛才，妳回來了，已經足夠。」

剛才的回來卻真不是為了璟，而是為了顓頊！小夭心裡十分壓抑，她和璟之間也要利用與被利用嗎？小夭問：「你還記得答應過我不會傷害軒嗎？」

「記得。」

「我不知道我哥哥想做什麼，但如果不會侵害到塗山氏，你能否盡可能給他一點幫助？」

璟溫和地說：「如果只是這個要求，妳根本不必開口。其實，我和豐隆這次來，是有事想和顓項商談。」

「如果沒事商談，你就不來了？」小夭咬著唇，蹙著眉。

璟的心急跳了一下，有點遲疑地說：「本來豐隆想讓我等他一起來，但我……等不及，先來了。」

「這也叫先來？我到軒轅城已經二十個月了。」

璟翻來覆去思索小夭的這句話，覺得小夭這句話的意思應該是認為他來得晚了，可又不太相信小夭是這個意思，他不得不一個字、一個字地揣摩，簡直恨不得求小夭再說一遍，讓他再分析一下語氣。

小夭看璟默不作聲，嘆了口氣，起身要走。

璟一把抓住她，結結巴巴地問：「小夭，妳、妳、妳……想見我？」

小夭看著他，璟不安地說：「我知道我有些笨，如果誤會了，妳、妳別生氣。」

小夭好像又看到了回春堂裡的十七，她一下子心軟了，柔聲問：「你想見我嗎？」

璟重重點了下頭，正是因為思念入骨，所以他反覆思考後，想出了個法子，先說服豐隆，現在又拉著豐隆和馨悅萬里迢迢趕到軒轅城，來說服顓頊。

小夭不滿地質問：「那你為什麼不來？」

「有些事要做。」

小夭嘆氣：「你真的那麼篤定，我不會讓別的男人走進我心裡？」

璟搖了下頭。不篤定，就是因為完全不篤定，所以他才想出了這個幾乎算是釜底抽薪的法子。

小夭無奈了，「你……好笨！」

璟黯然，和防風邶的瀟灑風流、揮灑自如比起來，他的確太木訥。

顓頊和阿念走了進來，彼此見禮後，顓頊笑道：「不好意思，讓你久等了。」

璟淡淡笑著，「無妨，是我沒事先告知你。」他掃了一眼阿念，顓頊立即明白了，對阿念說：「陪了爺爺一天，妳也累了，先去休息一會。」

阿念知道他們有事要談，可看他們不迴避小夭，不禁心內很不痛快，卻絲毫沒表露，只乖巧地說：「好。」

看阿念走遠了，璟對顓頊說：「豐隆和馨悅應該待會就到，我已通知過他們，他們一進城，會立即悄悄趕來這裡，和你碰頭。今晚見過你後，他們不會再單獨和你相見。」

顓頊聽完，神情一肅，忙快步走到屋外，叫來心腹侍從，低聲吩咐了幾句。

顓頊也不問璟是什麼事，讓婢女上了酒菜，對璟笑說：「我們邊吃邊等吧。」又對小夭說：「小夭，妳也來坐。」

小夭坐下，顓頊和璟漫無邊際地說著話，她覺得無聊，一個人倒著酒喝。顓頊笑拍了她的頭一下，「妳若再喝醉了，豐隆和馨悅肯定以為妳酗酒，如果酗酒的名聲傳出去，妳就別想嫁人了。」

小夭不滿地說：「誰又喜歡喝無聊的酒？咦，你不是精擅音律嗎？去奏一首來聽！」

顓頊自嘲地說：「在青丘璟面前，我可不敢說自己精擅音律，不如讓璟彈一曲。」

璟說：「我已十幾年沒有碰過琴。」

顓頊有些意外，說道：「那我就獻醜了。」

顓頊坐到琴前，撫琴而奏，琴音淙淙，竟然是一首小夭小時聽過的曲子，小夭嘆息。

突然，璟彎過身子，在小夭耳畔低聲說：「豐隆和馨悅到了，妳去裡面。」

小夭忙迴避到裡面。

一曲結束，馨悅和豐隆推門而進。豐隆笑道：「為了聽完你的曲子，我都在外面站了好一會。」

馨悅看著顓頊，臉有些紅。

顓頊請他們入座，豐隆說道：「我們喝點水就行，待會還要去長輩們的接風宴，被聞到酒氣不好解釋。」

顓頊給他們斟了清水，豐隆說：「我特意讓侍從駕雲輦慢行一步，自己策坐騎趕來，爭取了這點時間，時間有限，就長話短說。」

顓頊肅容說：「你我之間，本就不需客氣，請直言。」

豐隆看了一眼璟，問顓頊：「你既然選擇回軒轅城，想來也是存了想要那個王座的心思，但你少時就離開了軒轅城，你的王叔們卻有上千年的經營，不是我小瞧你，而是你拿什麼和他們去爭呢？」

顓頊盯著豐隆，「我的確存了那個心思，我也的確在軒轅城走得非常艱難，可以說目前只是勉強保命而已，如果你有什麼建議，還請直言。」

豐隆又看了一眼璟，難掩激動之色，「既然軒轅城已經被你的王叔、弟弟們盤踞得密密實實，你為什麼不放棄軒轅城呢？」

「放棄軒轅城？」顓頊的臉色變了。

豐隆站起來，手掌一揮，出現了一幅水靈凝聚的大荒地圖，他指著地圖說：「你看看軒轅城的位置，當年，黃帝陛下和嫘祖娘娘創建軒轅國時，選擇在軒轅城立都，非常有道理，它可以轄制整個西北。軒轅城四面環山，交通不便，卻易守難攻，讓當年的神農國無法剿滅軒轅。可是，已經數千年過去了，現在的軒轅國早已不是當年只有小小西北的軒轅國，西北、南疆、北地、整個中原，這些大好河山都屬於軒轅！」

豐隆用手指在整個版圖上掃過，無邊的沙漠、廣袤的草原、莽莽蒼蒼的林海、無垠的良田、奔騰的江河、連綿起伏的崇山峻嶺……座落在西北的軒轅城和軒轅國龐大的版圖相比，顯得是那麼不相稱，沒有一絲泱泱大國的王都氣象。它的地理位置，隔絕了外面，看似安全，卻也讓它的影響力有限。

豐隆說：「顓頊，你看清楚了嗎？看清有朝一日，你應該統御的河山了嗎？」

顓頊的手在輕顫，「我看清楚了！」

豐隆激動地說：「放棄軒轅城！到中原來！中原才是整個大荒的中心，坐擁中原，才能俯瞰整個大荒，西北、南疆、北地、東海，盡在掌握。有朝一日，你若要揮師南下……」豐隆點了點高辛的河山，手用力地握住，「也輕而易舉。」

顓頊再坐不住，站了起來，凝視著整個地圖，打量半晌後，手指緩緩地點向了神農山。是這裡！也只有這連綿千里、二十八峰的神農山才配得上現在的軒轅國。

他看向豐隆，豐隆點點頭，他們所想一致。兩張年輕的臉上，有憧憬、有激動，更有不惜一切代價的堅毅。

馨悅柔和地說：「選擇神農山，並不是我們神農族企圖做什麼，其實，這件事到現在也只有我知道，族裡的長輩還不見得願意……」

顓頊面容端肅，不耐煩地揮了下手，示意馨悅不必多言。

豐隆讚賞地看著顓頊，哈哈大笑，「女人畢竟是女人，再聰明也免不了小雞肚腸，哪裡懂得我們男人的雄偉抱負？什麼神農族、軒轅族的，還糾纏於那些陳年爛穀子的事情，真是鼠目寸光！」

顓頊也禁不住哈哈大笑，倒了一杯清水，豐隆端起水杯，兩人用力一碰杯子，咕咚咕咚喝下。

馨悅被哥哥罵得很難受，可看到顓頊和往日大異的樣子，只覺他如巍峨高山，讓她仰望崇拜，禁不住心如鹿撞，一顆驕傲的女兒心徹底陷落了。

豐隆扔了杯子，對顓頊說：「這事知道詳情的就我們四人，你如何能說服陛下放你到中原，就看你的本事了，我們在中原等你。」

豐隆揮手劃過整幅地圖，整個大荒的河山都熠熠生輝，他朗聲說：「我想要有生之年，看到一個真正的盛世帝國！千秋留名、萬世敬仰！」

顓頊對豐隆行大禮，「聽君一席話，驚醒夢中人，此恩永不敢忘！」

豐隆掃了一眼璟，回了大禮，笑道：「不敢居功！勸你去中原，就是要你放棄軒轅城，勝則全贏，輸則一敗塗地，再無轉機。你敢豪賭，也是好氣魄，令我欽佩！」

顓頊笑道：「我的志向本就不僅僅是一個王座，為何不敢放棄？」

馨悅不解地說：「我本以為這一趟會白跑，哥哥和我壓根沒有給你任何許諾就讓你放棄一切到中原來，你竟然真會願意？」

顓頊笑對豐隆說：「如果我能有所作為，豐隆自然會選擇與我共成偉業；如果我不能，幾個許諾又能管什麼用？」

豐隆大笑，用力拍了拍顓頊的肩膀。

璟提醒道：「你們該離開了。」

豐隆看著顓頊，依依不捨，好像還有千言萬語要說，卻知道今夜之行絕對要保密，萬萬不可洩露，所以不得不告辭，「我們得走了，離開軒轅城前也無法再和你相聚。」千言萬語最後濃縮成了，「我在中原等你！」

顓頊心懷激盪，也是依依不捨。男女之情固然纏綿悱惻，可男兒和男兒之間志同道合、浴血奮鬥的情誼才更驚心動魄。他說道：「今夜只能清水一杯，等到中原，再大醉！」

豐隆和馨悅穿上披風，在暗衛的護送下，悄悄離開。

顓頊站在門口發了一會呆，才突然想起小夭在裡間，剛才豐隆曾提到「揮師南下」，他心中一緊，急急走進裡間，卻看小夭躺在榻上，睡得正香。

顓頊輕舒口氣，拍了腦袋一下，真是關心則亂，剛才豐隆在說話前，他親眼看到豐隆又施了個禁制法術，顯然是察覺到裡屋還有人，但看他和璟沒什麼舉動，知道可以信任，只是豐隆十分謹慎，依舊不願洩露。

「小夭，起來了。」

小夭睜開眼睛，「他們都走了？」

「璟還在。」

小夭爬起來，迷迷糊糊地走出去。璟問道：「中午來時妳就在睡，怎麼又睏了，晚上沒好好休息嗎？」

「不是，就是有些累，中午被你擾得壓根沒睡好。」

「妳做什麼了？」

小夭掩嘴打了個哈欠，「學習射箭！」

此刻的小夭睡眼惺忪，鬢髮有點散，唇邊帶著一絲笑意，十分嬌憨可愛，璟抬起手，想起顓頊在，又強抑著收了回去。

小夭看顓頊眉宇間難掩激動，不禁奇怪地說：「談了什麼竟然能讓你這種七情不上面的人都激動？」

顓頊問道：「小夭，妳願意去神農山嗎？」

神農山？那裡不是距離青丘很近？小夭下意識地看向璟，璟緊張地看著她，她又不解地問顓頊：「我為什麼要去神農山？你需要我幫你做什麼嗎？」

「我也要去神農山。」

「啊？你不是說要軒轅山嗎？」小夭真正清醒了，雙眼睜得滴溜溜圓，瞪著顓頊。

「計畫變了。」

「哦！」小夭很暈，只能推測到顓頊應該是和豐隆達成了什麼協定，「我無所謂了，去神農山就去神農山吧！」

顓頊和璟都如釋重負。

璟垂眸看著案上的酒杯，忍不住露出了笑意。籌謀一年多，終於把她帶到了身邊，不再是萬里之遙。

婢女進來說道：「阿念姑娘問王子要不要一起用晚飯。」

顓頊看小夭，小夭揮揮手，讓他走，「我若和她同席，你就只能忙著勸架了。」

顓頊朝璟苦笑一下，離開了。

小夭問璟：「你什麼時候離開軒轅城？」

「明天。」

「明天？」小夭真不知道心裡是什麼滋味了。

璟問：「妳去過青丘嗎？」

「沒有，我有一陣子特別討厭九尾狐，傳說九尾狐出青丘，所以連帶著討厭上青丘，兩次經過都是繞道走。」小夭忽然有些擔心，「我殺的那隻九尾狐妖不會是你們的親戚吧？」

「只怕是。」九尾狐本就稀罕，有數的那幾隻九尾狐妖的確都是塗山氏或遠或近的親戚。

「啊？」小夭的嘴巴張著。

璟忍不住笑起來，「親戚歸親戚，他做了那樣的事，是咎由自取，就算說到奶奶那裡去，妳也占著理。」

小夭拍胸口，「你要嚇死我！」

璟溫言軟語地說：「其實，青丘很好玩，等妳到神農山後，我可以帶妳在青丘玩。」

小夭不說話，璟不安地問：「小夭，妳不想去中原嗎？」

小夭搖了下頭，「不是。」她浪跡天下時，因為對俊帝和黃帝都心存芥蒂，所以大部分時間都在中原廝混，也是有感情的。

小夭低下了頭，低聲說：「你送了我九瓶青梅酒。」

「嗯。」

「再沒消息了。」

璟反覆思索了幾遍小夭的話，才小心翼翼地說：「妳是說為什麼我再沒給過妳消息？」

「嗯。」

璟想了一會，說道：「第一，豐隆給我送的東西被人翻動過，我身邊的人有了異心，沒查出是誰前，我必須很小心。第二，我和顓頊的身分都很特殊，並不方便來往過密，塗山氏有家規，奶奶為了我給顓頊送的謝禮，已訓過我。第三，上次見妳時，妳抱怨我變著法子提醒妳守約，所以我也想盡力克制，不要太惹妳煩。」

第一條和第二條理由還算是理由，可第三條……小夭氣得趴到案上，頭埋在雙臂間。

「小夭……」

「別和我說話，我現在不想和你說話！」

璟果真聽話默不作聲，可小夭畢竟是個話多的，憋了半晌後就憋不住了，問道：「你明日什麼時候走？」

「清早。」

「今晚陪我玩吧！」

璟的眉眼舒展開，無限的欣悅，點了下頭。

「不怕人發現嗎？」

「狐尾人偶早已回去。」

小夭嘆氣：「我都不知道你究竟是聰明還是笨了。」

璟不說話。

小夭拉開門看了一眼，四下無人，她對璟招招手，拖著璟悄悄地溜去自己的屋子。進了屋子，關好門，她才放心。

「我不在朝雲峰時就住這裡。」小夭讓璟坐，歪頭看他，「我們玩什麼呢？」

「什麼都好。」

小夭看看屋子，琴棋書畫——真的是什麼都沒有，小夭對自己也很無奈。

箱子裡有幾瓶毒藥的汁液，桃紅、天藍、粉紫……倒是什麼色彩都有，小夭把那些瓶瓶罐罐都拿出來，擺到璟面前，又把自己的四條絹帕放到案上。

小夭把自己做毒藥時用的一根細細的小刷子遞給他，「幫我畫幾幅畫吧！」

「妳想要什麼？」

「嗯……荷花吧。」

璟蘸了深綠色的汁液，畫荷葉。小夭道：「小心點，這可是埋廣的汁液，很毒！南疆那邊的人叫它見血封喉。」

璟倒絲毫不在意，依舊該怎麼畫就怎麼畫，小夭坐在他身旁，看他畫畫。

「還要什麼？」

「蝴蝶吧，我上次想做一隻蝴蝶毒藥，可我畫畫不好看，做出來有些醜。」

璟聽她說要做毒藥，想著肯定不能太大，所以畫得小一些，一隻隻工筆描繪，畫了十來隻。

小夭趴在案頭，凝神看著。

璟看她有些睏，說道：「妳想要什麼告訴我，我畫我的，妳要睏，就睡吧。」

小夭搖頭。

璟畫完了蝴蝶，小夭說：「剩下的兩塊帕子你決定。」

璟提筆就畫，一塊帕子用潑墨技法畫了海邊礁石圖，一塊帕子用工筆畫了桃花，不見綠色枝葉，只見嬌豔的桃花，一朵又一朵，就好像小夭額間的緋紅飛落，印染在了雪白的絹帕上。

小夭臉紅了，「你又來了！生怕別人忘了似的！」

璟本沒多想，只是畫了心裡想畫的，被小夭一說，又是不好意思，又是緊張不安，手一顫，小刷掉落，一滴緋紅的毒汁飛到手背上，「我、我……不是那個意思。」

小夭垂著頭，半闔著眼睛，聲如蚊蚋，「我……沒有不許你那個意思。」

唇角。

璟看著小夭，怔怔的。突然，身子向著小夭撲下去，把小夭壓在了身下，唇恰恰親在了小夭的

璟根本顧不上體驗是什麼滋味，緊張得臉都白了，「不、不是我。我、我不是。」想坐起來，

卻怎麼都起不來。

小夭噗哧一聲笑出來，抱著璟翻了個身，「我知道不是你，你肯定中毒了，都讓你小心了！」

小夭把了一下他的脈，端了杯清水，把一顆藥丸融在裡面，跪坐到璟身旁，抱起璟的上半身，

把杯子湊到他唇畔，「半杯就夠了。」

璟的臉也有些麻，只能一點點地喝，一時間，兩人都有些失神。在清水鎮時，小夭這麼餵他吃

飯喝水，餵了小半年。

「哎呀……不是說半杯嗎？」小夭趕緊把杯子移開，「再喝下去，又要給你灌另一種解藥

了。」

小夭把杯子放到案上，對璟說：「再過一會兒，就能動了。」

璟沒說話，靜靜地倚在小夭懷裡。小夭也沒放下他，依舊抱著他。

過了很久，小夭問：「你能動了嗎？」

璟閉著眼睛，不吭聲，好像仍然動不了。

小夭把一粒藥放在他唇畔，璟微微張開唇，藥丸落進他嘴裡。

小夭說：「都不問問是什麼啊？」

璟不吭聲。小夭對他說：「你不是想查出誰對你有異心了嗎？把那幅荷花的帕子拿回去，放進他有可能翻動的東西裡，你多年沒畫畫了，他看到定然起疑，一定會仔細看，琢磨畫裡是否夾帶了消息，消息是琢磨不出來的，但毒一定會進入他體內。這世上沒有能解百毒的靈丹，剛才那顆藥丸，在半年內，能讓一部分的毒藥傷不到你，所以那帕子你可以隨便碰。」

「他會死？」

「見血封喉，若不見血，沒什麼事。即使真見了，只要及時把帕子上的荷花剪下來，敷在傷口上，有好的醫師，也死不了。」小夭嘆氣，「我就知道你會要解藥，你太心軟了！」

璟不說話。

小夭解開了他束髮的玉冠，讓他一頭烏髮散開，她的手探到他頭髮裡，從頭順到尾，只覺一手軟滑，比綢緞還柔順。小夭問：「現在是靜夜還是蘭香給你洗頭？」

「都不是。」

「你還有別的近身服侍的人？」小夭簡直想把他的頭髮揪下來了。

「不習慣，我自己洗。」

小夭轉怒為喜，輕撫著他的頭髮，璟猶如被撫摸的小貓，很舒服愜意的樣子。

小夭抿著唇角偷偷笑了一會，和璟說：「上次在海上，你趴在欄杆上，烏髮散在背上，我就想摸一下。」

璟唇邊綻開笑意，想睜眼看她，小夭蓋住了他的眼睛，「別，就這樣。」他睜開了眼睛，她會不好意思。

璟很聽話地閉著眼睛。

小夭樂此不疲地玩著他的頭髮，拿起他的頭髮在鼻端嗅嗅，也是她喜歡的藥草香。小夭自言自語般地唸叨：「好久沒給你洗頭了，下次我給你洗頭吧，用槿樹的葉子，清晨摘下，泡上一上午，下午時洗，再趁著太陽的餘熱晾乾頭髮，聞起來是陽光青葉的味道。」

璟微微地笑著，「好。」

小夭忍不住打了個哈欠，璟坐了起來，「小夭，妳累了，睡一會兒。」

小夭覺得懷裡空落落的，璟伸手推她，「聽話。」

小夭的確是很疲乏，無力抗爭，順著璟的力倒在了榻上，她拽拽璟，「你躺下，我想要摸你的頭髮。」

璟側身躺下，小夭的手指捲著他的髮絲繞來繞去，「是不是明天我睜開眼睛，你就不見了？」

「妳到中原後，我來看妳。」

小夭闔上了雙眼，「給我消息，不管你用什麼方法，反正不要讓我等太久。」

「好。」

璟鼓起了半晌的勇氣，才敢低聲問：「小夭，妳、妳是在惦念我嗎？」

一直沒有人回答他。

璟黯然神傷，半晌後，忽而反應過來，小聲叫：「小夭。」

小夭雙目緊閉，丹唇微啟，好夢正酣。璟不禁暗嘆了口氣，微微而笑。

早上，小夭醒來時，身上搭著被子。

她看了看案頭，東西都擺放得整整齊齊，絹帕只剩下了三條。

小夭坐起，想去拿絹帕，覺得手上有什麼，她低頭一看，竟是一縷青絲，柔軟地纏繞在她指間。恐怕是璟要離去時，不想她醒，索性把頭髮割斷了。

小夭看著指間的髮絲發了會兒呆，直挺挺地躺倒。這會兒，已不知他人在哪裡了，卻留下一縷青絲，亂她心思。

第十七章 前路未可知

那裡有大荒最古老的世家大族，有神農義軍心心念念的神農山，
有大荒內最繁華的商邑，有驕傲保守的中原六大氏……
但不管等待他們的是什麼，小夭只知道他們必須走下去。

顓頊在高辛時，畢竟是寄人籬下，空有王子之尊，其實什麼都沒有享受過。現如今回了軒轅，和倕梁越走越近，每日宴飲尋歡，被倕梁勾得把那些糜爛銷魂的玩意都嘗試一遍，顓頊食髓知味，漸漸地沾染了倕梁的一些惡習。

原本清清靜靜的府邸也養了一些舞孃歌姬，好色縱欲倒沒什麼，反正哪個大家族子弟沒養女人呢？

倕梁他們為了助興，覺得烈酒不過癮，偶爾會服食巫醫用靈草煉製的藥丸，那些藥丸分量重時可令人昏迷，分量輕時，卻可使人興奮產生幻覺，醉生夢死間能得到極致的快樂。倕梁讓顓頊也嘗嘗，剛開始顓頊還矜持著，不肯吃，倕梁也從不勉強他，可日子久了，倕梁經常吃，又有女人在一旁誘哄著，用櫻桃小嘴含著藥丸送到顓頊唇邊，顓頊終於嘗試了一次。

有了一次，就有第二次……顓頊和倕梁是越發好了。

倕梁帶著人到顓頊府上鬼混，結果被小夭撞見了一次，小夭大怒，直接告到黃帝面前，一個女孩家也不害臊，一五一十地說給黃帝聽。黃帝下令，把顓頊和倕梁一人抽了六十鞭子，打得倕梁一個月下不了地，還當著許多朝臣的面把蒼林和禹陽臭罵一頓，蒼林和禹陽更跪了兩個多時辰。倕梁算是怕了小夭，再不敢來顓頊府裡，見了小夭都繞道走。

顓頊索性很少回府了，常常跟著倕梁東遊西逛，軒轅城中本就沒有人在乎顓頊，自然也沒有人為顓頊惋惜，反正這軒轅城內多一個浪蕩貴公子也不多。只有大將軍應龍有一次碰到喝醉的顓頊，顓頊顛三倒四地問好，應龍卻搧了顓頊一耳光，對顓頊說：「這一巴掌我是替你爹娘打的。」

顓頊被打悶了，半晌後，才反應過來，好像真有些羞愧，在府裡閉門思過，可剛修身養性了幾日，倕梁撿著小夭不在的日子來找他，幾杯酒下肚，顓頊就又跟著倕梁出了府。

剛開始，顓頊還一時羞慚幾天，一時又瘋玩幾天，到後來羞慚的天數越來越少，直到有一次再碰到應龍時，應龍訓斥他，顓頊竟然抽出了鞭子，對著應龍嚷，想揮鞭抽應龍，倕梁他們便拖著顓頊趕緊跑。應龍是跟著黃帝打天下的心腹重臣，性子是茅坑裡的石頭，又臭又硬，倕梁的老子禹陽都對應龍客客氣氣，倕梁哪裡敢招惹？

這軒轅城內，恐怕最為顓頊傷心的人就是阿念了。

她每每苦勸顓頊，可顓頊總是溫柔地答應著，一轉身就什麼都忘記了。到後來顓頊壓根不回府，阿念在軒轅城人生地不熟，連找都不知道該去哪裡找，只能整夜整夜地苦等。好不容易等到顓頊回來，卻要麼昏醉得根本聽不到她說什麼，要麼就還是那樣，溫柔地全都答應，卻全都做不到。

阿念逼急了，和顓頊吵，甚至破口大罵，可不管她溫柔地勸誡，還是刁蠻地撒潑，甚至威脅說她要回高辛，永不再理他，顓頊都只是溫軟地應著。

漸漸地，阿念沒有了脾氣，她開始哭泣，她痛恨軒轅城！在這座天下最重要的城池裡，她遭遇了這輩子最傷心無力的事情——看著顓頊漸漸變得陌生，看著他擁著不同的女人，她卻沒有任何力量能阻止顓頊！

因為顓頊的事，阿念從不知道愁苦的雙眸都含了憂鬱，好像突然間長大了許多。

在無數次徘徊後，阿念終於對小夭低頭，求小夭阻止顓頊和倕梁他們來往，實在不行，她願意帶顓頊回高辛。

小夭無奈地說：「我不是沒有阻止，我勸過他，也和他吵過，甚至把外公都請了出來，打的打了，殺的殺了，可是結果妳也看到了。」

阿念傷心地哭泣，小夭說：「妳能做的都已經做了，若真的不願再見他，就回高辛去。」

小夭的平靜和阿念的傷心截然不同。

阿念突然遷怒小夭，「妳個冷血怪物！如果不是妳，哥哥根本不會回來軒轅，都是因為妳要祭奠妳那個壞母親，還非要哥哥護送，哥哥才會來軒轅，如果哥哥沒有回軒轅城，這些事情都不會發生！妳既然已經失蹤了，為什麼還要回來？妳根本就不該回來！」

小夭盯著阿念，「不要辱罵我的母親，否則別怪我不念姊妹之情！」

阿念心裡透出寒意，卻不肯承認自己膽怯，更高聲地哭罵：「我從沒有當過妳是姊姊，壓根和妳沒有姊妹情！妳娘如果不是壞女人，她會拋下自己的丈夫？她就是個壞女人，不知道她跟著哪個野男人跑了……」

啪一聲，小夭搧了阿念一巴掌，阿念倒在地上，渾身顫慄。

小夭說：「這裡不是高辛，是軒轅，妳罵的人是軒轅王姬，為軒轅百姓戰死，至今百姓仍在感念她，就妳剛才的幾句話，足以讓黃帝找到藉口對高辛起兵。妳要想撒潑，滾回高辛，別在軒轅鬧。」

小夭吩咐海棠：「把她帶回屋子，毒半個時辰後就會解掉。」

海棠什麼都不敢說，趕緊上前抱起阿念，匆匆離開。

小夭坐在顓頊的屋子前等候，顓頊昏醉不醒，被侍從背回了府邸，婢女們已經很有經驗，俐落地服侍著顓頊寬衣睡下。

小夭讓她們都下去，她坐到榻旁，看著顓頊。這是一場戲，可顓頊並未和她商量，她只能糊里糊塗陪著他演。

小夭提起顓頊的手腕，把了一會兒脈，給他嘴裡扔了一顆藥丸。

顓頊悠悠醒轉，小夭說：「這齣戲再演下去，別戲結束了，你卻已經成了廢人。」

顓頊看著小夭，「如果不是戲呢？如果我是真的變了呢？」

「你想測試什麼？你不和我商量，是想看看我會不會拋棄你嗎？抱歉，試驗不出來，因為我很瞭解你，知道你在演戲。你怎麼做這麼幼稚的事情？」

顓頊嘆氣：「有時候人都會犯傻。」他的確是想知道小夭會如何對待這樣不堪的他，「如果我真的變成了現在這樣，妳會有一日受不了離開我嗎？」

小夭無奈地笑著，「你只需問問自己，如果有一日我變得不堪，你會拋棄我嗎？」

顓頊凝神想了一瞬，說道：「不會！如果妳變成那樣，肯定是發生了什麼事，我一定會守著妳，讓妳一點點好起來，就算妳不願意好起來……那也沒什麼，我會陪著妳。」

小夭問：「知道我的答案了？」

顓頊笑著點了點頭。

小夭說：「你吃的那些藥……為什麼不提前讓我給你配點解藥？」

「別擔心，我早已經詢問過巫醫，這些藥會成癮，也許對一般人很可怕，但我能戒掉。既然決定了演戲，就必須逼真，想要讓他們放心地把我流放到中原，必須讓他們相信我已經不能成事。」

「不僅僅是成癮，其實這些藥都是慢性毒藥，在毒害五臟六腑。」

顓頊笑，「不是有妳嗎？」

小夭說：「即使日後戒掉了，你的靈力也會受損。」

顓頊笑道：「我不是早說了，我又不是靠靈力混。」

「還要吃多久？」

「快了，很快我們就能去中原了。」

小夭說：「阿念很傷心，她的傷心並不是因為你變了，其實表面上看去，你的放縱對一輩子不愁吃穿的貴族子弟來說也不是多麼可怕，並不值得她日日以淚洗面，我看過她看你那些女人的眼神，我想她對你不只是兄妹之情。」

顓頊用手蓋著眼，「妳想我怎麼樣？」

「我怎麼知道？反正你要記得，她是我父王的女兒，父王不僅對你有養育之恩，還有授業之恩。」其實，小夭比較希望阿念回高辛，所以她才刻薄地逼她回高辛，但阿念不見得會走。

顓頊嘆了口氣：「我明白，所以我一直是真心護她，和對馨悅她們不同。」

「還是她們？」小夭狠擰了他耳朵一下，「四舅和舅娘一生一世只一雙人，不離不棄、生死相隨，你卻和他們截然相反，我倒是要看看你這輩子能招惹多少女人。」

顓頊齜牙咧嘴地揉耳朵，委屈地說：「我又不是故意招惹的。」

小夭懶得理他，起身要走，嘲諷地問：「要不要我給你叫個女人進來？」

顓頊閉上了眼睛，「我還昏著呢！」

小夭把門關上，回了自己屋子。

小夭躺在榻上，怎麼睡都睡不著。

阿念罵母親的那些話是藏在她心底最深的恐懼，她不願回想，可眼前依舊浮現出一襲血紅的衣袍，那男子睥睨張狂得好像要踏碎整個世界，可是他看著母親的眼神卻是那麼溫柔纏綿，而母親看他的目光……小夭當時不明白，現在卻懂了。

母親滴落的淚，似乎還印在小夭的臉上。

小夭不自禁地摸了一下臉頰，想擦去那些眼淚，卻什麼都沒有。

小夭驚得一下坐起來，打開榻頭的小箱子，從擺滿毒藥的瓶瓶罐罐中，拿出了一瓶青梅酒。

這是璟送來的酒，也不知道他是揪出了內奸，還是想出瞞過奶奶的方法，或者因為顓頊和豐隆有了協議，更信任璟，肯動用暗衛和他聯繫，反正現在每隔兩個月，小夭就會透過顓頊收到兩瓶青梅酒。

小夭大喝幾口酒，好像從璟那裡獲得了力量，慢慢平靜下來。小夭把關於母親的思緒都趕走，她一邊啜著酒，一邊想著父王，漸漸地笑了，恐懼淡去。她的心清清楚楚地告訴她，父王很愛她！她肯定是父王的女兒！

一個人突然從窗戶躍進來，又迅速地把窗戶關好。

隱隱地有士兵的呼喝聲傳來，顯然是在追捕什麼人。

小夭沒叫、沒動，把玩著手中的酒瓶，帶著幾分被打擾的不悅說：「我不會被你要脅幫你遮掩，趁早離開，重新選人還來得及。」

來人顯然沒接受小夭的建議，向著榻走來，小夭替他數數，「一、二、三……」一直數到了十，男子走到榻前，依舊沒有倒。

小夭知道這次來的人靈力高強，毒藥很難毒倒。

男子伸手挑起了紗簾，坐在小夭的榻上。

小夭說：「你雖然靈力高強，不過你受傷了，我還是建議你不要找我。」

男子戴著面具，靜看著小夭。

小夭的身體緊繃，感覺告訴她這是個熟人。她伸手，男子沒阻止，小夭緩緩摘下了他的面具，是防風邶。

小夭苦笑，「我比較希望你是專程深夜來探訪我的香閨。」

防風邶沒說話，小夭說：「你就不能去找你的狐朋狗友嗎？幹嘛要投奔我？」

「妳也說了他們是狐朋狗友。」防風邶一說話，唇角有鮮血溢出，他不在意地擦掉了。

小夭無奈，很無奈，可不得不抓起他的手腕，然後把俊帝和黃帝給她的靈丹妙藥分了防風邶一些。

「你躺下吧。」

防風邶躺到榻裡，小夭也躺下，蓋好被子，「我哥哥如今完全鎮不住場面，我的身分不見得管用，待會人家要硬搜，我也沒辦法。」

防風邶不說話，小夭覺得他今晚十分怪異，正狐疑地琢磨，聽到外面鬧起來了。

小夭什麼都不能做，只能靜靜等待。

她低聲問：「你究竟做了什麼？不會是去刺殺黃帝吧？應該不是，多少刺客轟轟烈烈而來，淒淒慘慘而死，你這麼個聰明人應該不會做這種傻事。」

防風邶依舊不理她。

小夭嘆氣：「真可惜你不是真正的浪蕩子！」

婢女來敲門，小夭配合地讓她敲了幾下，才裝出剛睡醒的樣子問：「怎麼了？外面鬧什麼呢？」

婢女回道：「是世子帶兵在抓人。」

「俉梁？」小夭披衣而起，「他打算搜府嗎？表哥怎麼說？」

「王子還昏睡著呢！」

另一個婢女急急忙忙地說：「王姬，快點穿好衣服吧！士兵已經搜了王子的屋子，把王子的屋子翻得亂七八糟，衣服都挑破了，奴婢怕他們待會衝進來冒犯到您！」

小夭不禁捏了捏拳頭，不得不佩服顓頊真是能忍，堂堂王子竟然由著幾個士兵搜自己的房間，亂翻自己的東西。

小夭打開門，讓兩個婢女進來，她端坐到榻上。

兩個婢女小聲提議，「那些士兵都很粗魯，不如請王姬先暫時迴避一下，奴婢們在這裡看著就行了。」

小夭笑笑，「沒關係，我也正好見識一下。」

幾隊士兵正挨著房間搜，似乎都聽說過小夭的潑辣名氣，都刻意避開。一隊搜到了阿念的房間，士兵沒客氣，海棠剛一開門，他們就想往裡衝，海棠也沒客氣，立即動手。海棠是俊帝訓練來保護阿念的，對付這幾個士兵自然小事一樁。

小夭坐在榻上，看得直笑。

軒轅的士兵向來以悍勇著稱，在四個低等神族的指揮下，一下子竟然擺出了陣型，將海棠團團圍住，海棠開始漸漸顯得吃力。

小夭暗嘆，難怪黃帝令天下畏懼，就這麼一群普通的人族士兵都絲毫不畏懼靈力高強的神族。

阿念走出了屋子，揮手射出一排冰刃，將幾個士兵射倒，但她也很有分寸，沒傷及性命。更多的士兵湧了進來，結成陣型，圍攻阿念，還有兩個驅策坐騎的妖族立在半空，看樣子是打算觀察清楚後，一擊必殺。

小夭對婢女說：「妳去問問倕梁，他是不是不想活了？」

一個婢女遲疑著不敢，另一個婢女卻毫不猶豫地走到門口，揚聲問：「王姬問世子是不是不想活了？」

一瞬後，倕梁陪著笑走進來，給端坐在榻上的小夭行禮，「表姊何來此言？」起身時，眼睛滴溜溜地把屋子掃了一圈。

小夭笑著說：「你腦子裡也不知道裝了些什麼，一點眼色都沒有。你看看那個婢女，你覺得一般人能用得起嗎？不是我瞧不起你，就是你身邊要找出模樣這般好、靈力又這般高的女子，只怕也沒一個。」

倕梁不陰不陽地說：「我以為是表姊的人。」

「不是，是我妹妹的。」小夭指指阿念。

倕梁臉色變了，大喝一聲：「住手。」

倕梁的臉色很難看，「高辛王姬來了，表姊卻隱匿不奏？」更怒的是，竟然沒有人通知他。

小夭笑咪咪地說：「你以為我想隱匿就能隱匿？不過是外公懶得讓你們知道而已，怕你們幾個動什麼歪主意，擾了我妹妹的清靜，不信你回去問你爹！」

倕梁這邊住手了，阿念卻沒住手，把對顓頊的傷心、小夭的討厭全部發洩到了軒轅士兵身上，把所有士兵都打倒在地，還怒問：「想動手的都過來！」

倕梁知道了黃帝默許阿念在此，心裡再怒，也不敢給小夭甩臉子，他陪著笑說：「還請表姊安撫一下王姬，不是我有意冒犯，實在是完全不知道。」

小夭站起，拉開紗簾，讓倕梁看，「要不要仔細搜搜我的房間呢？」

倕梁忙道：「不敢、不敢。」卻仍舊是掃了一眼，只看被褥零亂，顯然是匆匆起身，榻角還有一件大紅的繡花抹胸若隱若現，倕梁不禁心裡一蕩，下意識地看向小夭的胸，表姊只怕沒穿……

小夭也看到了自己的抹胸，臉色立變，忙放下紗簾，冷了臉，強裝著鎮定說：「出去！」

倕梁越發心裡癢癢，恨不得能摸一把，可再有色心，也不敢動小夭，只能退了出去。

倕梁琢磨著小夭的房間他已經看過，並不像藏了人，現在他懷疑的是阿念。可士兵都被阿念放倒在地，他不想和阿念直接起衝突，畢竟小夭算是半個自己人，有什麼不周，和爺爺還好交代，可如果對阿念真有失禮之處，那就是國與國的問題了。

倕梁想了想，命人退出小院，卻在外面守上了，一邊給阿念賠罪，一邊說：「因為有奸徒作惡，怕王姬遇險，所以特意派兵保護。」

阿念深恨倕梁帶壞了顓頊，巴不得倕梁說錯話，讓她借題發揮，狠狠揍他一頓，再去和黃帝告狀，可倕梁小意奉承，硬是讓阿念一個錯都挑不出，只能氣鼓鼓地回了屋子。因為很坦然，阿念對外面的士兵是一點不在乎。

外面漸漸安靜了，兩個婢女行禮退出，把門關上。

小夭熄了燈，坐到榻上，把紗簾放下，掀開被子，露出防風邶的頭，低聲問：「沒悶死吧？」

防風邶閉著眼睛沒理她，小夭也不能點燈，只能手塞進被子裡去摸他的手，搭在他腕上，查著他的傷勢，豈料剛才餵給他的稀世靈藥沒有發生一點作用。

小夭猛地放開他的手，躺倒，呆呆地盯著帳頂。

半晌後，她才問：「你究竟是誰？」

「妳希望我是誰？」防風邶的聲音很冷。

小夭不吭聲，好一會後說：「你愛是誰就是誰吧！」

防風邶半撐起身子，頭緩緩地伏下，唇就要挨著她的脖子，小夭的手擋了下，「別！」他的唇挨在了她的掌心。

防風邶立即躺了回去，小夭側身而躺，把手腕遞給他，「咬這裡。」

「為什麼那裡不行？」防風邶的臉很冷。

小夭開始很懷念隨意隨性、風趣無賴的防風邶，「你說呢？防風邶！」

防風邶沉默了一瞬，扶著小夭的手腕，幾顆尖尖的小獠牙，刺破了小夭的手腕。這是小夭第一次親眼看到他吸她的血，並不覺得痛，反而有種涼颼颼的快感。

小夭專注地看著防風邶，防風邶掃了一眼小夭，小夭立即乖乖地閉上眼睛。她鬱悶！她還是怕他啊！

好一會兒後，小夭覺得頭有些暈，卻沒吭聲，這裡是軒轅城，他的傷必須儘快好！

防風邶停止了吮血，他輕輕舔舐著小夭的傷口，小夭的血凝住，不再往外流。等他放下小夭的手腕，已經看不出是傷，只像一個激烈的吻痕。

防風邶輕聲叫：「小夭。」

小夭睜不開眼睛，喃喃說：「沒事，你療傷，我睡一覺就好。」

防風邶翻了翻小夭的療傷藥，撿出一瓶玉髓，餵著小夭吃了。

防風邶躺下，閉目療傷。

小夭一覺睡到快晌午才醒，她睜開眼睛，立即去看防風邶，看他依舊閉目靜靜躺著，才真正放下心來。

小夭知道他雖不能動，卻能聽得見，低聲說：「我餓了，去吃點東西。不會有人進來，你安心療傷。」

小夭起身，把紗簾掩好，走到角落裡，窸窸窣窣地把衣服換了，梳好頭髮，走了出去。邊走邊下毒，在門口又布了一層毒藥，才放心。

昨夜敢大聲傳話給俇梁的婢女正在庭院內蒔弄花草，小夭對她悄聲吩咐：「看著他們。」就憑昨夜她敢對俇梁傳話，小夭肯定她是顓頊的人。

那婢女提著水壺，掃了一眼庭院外守著的士兵，回道：「奴婢明白，若有事，奴婢必會立即鬧起來。」

小夭笑起來，「妳叫什麼名字？」

「奴婢瀟瀟。」

小夭去顓頊屋裡，阿念也在，顓頊仍懶懶地半躺在榻上，滿屋狼籍，衣箱敞著，被翻得亂七八糟，地上有幾件被撕毀的衣袍。

阿念怒氣沖沖地說著昨夜的事，顓頊也好像十分生氣，一遍遍承諾，必要去找亖梁算帳。

阿念看到小夭進來，心中有一絲畏懼，瞪了小夭一眼，離開了。

小夭在屋子裡轉了一圈，嘖嘖兩聲，「他們不會連你的身子都搜了一遍吧？」

顓頊笑笑，「那倒沒有，只是掀開被子看了兩眼。」

小夭沉默了，他們竟然真敢！

顓頊大叫一聲：「來人！」

婢女們立即端了洗漱用具進來，小夭和顓頊一起洗了臉、漱了口。

婢女送來飯菜，小夭吃飯。

顓頊說：「昨夜應該算是奇恥大辱，我好像再沒血性也該發作一下，所以我得去找他們算帳。妳若覺這裡烏煙瘴氣，就帶阿念回朝雲峰。」

小夭說：「你問一下是為了什麼亖梁要親自帶兵搜查。」

「妳不說，我也得要他們給我個交代。」顓頊蒼白著臉，出去了。

小夭吃完飯，回了自己屋子。

小夭怕擾到相柳療傷，剛一進門，就低聲說：「是我。」

她掀開紗簾，防風邶依舊靜靜地躺著。

小夭盤腿坐在榻上，靜靜地看著他。

小夭清楚地記得那是一個夏日的早上，她仔細地裝好送給相柳的毒藥，去塗山氏的車馬行裡，把東西送出，還想著相柳看到她那一盒絢麗美豔的毒藥該是什麼感覺，也許要罵她變態。

當她心情愉悅地走出車馬行時，他翩翩而來，就像所有浪蕩子勾引女人一般，含笑搭訕，居然要教她射箭。小夭一邊好笑，一邊並不排斥他的接近，也許是因為他總讓她覺得熟悉。

從他教她射箭的那日到現在，已經兩年。

兩年的時間，兩人結伴玩遍了軒轅城的每個角落，他有時候失蹤，有時候出現，隨意隨性，小夭都覺得他們能這麼天長地久地玩下去，因為兩人的態度太像了，什麼都不在乎，什麼都不介意嘗試，什麼都感興趣，什麼都能令他們微笑。他們欣賞一切美麗美好，卻什麼都不想要，他們的生命就好像踩在明與暗的交界處，如果選擇面朝光明，則背後是千里荒涼，如果選擇了面朝黑暗，則紅塵繁華只在他們身後絢爛。但即使面朝光明，他們依舊踩著黑暗，不是不明白純粹的光明，但曾經歷的一切永不會遺忘，如影隨形地跟隨著。他們堅強、獨立、冷漠，不管遇見什麼，都可以好好地活著。

昨夜，她知道他是相柳時，一點詫異的感覺都沒有，就好像一切本該如此，甚至她心裡的某個角落如釋重負，可同時另一個角落又懸了起來。

第二日傍晚，顓頊才七倒八歪地回來了。

他如何去質問俥梁的無法知道，只是看到他摟著兩個美貌的女子，邊說邊笑地進了屋子。

侍從小聲給小夭和阿念解釋：「是世子為了賠罪，送給王子的婢女。」

阿念不敢相信地怒問：「為了兩個女人，哥哥就連人家搜他的屋子、搜我們的屋子，都不計較了？」

侍從為難地低著頭，「世子也給王子道歉了。」

「道歉？前夜的事是一聲道歉就能了的事？」阿念氣得聲音都變了，軒轅士兵都對她動了手，只是一句道歉？

阿念推開侍從，衝進顓頊的屋子，可又立即退了出來，臉漲得通紅，眼中淚花滾滾，顯然是看到了不該看到的畫面，應該是顓頊和那兩個女人在親熱。

阿念呆呆地站了一會，猛地轉身，匆匆向自己的屋子奔去。不一會，就看海棠提著行囊，陪著阿念走出屋子。

小夭問道：「妳是回高辛嗎？」

阿念盯著小夭，冷冷地嘲諷：「聽說昨夜俥梁連妳的床榻都翻看了，妳卻什麼都不敢做！妳的本事也不過是欺負我！」

小夭什麼都說不了，只能沉默。

海棠已經召喚了玄鳥坐騎，阿念躍上坐騎，騰空而起。

匆忙間，小夭只來得及對海棠叮囑：「護送王姬回高辛。」

瀟瀟看小夭一直凝望著天空，輕輕走過來，低聲道：「大王姬不必擔心，會有人暗中保護二王姬。」

小夭說：「我知道。」顓頊一直是最保護阿念的人，可卻是他帶給了阿念人生中的第一次風暴和傷害。並不是阿念在顓頊心中的地位改變了，只不過因為顓頊有更重要的事，他選擇了放棄保護阿念。

小夭回了屋子，她握住防風邶的手，查探了一下防風邶的傷勢，他的療傷快要結束了。

小夭把一套男子衣衫放在他身旁，輕輕離開了。她可以從容地面對防風邶，也可以嘻笑地面對相柳，但現在還不知道該如何同時面對防風邶和相柳。

小夭躺在花園裡的青石板上，看月亮。

顓頊披著外袍，坐到她身旁，「阿念走了？」

「嗯。」

顓頊問：「妳生我的氣了嗎？」

小夭側頭看顓頊，他的頭髮仍濕著，顯然剛洗過澡。顓頊本不喜熏香，現在身上卻有一股濃重的龍涎香，顯然是想熏去更讓他討厭的氣味。小夭問：「這段荒淫的日子你過得開心嗎？」

顓頊苦笑，「噩夢！不是只有女人與不喜歡的男人虛與委蛇時才會難受，男人一樣難受。說老實話，我寧願被人刺上兩劍。」

小夭幸災樂禍地笑，「這次的事最苦的人是你，你都已經對自己下了狠手，我還生什麼氣？」

相比顓頊給自己的傷害，他給阿念的傷害簡直不值一提。

顓頊敲了小夭的頭一下。

小夭握住顓頊的手腕，靜靜把了一會脈說：「抓緊時間，你對藥的依賴會越來越強，如果再過半年，我也不敢保證能把你身體內的毒全部清除。」

顓頊喃喃說：「快了，就快了，現在萬事俱備，只差最後一步。」

小夭問：「前夜的事是為了什麼？」

「丟了東西。有蒼林和禹陽府邸的地圖，恐怕還有他們一些見不得人的東西，所以他們十分緊張。不過我看那賊子的意圖可不是蒼林和禹陽，而是不起眼的另兩張圖。軒轅在中原有一些秘密的糧倉和兵器庫，是為了防備突然爆發戰爭，可以及時調運兵器和糧草。我猜測有人打上了糧倉和兵器庫的主意。」

小夭沉默了一會兒，問道：「你打算告訴外公嗎？」

「為什麼要告訴？如果真是相柳派人做的，現在神農義軍是蒼林和禹陽的麻煩，與我無關。某種程度上，敵人的敵人就是朋友。」

小夭放下心來，說：「哥哥，幫我做一件事情。我想知道所有關於防風邶的事，從他出生到現在，一切你所能查到的。」

顓頊審視著小夭，「妳……不會真被他勾得動了心吧？」

小夭受不了顓頊的銳利目光，偏過頭說道：「我只是好奇，反正你幫我查查。」

「好。」能讓小夭上心，現在顓頊也很好奇。

他出來已經有一陣子，顓頊抓著小夭的袖子，頭埋在她衣服間，輕輕地嗅著，像是撒嬌一般，惱怒地說：「我不想回去，我討厭那兩個女人！」

小夭忍不住笑，「沒人逼你回去。」

顓頊靜靜趴了一會，抬起頭，淡淡地說：「從我娘自盡那一刻起，我就不能再任性。」

他起身要走，小夭抓住他的衣袖，「我雖不能幫你把那兩個女人趕跑，但我能解救你的鼻子，讓它暫時什麼都嗅不到。」

顓頊笑了，眉間的陰鬱散去，溫柔地搖搖頭，「不，我要讓自己好好記住一切的屈辱，日後若有懈怠時，我可以想想當年為了活下去我都曾忍受過什麼。」

顓頊離去了，小夭看著月亮發呆，直到沉睡過去。

清晨，她回到屋子時，床榻整整齊齊，已經空無一人。小夭緩緩坐在榻上，雙手互握，無意識地撫弄著指上的硬繭。

三個月後，顓頊負責的河運出了大差錯，黃帝惱怒，責斥顓頊搬回朝雲殿，不許再下山，好好思過。

恰好神農山的一座小宮殿因為幾百年無人居住，年久失修，坍塌了，惹得神農族的不少老頑固們不滿，上書黃帝應該好好維修神農山的宮殿，畢竟神農山可是中原的象徵。黃帝同意整修神農山的宮殿，尤其是紫金殿。

眾位官員商討該派誰去，身分太低的不足以代表黃帝，身分高的又沒有人願意去已經廢棄的神農山虛耗生命。這是一件看上去很不錯，其實非常差的差事。

黃帝身邊的近侍偷偷和倕梁、始均他們說，黃帝打算從他們幾個孫子中挑選一個。倕梁和始均嚇壞了，神農山能叫得上名字的山峰就有二十八峰，一座座宮殿整修，沒個百八十年壓根回不來，修好了，是應該，修不好，那些中原氏族恐怕會不停上書批駁。現在爺爺的身體那麼差，萬一爺爺有個事，他們人在萬里之外，那……

始均想了個鬼主意，和倕梁一說，倕梁再和父親商量完，都覺得如此辦，既能解了眼下的燃眉之急，又可以趁著黃帝現在氣惱顓頊，徹底把顓頊趕出去。否則顓頊在軒轅城，說不定又能把黃帝哄得上了心，畢竟只有顓頊能住在朝雲殿，和黃帝日夜相伴，他們卻是沒有黃帝的召見，連朝雲殿的門都近不了。

朝臣們幾經商議後，有人提議了顓頊，得到眾朝臣的紛紛贊成。黃帝思索了一夜，同意朝臣們的提議，派顓頊去中原，負責整修神農山的宮殿。

小夭從沒有去過神農山，對這座曾是神農國歷代王族居住的神山很是好奇，向黃帝請求，允許她去神農山玩玩。

蒼林和禹陽都反對，認為小夭是高辛王姬，已經在軒轅住了一段日子，實不適合去神農山，委婉地建議黃帝應該送小夭回高辛。黃帝竟然一下子生氣了，對蒼林和禹陽一字一頓地說：「小夭是我和軒轅王后的血脈，軒轅國是我和王后創建，只要我在一日，她就是在軒轅住一輩子，玩遍整個軒轅國，也全憑她樂意！」黃帝說這話時，用了靈力，威嚴的聲音一字字清晰地傳到了殿外，所有站在殿外的人都聽得一清二楚。

蒼林和禹陽不明白很少動怒的黃帝為什麼會生氣，卻感受到了黃帝眼中那一瞬的怒意，嚇得腿軟，忙跪下磕頭，連帶著殿內的幾個心腹重臣都紛紛跪倒。

沒有多久，整個軒轅朝堂的臣子，連帶著大荒所有氏族的族長們都明白了，小夭在黃帝心中非比尋常，把外孫女的那個外字去掉會更貼切。

小夭覺得黃帝的那些話是特意說給整個軒轅的臣子聽，不太明白黃帝這麼做的用意。她覺得黃帝對她去中原似乎有些不放心，似乎認為俊帝的威儀都不足以保護她，所以要再加上黃帝的威儀，讓所有人明白，她是軒轅黃帝和軒轅王后嫘祖的血脈，傷她，就是在辱黃帝和嫘祖。

可誰能傷她呢？小夭想不出來。她可從來沒和誰結過生死仇怨，只能覺得是自己想多了，畢竟帝王心思難測，也許黃帝只是尋個藉口警告蒼林和禹陽。

春暖花開時，在擇定的吉辰，顓頊帶著十來個侍從，離開軒轅城，往中原而去。

小夭帶了一個貼身侍女珊瑚，十來個高辛侍衛，隨著顓頊一起去中原。

當雲輦從朝雲峰飛起時，小夭忍不住再次看向朝雲殿，那些高大的鳳凰樹，開著火紅的鳳凰花，像晚霞一般籠罩著朝雲殿。

顓頊卻未回頭去看，他只是靜靜地坐著。

上一次離開，小夭身旁是娘親，她對站在鳳凰樹下送別的顓頊頻頻揮手，以為很快就能回來和顓頊哥哥一起在鳳凰花下盪秋千。可不管是天真懵懂的小夭，還是已初嘗人世疾苦的顓頊，都沒有想到這一去就是三百多年。

這一次離開，已經歷了世事無常、悲歡離合的他們都很清楚，想再次在鳳凰花下一起盪秋千難如登天，就算能再次回來，也不知又會是多少年。

顓頊看小夭一直趴在窗口往後眺望，說道：「我會在神農山的紫金頂上也栽下鳳凰樹，再給妳做個秋千架。」

小夭坐直身子，回頭看向他。顓頊放棄一切去中原，選擇了一條不成功就全輸的路。如果他不能在神農山紫金頂種下鳳凰樹，那麼只怕他也永不會有機會看到朝雲峰的鳳凰樹，所以他必須不惜一切代價，在紫金頂上種下鳳凰樹。

小夭笑咪咪地說：「好的，我肯定會喜歡在紫金頂上盪秋千的。」

小夭為了祭拜母親回軒轅山，是她和黃帝的血緣關係，沒有牽涉到軒轅的朝堂鬥爭內，在所有人眼中，她只是和黃帝有血緣關係的高辛王姬。可是，當小夭選擇了和顓頊同赴中原，等於告訴天下，她選擇站在顓頊一邊，在所有人眼中，小夭變成了既和俊帝有血緣關係更是顓頊的妹妹。顓頊的一舉一動都會影響到小夭，甚至小夭的性命。

顓頊看著自己的手，譏諷地笑，「我是不是太自私了？其實我應該讓妳和阿念一樣，離開我。」

小夭握住了顓頊的手，「外祖父有句話沒有說錯，我是軒轅王后的血脈，整個朝雲殿，只剩下你、我了。外婆臨終時叮囑過我們，要我們相互扶持，如果你現在過得很好，我可以什麼都不理，可你現在的情形，我縱使遠走，也不得心安。」

顓頊自嘲：「相互扶持？我只看到妳扶持我，沒看到我扶持妳。」

小夭搖晃著顓頊的手，開玩笑地說：「你著急什麼啊？我們神族的壽命那麼漫長，你還怕沒機會扶持我？我小算盤打得精呢！如今讓你略微靠靠我，日後我可打算完全靠著你了！」小夭看顓頊依舊眉頭蹙著，頭靠到顓頊肩頭，聲音變得又低又柔，「你和我需要分那麼清楚嗎？」

顓頊雖然唇角依舊緊抿，沒有一絲笑意，眉頭卻漸漸地舒展開。他輕輕地叫了聲「小夭」，緊緊地握住小夭的手。

小夭不知道中原等待顓頊和她的是什麼，那是一個俊帝幾乎影響不了，即使征服了它的黃帝也影響力有限的地方。那裡有大荒最古老的世家大族，有神農義軍心心念念的神農山，有大荒內最繁華的商邑，有驕傲保守的中原六大氏……但不管等待他們的是什麼，小夭只知道他們必須走下去。

長相思（卷二）完

長相思
卷二
人依舊，終離別

茶蘼坊 29

作　　者 桐　華

野人文化股份有限公司
社　　長 張瑩瑩
總 編 輯 蔡麗真
責任編輯 楊玲宜、蔡麗真
校　　對 仙境工作室
美術設計 洪素貞
封面設計 周家瑤
行銷經理 林麗紅
行銷企畫 李映柔、蔡逸萱

出　　版 野人文化股份有限公司
發　　行 遠足文化事業股份有限公司（讀書共和國出版集團）
地址：231新北市新店區民權路108-2號9樓
電話：（02）2218-1417　傳真：（02）8667-1065
電子信箱：service@bookrep.com.tw
網址：www.bookrep.com.tw
郵撥帳號：19504465遠足文化事業股份有限公司
客服專線：0800-221-029
法律顧問 華洋法律事務所 蘇文生律師
印　　製 成陽印刷股份有限公司
初　　版 2013年6月
二版 1 刷 2023年8月

有著作權 侵害必究
歡迎團體訂購，另有優惠，請洽業務部（02）22181417分機1124

國家圖書館出版品預行編目資料

長相思. 卷二, 人依舊,終離別/桐華著. -- 二版. --
新北市 : 野人文化股份有限公司出版 : 遠足文化事業股份有限公司發行, 2023.08
面； 公分. -- (茶蘼坊 ; 29)

ISBN 978-986-384-924-7(平裝)

857.7　　112013709

繁體中文版©《長相思》2013年經桐華正式授權，同意由野人文化股份有限公司獨家發行，非經書面同意，不得以任何形式任意重製、轉載。

ISBN 978-986-384-924-7 (平裝)
ISBN 978-986-384-908-7 (EPUB)
ISBN 978-986-384-909-4 (PDF)

野人文化
讀者回函卡

姓 名 □女 □男 年齡

地 址

電 話 公 宅 手機

Email

學 歷 □國中(含以下)□高中職 □大專 □研究所以上
職 業 □生產/製造 □金融/商業 □傳播/廣告 □軍警/公務員
□教育/文化 □旅遊/運輸 □醫療/保健 □仲介/服務
□學生 □自由/家管 □其他

◆你從何處知道此書？
□書店 □書訊 □書評 □報紙 □廣播 □電視 □網路
□廣告 DM □親友介紹 □其他

◆你以何種方式購買本書？
□誠品書店 □誠品網路書店 □金石堂書店 □金石堂網路書店
□博客來網路書店 □其他 ____________________

◆你的閱讀習慣：
□百科 □生態 □文學 □藝術 □社會科學 □地理地圖
□民俗采風 □休閒生活 □圖鑑 □歷史 □建築 □傳記
□自然科學 □戲劇舞蹈 □宗教哲學 □其他

◆你對本書的評價：（請填代號，1. 非常滿意 2. 滿意 3. 尚可 4. 待改進）
書名 _____ 封面設計 _____ 版面編排 _____ 印刷 _____ 內容 _____
整體評價 _____

◆你對本書的建議：

廣　告　回　函
板橋郵政管理局登記證
板橋廣字第143號

郵資已付　免貼郵票

野人

23141
新北市新店區民權路108-2號9樓
野人文化股份有限公司 收

請沿線撕下對折寄回

野人

書號：0NRR4029